推理傑作集

猫《ねこ》探《たん》偵《てい》・正《しょう》太《た》郎《ろう》の冒《ぼう》険《けん》Ⅰ

猫《ねこ》は密室《みっしつ》でジャンプする

柴《しば》田《た》よしき

カッパ・ノベルス

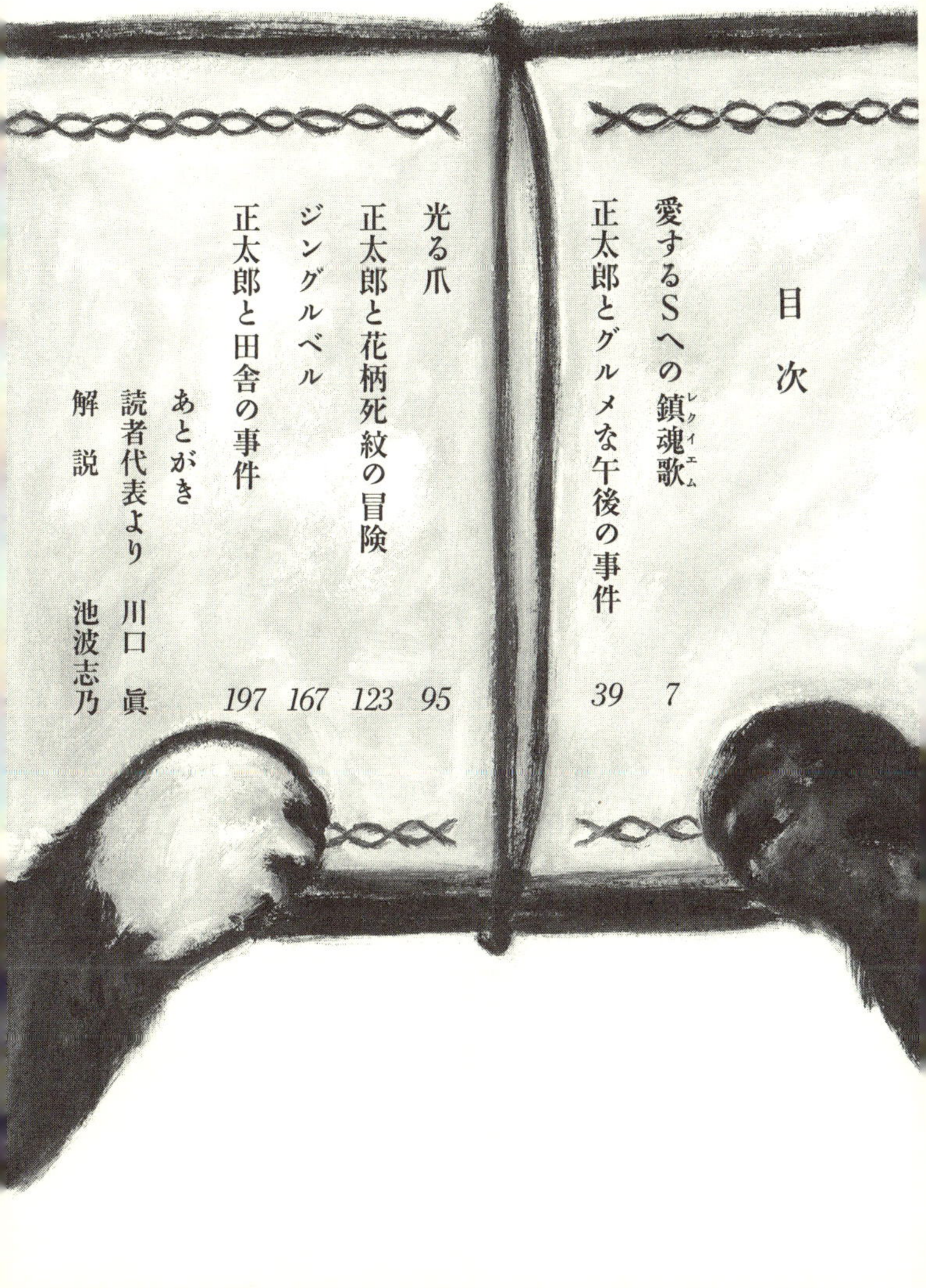

目次

本文イラスト　前田マリ
目次、作品扉デザイン　前田義昭

愛するSへの鎮魂歌《レクイエム》

1

私はその建物を見上げ、思わずこみ上げて来る幸福に酔いしれた。

やっと手に入れた自分の城。

湖の際に立つ十二階建てのマンションの五階の一室が、これからの私の生活の基盤になる部屋なのだ。ここまで来るのに、どのくらいの努力が必要だっただろう?

だが、もういい。苦労はすべて報われた。これで私は、愛する彼女の隣りに住み、毎夜彼女におやすみを言い、毎朝彼女の声で目を覚ますことが出来る。彼女の一挙手一投足に耳を澄ませ、胸を高鳴らせていることが出来るのだ。

私はマンションのエントランスに入り、管理人室に向かった。警備会社から派遣されている管理人は、新規入居者用のパンフレットのようなものを私に手渡してくれた。私はそれを手に、自分の部屋へと向かった。

はやる気持ちを押さえつけながら、不動産屋から渡されたばかりの鍵を自分の部屋のドアに差し込んで回す。カチリと音がして錠がはずれる。ドアを開《あ》けると、短い廊下がまっすぐについていて、その両側にひとつずつドアがあり、突き当たりはリビングになっている。2LDK。ひとり暮らしには贅沢《ぜいたく》過ぎるのはわかっていたが、他に選択の余地はなかったのだ。どうしてもこの部屋、五〇二号室でなければ意味がなかったのだから。

＊

彼女からのメッセージに初めて触れたのは、二年近く前のことだった。その日は予定していたアルバイトが中止になり、時間を持て余して街をぶらぶら歩いていたのだ。ポケットの小銭以外には金もなく、映画一本観ることが出来ない。CD屋に入ってみたが、試聴出来るコーナーは人でいっぱいで順番待ちをしなくてはならなかった。かと言って、洋服だのなんだのには興味がない。そんな時は本屋がいちばんだった。本屋でならば、雑誌を立ち読みしているだけで一時間やそこらは潰すことが出来るし、短編集の文庫本があれば、一、二話ぐらい立ったまま読んでしまえるから、途中で店員から迷惑そうに睨《にら》まれてその場を立ち去ることになっても、読み始めたのに結末がわからないというイライラは感じなくて済む。こんなに安上がりな娯楽は他にない。

その日、手に取ったのはミステリのアンソロジーだった。表紙には名の通った作家の名前が大きめの文字で印字されていて、その他の作家は、虫眼鏡で見ないと読めないような小さな字で印字されている。だが私は、そうした世間で名が通っているとか通っていないとかいうことには偏見も先入観もなかったので、ともかく目次を開き、面白そうなタイトルのものを拾い読みすることにした。

そこに、彼女からのメッセージがあったのだ。

そう、それはまさしくメッセージだった。その小説のタイトルは『愛するSへの鎮魂歌《レクイエム》』。愛するS。Sは私の頭文字。

私は貪るようにその作品を読んだ。衝撃的だった。それほどにこの作者が私を愛していたなどとは、その時まで少しも知らなかったのだ。だが間違いもなく、その作品は私への狂おしいまでの想いで占められていた。作中で起こる殺人事件を颯爽《さっそう》と解決し、だが最後は狂人の手にかかって死んで行く、素晴らしい美青年、S。その名はまさしく、私の名ではないか!

この愛に応えよう。私は即座に決心した。

私はその雑誌を抱えてアパートの部屋へと駆け戻った。そして便箋を取り出し、ボールペンを握って作者への手紙をしたためた。あなたの愛は確かに受け取りました。もう大丈夫、心配しないで。あなたのこと私も愛しています。そう書いた。作者の住所はわからないので、雑誌の編集部に宛てて出すことにする。だが万一作者にその手紙が渡らず、怠慢な雑誌の編集者によって紛失でもされてしまうといけないので、外側の封筒には雑誌の編集部の住所を書き、その中に手紙を入れたもう一通の封筒を入れることにした。そちらの宛名は、わかり易《やす》いよう大きく、赤いボールペンで書き込んだ。さらに、メモを一枚入れる。『この中の封筒を絶対に宛名の人物に渡したまえ。渡さなければ不幸なことが起こるだろう』

別に脅かすつもりはなかったのだが、雑誌の編集者というのが信頼出来る人間なのかどうかわからなかったので、多少、強めに注文を付けておいた方が安全だと考えたのだ。

ともかく、私は返事を待った。待って待って、待ち続けた。だが返事は来なかった。もしあの手紙を彼女が読んでいれば、返事をくれないはずはないのだ。つまり、彼女の手にあの手紙は渡らなかったということになる。

やはり雑誌の編集者など信用出来ない人種だった。きっといい加減に机の上に放り出しておいてそのままなくしてしまったのだ。あんなに大きな赤い字で宛名まで書いておいたのに。

私は、これではいくら編集部気付で手紙を出しても無駄だろうと思った。だが彼女は私からの応答を首を長くして待っているに違いないのだ。一刻も早く、彼女の気持ちに気付いていることを伝えなくては。どうしたらいいのだろう?

そう、まずは彼女の住所を突き止めることだった。

私は何日も考えて考え抜いて、ひとつの作戦を思いついた。なかなか時間のかかりそうな計画だったが、どうせ時間は有り余るほどあるのだ。一年や二年かかったとしても構いはしない。

最初にやったことは、それまで通っていたアルバイトを辞めることだった。そして新しいアルバイトを探す。幸い、私はオートバイの免許を持っていたので、バイク便の会社に片っ端から電話を掛け、バイトの口はないかと訊《き》いた。ある運送会社で面接してくれることになり、そしてすんなりと採用された。だがそのバイク便は、出版社を得意先に持っていなかった。私は別にめげたりはしなかった。最初から当たりが出ることなど期待していたわけではないのだ。肝心なことは情報を集めること。同じ業界にいれば、他社の情報というのも自然と耳に入って来る。二ヶ月ほど勤めて、彼女の本をよく出している出版社を得意先に持つバイク便の会社を何軒か知ることが出来た。それらの会社に電話をし、アルバイトの口はないかとしつこく訊いた。欠員が出たら知らせるという返事を何社からか貰い、実際にその内のひとつから電話が来たのは三ヶ月経《た》ってからだった。最初の会社での無事故実績があったので、採用はスムーズだった。私はまんまと、出版社に出入りするバイク便の配達員になったのだ。

待ってさえいればいつか、チャンスは来ると思った。その当時の私は出版業界について乏しい知識しかなかったので、作家というのはみなバイク便で出版社と原稿をやり取りしているものだと思い込んでいた。どうしてそんな誤解をしたのかと言えば、ある雑誌に載っていたエッセイで、作家がバイク便に原稿を渡したことを書いていたからである。まったく腹が立つ。今では、その作家の本は本屋で見かけると他の作家の本の下に隠すことにしている。

ともかく、私はほぼ半年の間、バイク便のアルバイトを続けていた。いつかは彼女の家から呼び出しがかかるか、または、彼女の家に宛てた荷物を預かるものだと信じて疑わずに。だがその内に、彼女のような作家というのはあまりバイク便を利用しないという事実に漠然と気付き始めた。その理由をさりげなくバイト仲間に訊くと、答えは簡単に戻って来た。

「最近はさ、原稿はテキストにしてメールで送っちゃったり、そうでなくてもＦＡＸでしょ。バイク便ってのは原稿のゲンブツがないと困る場合に使うわけだからぁ、作家よりイラストレーターとかの方が多いんじゃないの。たまには品物の欄に、ゲラ、なんて書かれた荷物も預かるけどさ、急ぎじゃなければ宅配便にするだろうしねぇ」

なるほど、よく考えればもっともなことだった。私は大きなショックを受けて落ち込んだ。だがもちろん、それで諦めたりはしなかった。

作戦は変更された。しかし、せっかくバイク便の仕事をして仕入れた情報を使わないという手はない。

さらに二ヶ月ほど仕事をして、私はいちばん使えそうな住所をひとつ、選び出した。彼女の本を実際に担当したことのある編集者の自宅の住所らしきものを手に入れたのだ。その時には当然のことながら、私は彼女の書いた本は総《すべ》て読破し、集めていた。その中の一冊の「あとがき」に、担当編集者への謝辞が述べられていたのだ。そのおかげで担当編集者のフルネームがわかった。そして三日ほど続いた連休の初日に、そのフルネームの人間宛てに荷物が出されたのだ。たぶん、連休なので会社に送っても手に渡るかどうかあやしいからと、自宅に宛てて送られたものなのだろう。住所は世田谷区の住宅街。行ってみると、なかなか小綺麗な独身者用のマンションだった。

その日から、私はバイトを辞めてその編集者の住まいを見張り始めた。名前から女性だということはわかっていたが、年齢や容姿については何の予備知識もなかった。しかし三日ほど見張りを続けたあげく、その編集者、伊沢聡子《いざわさとこ》が、三十代半ばくらいの女性でさほど大柄でもないのを知り、私の新たな作戦は開始されることになったのだ。まずは徹底して伊沢聡子を尾行することにした。もちろんアルバイトなどは出来ないが、バイク便で真面目に働いたおかげで少しの蓄えはあったので心配はいらない。伊沢聡子が出勤する時間、会社までとるコース、休日に立ち寄る近所の店。一度出勤してしまうと、伊沢聡子は頻繁に外出して作家と打ち合わせをしたりパーティに出たりするので、見失ってしまうことも多かったが、それでも三ヶ月が過ぎる頃には、彼女のマンションを中心とした生活の範囲では知らないことがほぼなくなった。それから私は尾行を止《や》め、慎重に慎重にルートを決めた。ここで失敗すると、愛する彼女の自宅を突き止める前に刑務所に入らないとならないことになるかも知れない。焦りは禁物、絶対の慎重さが必要だ。何度も検討を重ねた結果、最寄りの駅から伊沢聡子のマンションまでの間にある比較的街灯の少ない道の、建設途中のビルの前が最適な場所だという結論に達した。私はさらにそこからどのルートで逃げたらいいのか再三検討し、完璧な逃亡ルートもはじき出した。決行日を決めるのがいちばんやっかいだった。文学賞の授賞式などがある夜は、電車がある時間には戻って来ないので決行出来ない。贅沢にもタクシーをマンション前に横付けしてしまうからだ。また、校了時も帰宅は深夜から明け方になるので同様だった。この段階で私はもう一度伊沢聡子の尾行を二週間ほど行った。今回の尾行の目的は、伊沢聡子が携帯電話で話をするのを盗み聞きすることだ。なかなかこちらが願うような会話にはならず、ほとんどがアポイントメントの変更だとか何だとか、どうでもいい話ばかりなのだが、それでも丁度二週間目に、これは！　と思う会話が耳に入った。

「……なんだけど、うん……そうなのよ。だから明日は早く家に戻れそうなんだけど……自宅で読むことにするわ。あさっての朝遅刻したら大変だもん」

　あさっての土曜日は早朝から作家の付き合いでゴ

ルフに出掛けるので、明日は早く家に戻って寝る、ほぼそういう内容の会話だった。
この会話で、決行日は明日と決定した。

当日、さすがに私は少し心臓がどきどきするのを感じながら一日を過ごしていた。と言っても、自分の部屋にこもってカップラーメンを食べてテレビを見ていただけだったのだが、気持ちが落ち着かなくてトイレに頻繁にたってしまった。何しろ私は、大っぴらに法律に触れるようなことをするのはその日が初めてだったのだ。

夕方の六時から、伊沢聡子が戻って来る駅で待った。経験上、それより早く戻って来ることはないと知っていた。文芸の編集者というのは勤務時間が不規則で、そして常識はずれなのだ。出掛けるのが昼過ぎになったかと思えば、明け方に帰宅したりする。だが前日の電話で、その日だけは伊沢聡子が早く帰るとわかっている。六時から二時間待った。八時十分になって、ようやく伊沢聡子の姿が改札口に現れた。右肩にいつものショルダーバッグを下げ、左手にはデパートの紙袋を下げている。夕飯用に出来合いの惣菜《そうざい》でも買い込んで来たのかも知れない。彼女の両手が塞《ふさ》がっているのは私にとって好都合だ。

私はオートバイのエンジンをかけた。そして、伊沢聡子の姿が完全に見えなくなるまで待ってからオートバイをスタートさせた。

私の計算は完璧だった。

丁度伊沢聡子の後ろ姿が前方に見えた時、彼女は例の工事現場の前を通りかかっていた。私はスピードをあげた。建設途中のビル工事現場の前には、背の高いパネルが張り巡らせてあり、それらのパネルは歩道に少しだけはみ出している。そこを通る時には必然的に、車道に近いところを通らなくてはならなかった。伊沢聡子も自然と車道寄りになっていた。オートバイはスピードをあげて聡子の背後に近づく。私は思い切って左手を伸ばした。狙いはショルダーバッグだけだ。聡子はどうでもいい。バッグに手が触れた、と思った瞬間、私は渾身の力でそれを引っ張った。ブチッという音がして、背後で悲鳴があがった。振り返らず、私はそのままオートバイを進め、決めてあった逃走路を通って夜の闇の中へと逃げ込んだ。

欲しかったものは手に入った。伊沢聡子の通勤用ショルダーバッグ。その中に必ず、私の本当に求めていた情報が入っているはずだった。

私は自室に駆け込むと、バッグの中身を床にぶちまけた。

たぶん、この中だ。赤い革の表紙のついたぶ厚い手帳。ほとんど呼吸がとまるかと思うほどせっかちに、私は手帳を開いた。思った通りだった。手帳のいちばん後ろに住所録があった。そこに、何かの印刷物からコピーしたとみられる住所のリストが貼り付けられていた。私は「さ」行を探し、そして、あやっと、愛《いと》しい彼女の住所を見つけたのである。

だが。

私は呆然と床に座り込んだ。

何ということだ……何という。だがもちろん、それはあり得ることだったのだ。日本のほとんどの大手出版社は東京に集まっている。だから私は完全に錯覚してしまっていた。その出版社と仕事をしている作家もまた、みな東京に住んでいると漠然と思い込んでいたのだ。

当然ながら、そんなことはなかった。作家というのはその気になれば日本全国に住むことが可能であり、いやそれどころか、世界中のどこに住んでいたって日本の作家として生活して行くことは可能なのだ。その観点からすれば、私はまだしも運が良かったということにはなるかも知れない。とにもかくにも、愛しいあの人、彼女が住んでいたのは日本の中だった。しかし東京からは五百キロだか六百キロだ

か離れた関西の田舎だったのだが。

2

それで総てが終わったわけではもちろん、なかった。

住所と電話番号がわかったというのはそれなりに大きな進展ではあったのだ。これで私は彼女に自分の存在と想いを伝えることは出来るのだから……手紙と、そして電話とで。

そのことについては、早速実行に移すことにした。今度は二重の封筒に入れる必要などないのだから、確実に彼女のところに私の想いが綴《つづ》られた手紙は届くのだ。本当は電話を掛けてみたかったのだが、いきなりでは彼女を驚かせてしまうかも知れないと思い、まずは手紙にする。書店で彼女の作品を読み、そこに込められたメッセージを読みとった時に私がどれほど嬉しかったか。その熱い想いに触れて、どれほどあなたを愛しいと思ったか。私は、何度か編集部に手紙を書いたのにそれが届かなかったようなので、あなたの住所を突き止めるのに少し時間がかかってしまい、想いを伝えるのが遅くなったことも丁寧に詫びた。そして、もう心配しなくてもいい、確かに私があなたのことに気付き、その想いに応えるつもりなのだから、と書いた。読み返してみれば、我ながらほれぼれとするような名文だった。情熱的で真摯《しんし》で、そして何より、愛で溢れている。この地球上で、これほどの想いを綴った手紙を受け取ることの出来る幸福な女性は、いったい何人いるだろう？

私は今回も、宛名を赤い字で書いた。それは私の情熱を表現したいからだった。きっと彼女になら、そのメッセージは伝わるはずだ。

私は待った。今すぐにでも彼女に逢いに行きたいと思ったが、何しろ遠かった。わざわざ訪ねて行ったはいいが留守だったなどということにはなりたくない。東京にさえ住んでいてくれたなら、伊沢聡子にしたように一日中そばにいて、その姿を見つめていることも出来たのだが。しかし、問題はないはずだった。彼女はきっと返事をくれる。そしてそこには、すぐにでも逢いに来て欲しい、ずっと出掛けないで待っています、と書いてあるはずだ……

返事は来なかった。なぜ来ないのか理由がさっぱりわからなかった。住所が間違っているはずはないのに。十日ほどじりじりとしながら待って、仕方なく、私は受話器を手にとった。少し彼女を驚かすことになるかも知れないが、やはり電話ほど手っ取り早いものはない。高鳴る胸を押さえつけながら呼び出し音が鳴るのを待った。だが回線が繋《つな》がった、と思った途端に耳に流れて来た声は、小生意気な留守番電話の声だった。事務的に、留守にしているのでメッセージを残せと強制する、あの嫌らしいメーカーお仕着せの録音だ。私は受話器を叩きつけた。留守だなんて、この私がわざわざ電話してやった時に、よりにもよって留守だなんて！

だが、怒りはすぐに収まった。そりゃ彼女だって外出ぐらいするさ。外に出なければ食事の材料を買いに行くことすら出来ないじゃないか。そんなことで怒るなんて、私はどうかしている。

すぐにでももう一度掛けてみたかったのをぐっと堪えて、二時間待った。それから受話器をとった。またしても留守番電話。怒りの発作に見舞われそうになったのをかろうじて押さえ、さらに三時間おいてからまた掛けてみる。しかし結果は同じだった。

そうか……旅に出ているのだ。だがどこへ？　私の手紙を受け取って、私の訪問を待ち望んでいる最中に旅になど行くなんて、不自然ではないか？

あ、そうか。大事なことを忘れていた。彼女は作家なのだ。当然、取材旅行とやらには行くだろう。私のことを待ちたい気持ちは山々でも、仕事があるのだから仕方がない。そうだ、それで手紙のことも納得が行く。彼女は取材旅行に出ていて、まだ手紙も読んではいないのだ。そうするとかなり長い旅行だな。いったいどこを取材しているのだろう？　アメリカ大陸かヨーロッパ、それともアフリカ？

私はサバンナの草原をジープに乗って疾走する彼女の姿を頭に思い描き、嬉しさで胸がいっぱいになるのを感じた。

彼女は……私のことを密かに恋い慕い、作品の中で熱いメッセージを込めてくれたあのひとは、作家なのだ。そう、ただのそのへんのつまらない女の子なんかじゃない。

世間の男どもは本当に哀れだ。何の取り柄もなく、ただ着飾ることと男とセックスすることしか頭にない女の子を追いかけ回して悦んでいる。そこには何の知的な興奮もなければ、人生にとって少しでも有意義だと思えるような輝きもない。ましてや、そんなくだらない女をつけまわして殺したりする馬鹿と来たら、哀れの極みだ。ストーカーだなんて、本当にくだらない。どうして世の中には、追いかけまわさなくても自分に対して熱いメッセージを発信している彼女のような素晴らしい存在がいることに気付かない男が、こんなにも多いのだろう。彼等は人生を無駄にしている。無意味に浪費し、冒瀆《ぼうとく》しているのだ。

私は違う。

＊

それから一ヶ月、私は待った。毎日三回彼女のところに電話をかけたが、ずっと留守番電話のままだった。たまらなくなって何度かメッセージを吹き込み、私の電話番号も忘れずに入れておいたのだが、折り返しかかって来るということはなかった。手紙も書いた。毎日一通書いていたので、赤いボールペンもインク切れになってしまった。

もはや、可能性はひとつしかない。

彼女は誰かの影におびえて、電話にも出られず、手紙も出せない状況にいるのだ。

そうだ、そんな推理小説をずっと昔に読んだことがある。悪意を持った人物に見張られ、郵便受けも荒らされて届く手紙は開封されてしまう。嫌がらせのような電話が始終かかってくるので、留守番電話にしたままでいる。警察に訴えても相手にされず、誰にも助けて貰えずに、部屋の中に閉じこもって……閉じこもって……段々気が狂って行くのだ！

私は立ち上がった。そんなこと、そんなことは絶対に駄目だ！

私が助けよう。そう、私が助けてやる！　私は取る物も取りあえず新幹線に飛び乗った。

住所を辿《たど》って行くと、彼女の住むマンションは簡単に見つかった。滋賀県の琵琶湖の西側、新幹線で京都まで出て、湖西線というローカルな路線に乗り換えて二駅で到着する。その駅から徒歩十五分といったところ。湖岸に建っているわけではないが、湖から通り二本ほど西に寄っただけで、しかも周囲は緑地保全の為の公園になっているので、部屋の窓から湖がよく見えるだろう。

だが、いきなり彼女の部屋を訪ねるのはやめにした。まずは彼女の敵を追い払ってからでなければ、彼女が私のことも敵の一味だと誤解する可能性が高い。彼女の部屋は五階の角部屋だった。分譲タイプのマンションだが、住民の半数は賃貸契約で入っているということを、近所の不動産屋で確認する。

とりあえず、彼女の元気な姿を一目見ようとマンションの前の公園で一日粘った。夕方になって、ベランダに干してあった洗濯物を取り込む女性の姿が目的の部屋で見えた。私は双眼鏡で確認した……彼女だ！　著者近影に比べて少し見劣りがする気もするが、髪の毛を整えて化粧をきちんとすればちゃんと写真の通りになるだろう。彼女がやつれているのは仕方がないことなのだ。何しろ、敵に見張られ、電話にも出られない生活を強いられているのだから。

ともかく彼女の生存は確認出来たのだ。戦いはこれからだ。次にしなくてはならないことは、敵の正体を突き止めること。これには長期戦を覚悟しないとならないかも知れない。

用意は万端整えてあった。琵琶湖畔の無料キャンプ場に持参した小さなテントを張り、夜はそこで眠ることにする。と言っても睡眠は最小限にして、後の時間は当然、彼女の生活を見守ってやる。そうすればおのずと敵の正体もわかって来るだろう。

私はその日から、辛抱強く彼女を守る任に着いた。


敵の正体はあっけないほど簡単に割れた。彼女の生活を見守り始めてからわずか三日目に、マンションの入口のところで怒鳴り声が聞こえて来たのだ。そしてそれに対して謝っているような、彼女の心細げな声も。

私は公園から走ってマンションの玄関に飛び込み、郵便受けの陰にしゃがみ込んでその会話を聞いた。

「だからねぇ、あたしもこんなことは言いたくないんよ、ほんま」

「……はい」

「そやから悪うにとらんといて欲しいんやけどねぇ、でもほんま、あたしも辛いんよ、毎日朝が早いしねぇ。なにせ京都まで出勤せなあかんでしょう、会社は八時半からやし、お弁当は作らなあかんし。そやから毎朝、六時半に起きとるんよ」

「わかります……ほんとにすみませんでした」

「何も謝って欲しいいて、こんなん言うのと違うんよ、ただほんま、もう少しねぇ、気をつけて貰いたいわあ」

「今度から気をつけます」

「今度から今度からて、こうゆうのもう三回目と違う？　あたしもほんま、いつもいつも言うのがイヤなんやけどぉ」

「ほんとにすみません」

彼女は深々と頭を下げた。私の目にも彼女はげっそりとやつれ、肌は荒れ、悲惨な状況に見えた。私は彼女を攻撃しているその女を知っていた。なんとそれは、彼女の隣室に住む中年の女だったのだ。

あんなに近くに敵がいたとは！

女はまだ言い足りないというようにねちねちと攻撃を重ねてから、ようやくすっきりした顔になって立ち去った。後に残された彼女は、今にも吐きそうな蒼い顔で立ちすくみ、何度もウッッとこみ上げて来るものを呑み込んでいた。泣き出しそうになるのをじっと堪えていたのだ。

私の中に憎悪の火がともった。

あの女をこのマンションから追い出すのだ！

そうと決まれば一刻も早い方がいい。私は東京にとって返し、ただちに住んでいたアパートを引き払った。どうせ独身のひとり暮らしで荷物は大したものはなかったが、とりあえず貸し倉庫に預けて、ノートパソコンと「ひとみちゃん」といくらかの服だけを持ってまた滋賀県へと向かう。「ひとみちゃん」はビニールで出来ていて空気を入れると膨らむ人形なのだが、あのメッセージを見るまでは「さゆり」という名だったのだ。ちょっとだらしなく大口を開けたままなのが気になるが、それは実用的に仕方のないことなので目を瞑《つむ》るとして、なかなかの美人である。

不動産屋を何軒も訪ねて、彼女のマンションに徒歩で通える範囲にあって出来るだけ家賃の安いアパートを捜した。あの女を彼女のそばから追い払うまでにどのくらい時間がかかるかわからなかったので、テント生活では限界があると思ったのだ。幸い、木造の四畳半一間という、昭和史の遺物のようなアパートが見つかった。家賃の前払いさえしてくれれば契約書に押す保証人の判も実印でなくていいという、実に大雑把な大家の態度も気に入った。

仮の住まいとはいえ本拠地が決まると、私は毎日出陣してあの性悪な女に戦いを挑んだ。方法はいくらでもあった。まずは順当に、郵便受けに脅迫状めいたものを作って入れる。近所の部屋の郵便受けにはその女を中傷するビラをまく。女を京都の勤め先まで尾行し、勤め先に借金取りを装って電話を掛ける。さらには、その会社のぼんやりした事務員を口車で騙し、電話番号を聞き出した。ただの無言電話ではつまらないので、ゲロを吐く音やホラー映画の悲鳴などを録音したテープを送話口でまわしてみたりもした。その女はなかなかしぶとかった。一ヶ月かそこらで音をあげて出て行くだろうと思っていたのに、二ヶ月経っても三ヶ月経っても動く気配を見せない。ゴキブリの死骸やネズミの死骸が郵便受けに入っているのを見ても、ガマ蛙を踏み潰したような悲鳴はあげるもののやっぱり出て行かない。まったく、何という女なのだ。しかも図々しくもその女は、警察に相談したらしく、郵便受けのところまで地元の交番の警察官がパトロールに来るようになってしまった。

私の中に宿った憎悪はこのことでさらに膨れ上がった。自分は私の愛するあのひとを追いつめ迫害しておきながら、少しばかりの嫌がらせを受けたと言って警察に頼るなどとは、盗人たけだけしいと言おうか何と言おうか。ともかくこんな人間を赦《ゆる》しておいては、いずれ社会の害毒になる。私はそう確信した。

何よりも私を勇気づけていたのは、前に伊沢聡子の時に法律に違反するような犯罪行為をやったにもかかわらず、結局警察に捕まることもなく今まで過ぎているという事実だった。世の中の犯罪者というのはみな、愚かなのだと思う。愚かだから、愚鈍な警察に捕まってしまうようなドジを踏むのだ。私はその点、自信があった。第一、私が行おうとしていることは、いわば、正当防衛なのだ。先に私の愛する女性に危害を及ぼしたのはあの女の方であり、私は彼女に代わって、ふりかかる火の粉を払うだけのことなのである。

問題は決行場所の選択だった。私はもはや得意となった尾行と監視を憎きその女に対して数日間行い、最適の場所を選んだのだ。

たまたま、月も出ていない曇空の夜だった。星も見えず、遠く瞬いているはずの琵琶湖の対岸の明かりもぼんやりと薄れていた。その女は、残業で遅くなったのか、すっかり暗くなった公園の中を歩いていた。その女はなぜか帰り道に表の通りではなく、公園の方を回って来る習慣を持っていたのだ。いつも騒音がうるさいだの排気ガスが多いだのと手当たり次第に文句ばかり言っているので、さだめし、交通量の多い県道沿いを歩くのが嫌なのだろう。もちろん私には好都合だった。

私は息をひそめて待った。そして、私が身を縮めていたサツキの植え込みの前をまさにその女が通りかかった時に飛び出し、女の後頭部めがけて手にしていた金槌《かなづち》を振り下ろした。

ギャッという叫び声が聞こえた。一発では死ななかったのか、女は這いずって逃げようとした。私は冷静に、その醜い血にまみれた頭の上に、二度、三度と金槌を振り下ろしたのだ。

こうして敵は死んだ。彼女はもう安心だ。

その女の荷物がすっかり部屋から運び出されるまでに半月もかかった。私はたくみに不動産屋と交渉し、首尾良くその女の後にその部屋へと入居した。

五〇二号室。

憧れの、そして愛しい愛しい彼女の、隣室だった。

3

私は部屋の空気を胸に吸い込み、ちょっと顔をしかめた。どこかに嫌な化粧品の匂いが残っている。あの女の匂いだ。

窓を開けて新しい風を入れた。明日には、長い間倉庫に預けっぱなしだった荷物も届く。そろそろ貯金は尽き掛けていたので仕事を探さなければならないが、京都市内に行けばまたバイク便の仕事があるだろう。それがなければ、ピザだとか寿司の宅配のバイトでもすればいいのだ。家賃は破格だった。前の住人が目の前の公園で殴り殺されたという「噂」をそれとなく不動産屋でちらつかせたところ、部屋の持ち主が家賃を一気に二万円も下げてくれたのだ。それでも月額九万円は、かなりの出費には違いなかった。だがこの部屋にはそれだけの価値はあった。

私はインターネットの裏物マーケットで購入した盗聴道具を取り出し、壁に取り付けた。もちろん、そうするには正当な理由があるのだ。私は彼女を守らなくてはならない。もう二度とあの女のような敵が彼女を苦しめないように。

この壁の隣りには彼女がいるのだ。そう想像するだけで、私の心は躍る。明日、荷物が入ったら、菓子でも持って挨拶に行ってみよう。そして打ち明けるのだ。あなたのメッセージを見ました。私こそが、あなたのSなのです、と。

ここまで来るには本当に長かった。二年もかかってしまった。だがゴールはもうすぐだ。

当然私には権利がある。これだけの努力と犠牲を払い、殺人まで犯して彼女を守ったのだから、それ相応のことは彼女に期待しても罰《ばち》は当たらないはずだ。彼女もそのことはよくわかっているだろう。だから、ある晩私がベランダの簡易隔壁を破って隣りのベランダに移り、ガラスを割って中に侵入したとしても、彼女は笑顔で私を受け入れてくれなくてはいけないし、受け入れてくれるに決まっている。その時の為の準備はちゃんと整えた。まず、彼女のからだを優しく拘束する為のロープ。決して ケバやトゲのたった古いロープではいけない。そんなもので縛れば、彼女の肌が傷ついてしまうだろう。ちゃんと新品の、ＳＭマニア向けグッズを置いてある大人のオモチャ屋で購入した、白くてすべすべとしたロープだ。そしてデジタルカメラ。普通のカメラで撮影したのでは、プリントに出した時に没収されてしまう恐れがあるのだ。デジタルカメラならばどんな写真を撮っても誰はばかることもなく楽しめる。彼女は少し泣いてしまうかも知れないが、きっとすぐに赦してくれるはずだ。何と言っても私は、彼女の敵を倒した命の恩人なのだから。

　盗聴装置の調子はなかなか良好だった。彼女が室内を歩き回る足音と、点《つ》けっぱなしのテレビの音とがはっきりと聞こえて来る。

　ニャオーン

　私はびくっとした。

　空耳だ、そうに違いない。


　ニャニャニャーン。ニャ。

　猫。


　私の全身から血の気がひいた。

　猫だ！　よりにもよって、猫！

　私がこの世の中で最も忌み嫌う生き物！

　ああ……どうして、どうして彼女は猫などを飼っているのだ……なぜ犬にしなかったのだ！

　私はともかく部屋を出て管理人室に駆け込んだ。

「猫を飼っている人がいますよ！」

　管理人は私の剣幕に驚いている。

「はあ？」

「猫ですよ！　五〇一号室です！　すぐに注意して、猫を処分するようにあなたから言って下さいよ！　賃貸契約ではペットの飼育は禁止してるはずだ！」

「処分？　しかしあなた、入居の際の当マンションの規約をお読みいただきましたか。このマンションはですね、犬猫の飼育は特に禁止はしていないんですよ。なにせ分譲ですからね、本来は。いや、あなたとあなたの部屋の持ち主さんとの賃貸契約でペットの飼育を禁止しているということは有り得ますよ、しかしそれはマンション全体の規約ではないんで、他の部屋には適用出来ませんよ」

「だ、だだだって、猫なんですよ！」

「ええ、ですからね、猫も犬もですよ。規約で飼育を禁止しているのは、危険な大型の動物と、毒蛇などの有害な動物のみです。もちろん他の住民には迷惑をかけないとか、廊下やエレベーターなどの共有部分ではケージに入れるとか、そうした取り決めはありますけどね。五〇一号の猫があなたに何か迷惑をかけたんですか？　そういうことでしたら、私ではなくて自治会の方に言ってみて下さいよ」

仕方なく私は部屋へと戻った。盗聴装置からはまるで嫌がらせのように猫の鳴き声が聞こえて来る。これではたまらない。私は諦めて盗聴装置をはずした。明日挨拶に行くにしても、もし彼女の足下にあの嫌らしい生き物がいたらどうしよう？　中でお茶でも、と誘われても、そいつがいる限りは一歩も前に進めないのはわかりきったことだった。

せっかく、せっかくここまで辿り着いたのに。

彼女の部屋の隣りまでやって来たのに！

私は一晩中考えた。翌日になって荷物が運び込まれる間もずっと考え通していた。これは、あの女を殺したのとは比べ物にならないほどの難問だった。いったいどうやれば、隣室にいるあの忌まわしい生き物をこの世から消し去ってしまえるのか？

念願の「お引っ越しのご挨拶」も出来ないまま、三日が過ぎた。その三日の間部屋にこもって、胸が悪くなるのを押さえながら盗聴を続けた結果、ひとつの重大な事実が判明した。問題のその悪魔の手先である毛むくじゃらの生き物は、日光浴と称して一日に数時間をベランダで過ごしているらしいのだ。何が日光浴だ。生意気な。悪魔は太陽を友としてはならない、そんなことは人間様の常識なのである。畜生というのは本当に仕方のないものだ。

しかしそいつがベランダに出て来ているとなれば、作戦は考えられる。

私は意を決して立ちあがり、あの悪魔の手先を抹殺すべく行動を開始した。まずは肉屋に行き、松阪牛の極上ロースを百グラム買い込む。猫なんてものがいったい何を好んで食べるのかなどは知らなかったが、人間が涙をながしてありがたがるような肉を出せば文句は言うまい。その肉自体に猫イラズでもまぶして隣りの部屋のベランダに投げ込んでしまえば話は早いのだが、そんなことをすれば私が猫を殺したとすぐにばれてしまうだろうから、短気は起こさないことにする。

猫はベランダで日光浴、そして愛しの君が外出したのを確認してから、松阪牛の一切れに慎重に糸をくくりつけ、ベランダとベランダを隔てている簡易隔壁の下の隙間から牛肉を投げ入れる。後は待つだけだ。手応えがあるのをじっと待つ。

数分後に手応えを感じ、私はゆっくりと糸を引っ張った。そうすれば猫がつられて隔壁の下から顔を出し、こちら側のベランダに現れるに違いないと思っていたのだ。だが甘かった。さすがに悪魔の手先だけのことはある。グイッという強い手応えに思わず急いで糸をひくと、高級松阪牛の肉片は見事に姿を消し、糸がむなしくあるだけになっていた。同じことを五回繰り返すと、百グラムの松阪牛は消えてなくなった。

私は怒りで目の前が赤くなったように感じたほどだった。

その晩はまた寝ないで考え、翌日私はペットショップへと走った。店員に相談し、猫の喜びそうなものを教えてくれと言うと、様々なガラクタを売りつけられた。ネズミの形の小さなオモチャや、プラスチックのボールの中に鈴が入ったもの、子猫の尻尾《しっぽ》のようなものが棒の先に付いて、左右に振ると独特の動きを見せる「猫じゃらし」。どれがいちばん効果的なのかという質問には「猫の好みですからねぇ」とごまかされ結局全部買い込むハメになった。

ともかく、またもや隣室の猫がひなたぼっこにベランダに出て、憧れのあの人が買い物に出掛ける、という条件が整ったのを盗聴器によって確認してから、私はそれらのガラクタを抱えてベランダに座り込んだ。非常の場合には蹴飛ばせば壊れるようになっているベニヤか何かで出来たちゃちな隔壁の下の、十センチに満たない隙間から、いろいろなものを放り込んで反応を待った。もちろん、どのオモチャの先にも糸を結びつけて。

確かに肉片よりはいくらかましだった。隣室の猫はプラスチックのボールや模造ネズミに興味を示し、糸をそろそろと引っ張ると、前足をさかんに隔壁の下から突き出して獲物を追いかけようとした。だがそのままずっと糸を引き込んでしまうと、猫はそれ以上は決して入って来ようとしないのだ。たぶん、愛しの彼女がその点は厳しく躾《しつ》けているのだろう。猫に理性があるとは到底思えないが、少なくとも躾による抑制はある程度利くもののようだ。しかし、こうなったら意地だった。要は抑制をかなぐり捨ててでも獲物が欲しいと思わせればいいのである。私は、特製猫じゃらしを手に取った。これならば棒の分だけ遠くに突き出して猫を誘えるし、糸よりは自由が利く。その棒を手にして隔壁の下から思いきり突き出して左右に揺すると、すぐに最初の一撃が来た。猫の奴はすっかりその気になっている。つまり、私が遊んでやるつもりだと勘違いしているのだ。

私は慎重に、かつ大胆に猫じゃらしを扱い、何とか猫をこちらのベランダに引っ張り込もうと、四つん這いになり、さらに汗だくになっていた。その努力のかいがあって、やがて猫の前足が隔壁の下からこちら側に現れ、そしてついに、その頭が隙間をくぐってこちらに突き出されたのだ！

「ようし、やっと来たな」

　私は猫じゃらしを動かす手を休めずに言った。

「もう少し入って来い。遠慮するな。さあ、入って来るんだ！」

　その猫は、仮にいくらかあるのだとしてももはや、理性は失っていた。ひたすらに前足で猫じゃらしの先端を追い求め、狩の本能を満足させることだけに没頭している。やがて私の誘導通りに、猫はこちら側のベランダへと完全に入り込んで来た。私は焦らないよう気持ちを落ち着け、文字どおりの猫撫で声を出し続けた。

「そぉら、そぉら楽しいだろう。そうだそうだ、もう少しこっちに来るんだ、そらそら」

　今や、その白の少し混じった黒い猫は、四つん這いになった私の顔の前にいた。夢中で猫じゃらしを追いかけながら。私は左手に持っていたコンビニの袋を右手に持ち換え、猫じゃらしの棒を口にくわえて袋の口を左手で開けた。

「それっ！」

　一瞬の間合いで、猫のからだ半分がコンビニの袋の中に入った。

「やった！」

　私は間髪入れずに袋の持ち手を持って袋をつり下げた。中に入れられてしまった猫が、情けない蹴りを袋の中で繰り出している。

「はははは、どうだ、この悪魔の手先め！　おまえさえいなければ、私はあの愛しいひとのもとに行き、これまで私のして来た数々の努力に対して当然の報酬を授けて貰うことが出来るんだ！　おまえをこれから私がどうするか、わかるか？　このままエレベーターに載ってだな、屋上に行って、おまえをあの琵琶湖に向かって放り投げてやるのさ。猫って奴は高いところから落としてもからだを回転させて怪我せずに立てるとか言うが、どうだ、さすがに十二階建ての屋上からではちょっと大変だろ？　ははははは……」

私はそれからその袋のネズミならぬ袋の猫に、これからの楽しい計画を総て話して聞かせてやった。隣室の愛しい女性に挨拶に行き、出来ればそのまま寝室に連れ込んで服を脱がせ、白いロープで縛って写真を撮るつもりだ。用心の為に包丁ぐらいは持って行くだろうが、もちろんそれは彼女を傷つける為ではない。ただ彼女があまり驚いて私に殴り掛かったりとか、そうした予期せぬ事故を避ける為だ。彼女がおとなしくなったら、僕が彼女の愛を受け入れるつもりであり、彼女の為に殺人まで犯して彼女を苦しめていたあの醜い魔女を退治してやったことを話して聞かせるのだ。そうすれば私の当然の権利として、彼女はその身も心も私に捧げてくれるだろう。

「そもそも」

と私は高らかに言った。

「あの、愛するS、というメッセージが発せられた瞬間から、私にはこうなる運命が見えていたのだよ」

その時だった。

パリッという小さな音と共に、コンビニの袋から奇妙な形のものが突き出して来た。それは毛むくじゃらな紅葉《もみじ》の葉のような形をしたもので、先端に尖《とが》った針がついていた。

バリバリバリバリバリッ
見ている間に、コンビニの袋はその尖った針先によって縦に長く割かれてしまった。

「お、おまえっ！」

私が捕まえようとした一瞬早く、袋から転がり落ちた猫が私の腰と肩を階段のように駆け上がると、頭の上に飛び乗り、上から長い前足を伸ばして私の視線を覆った。

バリバリリバリッ
「うおおおおおおおおおっ！」

視界が真っ赤に染まった。顔中が悪魔の鉤爪によって切り裂かれ、流れた血が目に入ったのだ。

「こここ、殺してやるーっ、猫鍋にしてやる――っ！」

私は流れ込む血を腕でぬぐい、猫を探した。その時にはもうすでに猫は私の頭の上から飛び降り、どこかに姿を消していたのだ。

ようやく視界が戻って来て、私はそいつを見つけた。

ベランダの真ん中で、生意気にも私の血のついた前足を忙しく舐《な》めて掃除している。

私は部屋の中を見回した。あの白いロープが目に入った。だがそのロープは「ひとみちゃん」のからだを縛り付けてあったので、ほどくのにちょっと時間がかかった。

ともかく私はロープを手に、ベランダに近づいた。ロープは小さな輪を作って結んでおく。カウボーイの結び方だ。この輪にあの小さな首をひっかけて、そのままベランダからつるしてやる。一分もあれば決着はつくだろう。

慎重に私は近づいて行った。その猫は、珍しいものでも見るような顔で私を見上げている。

声をたてずに、私は一気にロープの輪を猫に絡めようとした。だが瞬間早く、猫はひらりと輪をかわして姿を消した。

「ど、どこだ？」

見回すと、ベランダの柵の上に猫は載っていた。幅八センチほどの柵の上だ。

「ひひひひひひ」

私はじりじりと猫に近づき、ロープを鞭のようにしならせて猫を叩こうとした。猫はひょいと飛び退《の》いて柵の上にまた着地する。

「踊れ踊れ！　その内におまえは足を踏み外して下に落ちるんだ。それ、それ、それっ！」

ピシピシと音をたててロープをしならせる。だが猫は巧みにそのロープをよけた。私は命中精度を上げる為に猫にどんどん近づいた。

「それそれっ、それっ！　踊れ踊れぇぇっ……ぎゃっ」


視界が黒くなった。何が起こったのかわからなかったが、呼吸が出来ない！　なんと、か、顔の上にあの猫が貼り付いていたのだ！

「はがれろっ、は、はがれんかぁっ！」

私は夢中になり、さっき作ったロープの輪を手探りして自分の顔を覆っている猫の腹の上の方に引っかけようとした。目を開けると細かな毛がたくさん飛び込んで来て痛いので目は開けられない。猫は必死になって私の頭を抱きかかえている。私はロープの輪をめいっぱい広げ、手を高くかざして上から落とした。やった、これで猫の首は輪の中だ！

私は、渾身の力を込めて思いっきり、ロープを引っ張った……


……目の前が真っ白だ。いったい、いったいどうなったんだろう？

私はたぶん、歩いていた。一歩、二歩、三歩……ぐっとからだが何かにあたって前のめりになる。相変わらず目の前は白い。白くて何も見えない。

ふっとからだが軽くなった。

あ。

……落ちる……どこへ……？

＊　＊　＊

「桜川《さくらがわ》ひとみさん、ご職業は、推理作家ですか！」

「ええ、まあ」

「それはすごいなぁ。いや、僕も推理小説は大好きなんですよ。特に最近はね、ほら、八回死んだ男、でしたっけ、あれを書いた……」

「七回です」

「は？」

「あの、七回死んだ男、です」

「え、そうでしたか？　あ、そうか、七転び八起きって言いますもんね、ははは。しかし作家なんてやってると、ファンレターなんかもすごいんでしょうね」

「わたしはそんなに人気作家じゃないんですよ。まあたまには来ますけど」

「変な奴からも来たりするんですか？　よくそういう話、聞きますよね」

「ああ、そうですね。たまには。最近も、いつも赤い字で手紙をくれる人がいましたね」

「赤い字ですか！　変な奴ですね」

「ええ。目立つようにそうしてるんでしょうね、ファンレターっていうより、なんか創作みたいな内容の手紙なんで、作家志望者の人かも知れませんけど」

「そんなのはどうするんです、返事を出すんですか？」

「出しようがなかったんです。その人、自分の住所を書くのを忘れてましたから、いつも」

「間抜けな奴ですねぇ」

「ほんとに」

「ははは……あれ、電話鳴ってますね」

「あ、いいんです。留守番電話にしてありますから。締め切りの催促とか銀行の残高不足とか、ろくな電話がないんでいつも留守電にしてるんです」

「なるほどねぇ」

「あの、それで？」

「あ、そうでした、そうでした、すみません。で、隣りに越して来た男についてはまるで何もご存じないと」

「知りませんでした」

「まったくですか」

「顔も見たことはありません」

「以前のお隣りさんだった増田《ますだ》さんが殺された事件には目撃者がありましてね、どうもその犯人と、昨日変死した隣りの前川《まえかわ》という男とが酷似してるという事実があるようなんですが」

「でも、ほんとに知らないんです。増田さんとは何度か話はしましたけど。酔っぱらって夜中に歌を歌っちゃって怒られたりしましたけど、いつも親切におかずのお裾分けとかいただいてました。でも前川って人のことはぜんぜん知りません」

「下にいた目撃者の情報から自殺だろうと推測はされているんです。ふらふらとベランダの柵に近づいて来て、そのまま落ちたみたいですから。しかし変なのはその首にロープがまきついていたことでしてね、それも、かなりの力で絞めた形跡があるんですよ。玄関に鍵はしっかりかかっていましたから、まあ殺人事件ではないとは思いますが。さしずめ、ロープで首つり自殺しようとして失敗し、そのままベランダから飛び降りたってとこだと思いますがね。増田さんを殺した罪の意識に苛《さいな》まれたからかも知れませんね。そうそう、前川ですが、どうやら猫好きだったようですよ」

刑事はひとみの足下に座っている白黒ぶちの猫を見ながら言った。

「近所の野良猫とでも遊んでいたのか、室内には猫じゃらしだの猫のオモチャだのがたくさんありました」

「そうなんですか……何だかかわいそう」

「まあ、しかし殺人犯だったとすると同情も出来ませんがね。僕も猫は大好きなもんで、猫好きの殺人犯なんてのは存在して欲しくないんですが。あの、ちょっと抱かせて貰っていいですか」

刑事は白黒ぶちの猫を抱き上げた。

「お、男の子か。おとなしいですね。名前は？」

「正太郎《しょうたろう》です。わたしの読者には人気がある猫なんですよ」

「ほう？」

「Sシリーズって連作ものがあって、それの主人公なんです。人間の探偵風に物語を語るんですが、実は猫だという。ただそろそろ飽きて来たんで一度、死んだことにしてシリーズを終わらせちゃったんですけど、抗議が殺到して」

「どうしたんです？」

「生き返らせました。ほんとは死んでなかったことにして」

「ホームズみたいですね」

「そうなんです。ヒーローはやっぱり、簡単に死んじゃまずいですもんね。あ、そうそう、最新作が雑誌に載ったんで、刑事さん、さしあげます、よろしければ」

「ほんとですか。それは嬉しいな」

「今度の新作のタイトルは『Ｓは正体を知っている』です」

正太郎とグルメな午後の事件

1

世の中に、おいしい話、などはない。

そんな初歩的な教訓をあの歳になるまで身に付けていないというのは、ある種の美談なのかも知れない、と俺は思う。それだけ同居人のこれまでの人生が周囲の善意に支えられたものだったということであるわけで、騙《だま》されても騙されてもなお懲りない彼女の性格というのを考慮に入れるとしても、このせちがらい世情の中で未だに「おいしい話」を信じてしまう同居人の存在というのは、一杯のかけそばを分けて食べたとか何とかいう話と同じくらいには、心温まるものという見方は出来よう。

しかし、同居人が騙されて精神的な打撃を少々受けても、俺としては、まあ、膝にのっかって掌《てのひら》を舐《な》めてやるくらいのことで済むわけだが（同居人は大変にタフな性質を持っているので、少しぐらいのショックならそれで立ち直る、と言うか、そうされている内に空腹を感じて忘れてしまうのだ）、それが金銭的な打撃であった場合には、俺にも少なからぬ影響が及んでしまうので問題である。経済の困窮は必然的に節約を招くわけだが、同居人の場合、節約の優先順位が風変わりなのである。つまり、自分の快楽に出来るだけ遠い部分から削っていこうとする。普通の人間はまず「我慢すること」が節約の基本だと思っているはずなのだが、同居人は「出来るだけ自分が我慢しないこと」を基本としているのだ。早い話が、俺の生活必需品などは真っ先に節約の対象にされてしまう。缶入り食料は缶が変形したりラベルがはがれたりしている「処分品」へ、乾燥食料は「賞味期限残少」のワゴンに積まれた売れ残りへと、それぞれランクダウンし、毎月二個は消費しているストレス解消用のミニーちゃん（小さなねずみのオモチャで、ミニーちゃんというのは同居人が勝手に付けた名前であり、商品名は確か、ちゅー助、とかいう）も、ぼろぼろに嚙み砕かれたままで一向に新しいものと取り替えて貰えず、抗議をすると代わりに新聞紙を丸めたものを放られる（我ながら情けないと思いつつも、ついつい猫族の習性で飛びついて遊んでしまうのだが）はめに陥る。これは大変に憂慮すべき事態である。

そうなってからでは遅いので、お金だけは騙し盗《と》られないでよね、と、俺は常日頃から同居人に心の中でお願いしている。そのかいあってか、あるいは騙す方も金のありそうな人間を選ぶからなのか、悪質な金銭詐欺の類《たぐい》にだけはまだひっかかったことがないので助かっているのだが、その他の細かなことでは本当によくころころと騙され、損な役割を押し付けられているのが同居人なのである。

従って今回も、俺は電話口で異様に喜んでいる同居人の顔を見ながら、ああまたかいな、と欠伸《あくび》をかましていた。よもや、自分にも関係してくる問題に発展するなどとは、その時点ではまったく予想出来なかったのである。以下、同居人が受話器に向かって発していた言葉を思い出せる限り再現してみるとこうなる。

「うっそー、そんなおいしい話、まじー？」

「やるやる、もちろんやるー。その仕事、他のとこには絶対持っていかないでよぉ」

「で、もちろん費用はそっち持ちなんでしょ？」

「ぜんぜん、オッケー」

「うんうん、そう思う。だからさ、京都っぽいって言ってもほら、観光ガイド的なのばっかりじゃつまんないもんね」

「いややっぱり、そうでしょー」

「え？　でもぉ、京都に住んでる作家で特に親しい人っていないしなぁ……あ、そうだ、浅間寺《せんげんじ》のおじさまどう？　ちがーう、浅間寺竜之介《りゅうのすけ》よぉ。『雪原の風《かざ》の雪だるま』の……え？　違うの？『雪原の風車《ぐるま》』？　なんだ、雪だるまかと思ってた。え？　うん、読んでない。ごめーん。まあそんなことはどうでもいいって、ともかく浅間寺のおじさまだったら、山菜だとかきのこだとか、タダで手に入るもので食い繋《つな》ぐ名人だから、うん、そうそう、比較して面白い話も聞けると思うのよ。どうせ対談形式にするんだったら浅間寺のおじさまがいい！」

これらの発言の間には、受話器の向こうの話し相手に相槌《あいづち》を打つ同居人の声ももちろん入るのだが、それらは省略した。

これだけの情報でわかった状況はと言えば、同居人がまた糸山《いとやま》に（口調にまったく遠慮がない点と、声が少しもうわずったり緊張したりしていない点から、電話の相手はS出版の編集者、糸山大吾《だいご》だと予測できる）うまいこと丸めこまれて何やら対談だか何だかの仕事を引き受けさせられたのだな、ということなのであるが、もちろんそれは、仕事の絶対量が少ない同居人にとっていくらかでも生活の足しになる話なのだろうから、喜ばしいことには違いない。しかしそれにしても同居人はやたらと嬉しそうなのである。この喜び方は、どうも尋常ではない。何かある。あるのは確かだ、が、浅間寺のおやじさんが絡んでくれるのだったら何とかなるだろう。おやじさんのすることにはおおよそ、間違いがないはずだ。

浅間寺竜之介は、俺の同居人である桜川ひとみと同業者、つまり作家というやつである。広い意味では同じ推理作家ということになるらしいが、推理小説というのはこまかなジャンル分けがされているらしく、同居人に言わせるとおやじさんと同居人とではまるきり作風が違う、ということだ。しかしまあそんなことは俺にはほとんど無関係な話。ただ、俺にとって浅間寺のおやじさんは言わば育ての親、まだろくすっぽ目も開《あ》かない内から離乳食だなんだかんだと世話になり、ひとかたならぬ恩義を感じている。

　さて、今、同居人は受話器を置き、スキップでもしそうな勢いで部屋中をぐるぐる歩き回り、最後にソファ兼用ベッドにどん、と腰を落として、俺を無理矢理膝の上に抱き上げた。

「ちょっとクロちゃん、聞いてよぉ」

　俺はクロではない、正太郎である、と訂正するのもとことん飽きたので訂正しない。

「すっごいおいしい話が来ちゃったのよぉ、もう信じらんなぁい！」

　世の中においしい話などはない、と言ってもどうせこの人は聞かないだろうから言うのもやめておく。

「あのね、今度さ、Ｓ出版の『ミステリ通信』で、文化と食べ物をテーマの対談の連載が始まるんですって！　それでね、各地域三回連続で、文化人に対談しながらその地域の食べ物を食べて語ってもらおうって企画なのよ！　滋賀県はさ、京都といっしょくたにされちゃうんだけどぉ、それでも三ヶ月連続で月刊誌に対談載せて貰えて、しかも食べ放題なのよ！　こんなおいしい話、ちょっと他にないと思わない？」

　その文化人、って誰？　まさか……

　それに食べ放題。

　すでにその企画、相当あやしい、と俺は思った。だいたい、「文化人」と「食べ放題」を結び付けるというのがどうにも強引ではないか。しかし、どうあやしかろうと別に俺には直接被害が及ぶような話でもなさそうなので、俺は愛想よくごろごろと喉を鳴らし、そう、良かったね、せいぜい食い溜めしておいでね、と鳴いてやった。いずれにしても、Ｓ出版の奢《おご》りで飯が食えるというだけでも、同居人にとってありがたい話なのは間違いないのだ。離婚した元の夫からの、分割払いの慰謝料のおかげで最低限の暮らしは保障されているとはいえ、所詮《しょせん》は売れない作家、生活は楽々、というわけにはいかないし、贅沢《ぜいたく》な外食など他人の奢り以外では出来ないわけだから、同居人が浮かれて騒いでいるのもいたしかたないことではある。

同居人はひとしきり俺に報告を済ませると、また受話器をとって電話をかけ始めた。相手はどうやら、浅間寺のおやじさんのようだ。

そう言えば、サスケはどうしているだろう？　元気なんだろうか。まあ噂を聞かないところをみれば元気なんだろうとは思うが。

サスケはチャウチャウ系の雑種犬で、おやじさんの良き相棒である。俺とはほとんど年齢が同じで、俺が今の同居人に貰われていくまでは兄弟のようにして育った。気のいい奴で、そうした偏見は自分の見識を狭めるだけ損だと頭ではわかっていても犬族に対しては本能的な嫌悪感を抱いてしまう猫族の一員である俺でさえ、あいつだけには心をゆるして接することが出来る。

同居人がおやじさんをその食べ放題に巻き込んだということは、もしかするとひさしぶりにサスケに会えるかも知れないな。俺は、それを考えると少しわくわくした。

しかしわくわくどころの騒ぎでは済まなかったのだ。この食べ放題は……

2

な、なんで？

俺は、本気かい、と同居人に訊き返した。

なんで俺も行かないとならないの？

「そんな不満そうな声で鳴かないでよぉ。だって、猫が一緒の方がいいって担当の人が言うんだもん」

担当は糸山じゃなかったのか？　糸山ならわざわざ俺を連れて来いなどと言うはずはないので、どうやらこの企画に関しては別に担当者というのがいるらしい。しかし食べ放題に猫を連れて来い、というのはいったい、どういう了簡なんだ。どんな店で対談とやらをさせるつもりなのか知らないが、猫も入れる食べ物屋、なんてそうはないはずである。同居人の勘違いではないのか？

「なんかね、他の雑誌でクロちゃんを抱いてる写真を見て、すごくいいなって思ってたんですって。あたしとあなたって、お似合いらしいわよ、クロちゃん」

　そうなの？　別にお似合いでなくても全然構わないんですけど。それより出来たら、このまま留守番させて欲しい……

「まあともかくそんなわけだし、付き合ってね、正太郎」

　何がそんなわけなんだ、と抗議する間もなく、俺のからだはいつものバスケットに押し込まれていた。最近、同居人が俺をバスケットに詰め込む速度がどんどん増していて、その技も高度になってきている。油断していると今日のように、ほぼ無抵抗な状態で籠詰め猫にされてしまう。俺は蓋が閉められたバスケットの中でにゃあにゃあと無駄な鳴き声をあげながら、それでも、すごく不愉快なんだぞ、ということだけは示しておこうと努力した。その努力が実を結んだかどうかは知らないが、少なくとも嫌がらせ程度の効果はあったろう。同居人は、うるさーいっ、と怒鳴りながら外出のしたくをし終え、俺ごとバスケットをぶら下げて、どうやら玄関の外に出た。

　匂いで、すぐにわかった。サスケだ！

　ウワワン、ワワン、ワン！

　サスケもバスケットの中にいるのが俺だということを瞬時にさとって騒ぎ始めた。サスケが騒ぐならついでだ、ということで、俺も鳴きまくった。一分も経たない内に、バスケットの蓋が開いて同居人の拳固《ゲンコ》がコツン、と俺の頭を叩いた。

「こらっ、うるさいって言ってるでしょ！　まったくもう、ちょっとくらい我慢出来ないの、ちょっとくらい」

出来ない。

俺はさっとバスケットから飛び出して、むくむくのサスケの腹部あたりに潜り込んだ。

「あ、もー。おじさま、ごめんなさい。正太郎、出ちゃったわ」

「ええって、ええって、ひとみちゃん。そりゃ正太郎かてそんな狭いとこに入ってなあかんのは辛いわ。どうせこの車はもうサスケの毛だらけや、今さら正太郎の毛が少々ついたかてどってことあらへん」

「でも新車なのに」

本当だった。俺も驚いたのだが、その車はこれまで俺がよく知っていたおやじさんの車とは違う匂いがしていた。おやじさん、車、買い替えたのか。うーん、北山の山中で男一人、サバイバル生活をおくっているというのに車を買い替える金があるとは。おやじさんの本は、同居人のものより売れ行きがいいらしい。

「どんな新しい車でもいつか古なるんや。サスケもわしも、真新しいシートの匂いは苦手や、はよ前の車みたいな匂いにしたいと思うてる。そやから見てみ、サスケなんか、ほら、猫みたいにシートにからだ、擦り付けてるで」

おやじさんが笑った。猫みたいに、と形容するには多分に優雅さを欠いた大雑把な動きではあったが、確かにサスケはさっきからくねくねとからだをシートにすり付けている。蚤《のみ》でもいて痒《かゆ》いのかと思っていたのだが、そうではないわけか。

「ちょっと、おたく」

サスケが上擦《うわず》った声で言った。

「腹がこそばゆいがな。もう出てぇな」

「あ、すまん」

俺はサスケの腹の下から這い出した。途端にクシャミが出る。動物の毛皮の中は心地よく温かいのだ。

「久しぶりやったなぁ。いつから会うてなかったんかいな」

「いつだったかな。ほら、福井の方の事件のこと、俺んちで話し合っただろう。あの時以来だな」

「もう半年近く前やな。どや、元気してたか？」

「まあね。そちらは？」

「相変わらずや。そやけどおやじさんが車、買い替えよったおかげで、わし、ジンマシン出てしもたんや」

「ジンマシン？」

「知らんか？　こう、赤うなってな、ほんでやたらとかいいねん」

「いや、蕁麻疹《じんましん》は知ってるけど、あんなもん、犬もなるのか？　俺たち毛皮付きの動物はならないもんだと思ってたけど」

「毛の生えてないとこかてあるがな、よう見てみ。ほら、乳の周りや、毛、薄いやろ？　ここんとこかいなって、もうかいいてかいいて、そやから四六時中どっかに擦ってな我慢でけへんねん」

「それ、ほんとに蕁麻疹なのか？　蚤じゃないのか」

「蚤とちゃう。かいさがちゃうんや。なんやもう、耐えられんかいさなんや。おやじさんが、アレルギーやな、ゆうてたわ。化学物質アレルギーやて。新しいビニールとか化学繊維なんかでかぶれたり、ジンマシンが出たりすることがあるらしいで、人間でも。ほんま迷惑やわ、なんでおやじさん、急に車買い替えたりしよったんやろ」

「なんで、って、壊れたからじゃないのか？」

「壊れたかて直したらええやんか。もうずーっとそうやって、騙し騙し乗っとったんやで」

「だからその、騙し騙しに限界が来たんだろ」

「もうちょっと踏ん張って欲しかったわ。なんや、シャケンたらいうもんがどうたらこうたらで、もう買い替えた方がええなぁ、ゆうて車屋に行きよったんや、おやっさん」

「けっこう金持ちだったんだな、おやじさん」

「たまたまな、ちょっと前に出した本の印税が入ったとかで、頭金があったんやて。ほんでローン組みよったんや。ローンやなんて、要するに借金やんか。おやっさんらしくない思わんか？　借金までしてジンマシン出とったら世話ないわ、ほんま」

「借金したのはおやじさんだけど、蕁麻疹が出たのはあんたじゃないか」

「わしとおやっさんは一心同体やねん。おやっさんが性に合わん借金なんかしよったから、わしにジンマシンが出よったんや」

サスケは大袈裟な身ぶりでぼりぼりと腹のあたりを後ろ足で引っ掻いた。

「掻かない方がいいよ、あんまり。掻いたら腫れて、ただれたりするから。それよりサスケ、おやじさんとうちの同居人の対談とかいうのは、どこでやるのかあんた知ってるか？」

「どこでて、京都市内やろ。朝一の新幹線で編集者が来るから、八条口で拾ったらな、ゆうてたで」

「犬と猫を連れて入れる食い物屋なんてあるのかな」

「入れるて？」

「いや、だって、なんか知らないが食べ放題の対談らしいよ」

「あれ、わしがおやっさんから聞いたんは、ジャンクフードの食べ比べ、いう話やったで」

ジャンクフード！

やっぱりあやしい話だったわけだ。うーん。京都ローカルのジャンクフード食べ放題というのはつまり、弘法《こうぼう》さんあたりの屋台で買い食いってことか。この寒空に。三月とは言え、まだ桜の蕾《つぼみ》もどこにあるのかわからないくらい小さいし、吹きつける風は髭《ひげ》が逆立つくらい冷たい。京滋《けいじ》の冬をナメてはいけない。屋台で買い食いしながら平然と対談が出来るほど甘くはない。

同居人はそうした現実を、はたして把握しているのだろうか？

車は一六一バイパスから山科《やましな》に入り、京都駅を目指している。渋滞は幸いないが、車は多かった。

「あれ？」

おやじさんがハンドルを握ったままで言った。

「なんやあの車、よれよれやな」

後部座席の同居人が前に乗り出す。

「どれ？　あ、ほんとだ。ふらふらしてる」

「さっきからずっとああなんや。真直ぐ走れへんみたいやな」

「酔っぱらいかしら」

「うーん、しかしまだ午前九時過ぎやからなぁ」

「前の晩から飲み明かして、今、帰るところなんじゃない？　だとしたら迷惑よね、あ、ほら、横の車も嫌がって距離を空けてる。おじさま、離れた方がいいわよ。追い抜きましょう」

「そやな」

おやじさんはアクセルを踏んでスピードを上げた。よれよれ、とおやじさんが言っていた車を追い抜く時に窓から見てみたが、何の変哲もない白の乗用車だ。運転者の顔はよくわからなかったが、男には間違いないだろう。

確かに、その車の動きは変だった。ハンドルがきちんと固定できないのか、車の向きがあちらこちらで、少しも真直ぐ走っていない。それでも車線をはみ出すまではいかないのでまだほかの車との接触はかろうじて免れているが、あれでは事故を起こすのは時間の問題だという感じがした。

「酔っぱらっとるんやろなぁ」

サスケも窓からその車を見て言った。

「病気で具合悪いんやったら、停《と》めたらええもんなぁ、路肩に」

「具合は悪いけど停められない事情があるとか」

「どんな事情や？」

「それはわからないよ。考えるだけならいろんな可能性があると思っただけさ」

「たとえば？」

「たとえばって、そうだなぁ……蛇とか蜘蛛に嚙まれたんだ」

「……なんの話やねん」

「だから、毒蛇とか毒蜘蛛とかいるだろ？　ああいうのに嚙まれてすぐに血清を打たないと死んじゃうんだ。だから病院に急いでる。それでふらふらしてるのに停められない」

「……普通、そうゆー時には救急車を呼ぶんと違うか」

「呼べない事情があるのかも知れないじゃないか。救急車を呼ぶとどこの病院に連れて行かれるかわからないだろ？　あいつが指名手配の犯人だったりすれば、知り合いの医者のところにしか行かれない」

「ふん……まあ、ほとんどありそうもないが可能性ゼロてわけやないやろな」

「まだ考えられるぞ」

俺はけっこう面白くなってきて言った。

「たとえば、こんなのはどうだ？　あの男の子供が誘拐されてどこかに監禁されているんだ。当然、警察に訴えたら子供を殺すとおどかされている。あの男はさっき、犯人の指示で身代金を渡しに行く途中だった。からだの具合が急に悪くなったが、停めれば犯人に怪しまれて取り引きを中止される恐れがある。子供の命の為に、必死に我慢して運転を続けている」

「なるほど。その方がずっと現実味があるなぁ。そやけどそれやったら笑てられへんで。何とかして助けたらな」

「何とかしてったって、何もできやしないさ。仮に今の説が事実だったとしても、他人が手を出したりしたら、それだけで犯人を刺激して子供の命が危険にさらされることになる。警察ならいざ知らず、シロウトは手出ししない方がいいんだ、そんな場合」

「まあ、そらそうやろけどなぁ。やっぱりあんさんたち猫はドライやなぁ」

「それが性質だからね。でもまあ、そんなに心配しなくていいと思うよ。たぶん、今の説は間違っているから」

「どうして?」

「さっきの車、わナンバーだった」

「わ、ナンバーてなんやねん」

「レンタカーさ。借りた車だってことだ。犯人がよほどの馬鹿でない限り、わざわざレンタカーを借りさせて身代金の受け渡しはしないだろうからね」

「なんで?」

「レンタカーを借りるには手続きが必要だろ? 店に行って書類に名前を書いて、保険に入って。そうやって外部の人間と接触するチャンスが出来たら、どんなSOSを出されないとも限らないじゃないか。たとえば、保険の書類に必要事項を書き込む振りをして、息子が誘拐された、警察に通報してくれ、と書かれたとして、犯人にそれがわかるかい? 自分の家に警察官が出入りすれば犯人に怪しまれるだろうと通報を我慢していた被害者だって、怪しまれずに外部の人間と接触するチャンスが出来たらそれを利用しようと考えてもおかしくない。犯人が大間抜けでなければ、そのくらいの想像力は働くよ。それに、被害者の家が車を持っているかどうかぐらいは調べてから誘拐するんじゃないの、普通。少なくとも、車があるとわかっていなければ、車で身代金を持って来いとは言わないよ、きっと」

「なるほど」

　サスケは大きく頷いた。

「それで安心したわ。なんぼ手伝うことはでけん言われても、子供を誘拐された父親が苦しんでるのを見て見ない振りしたゆうのんは、わしのポリシーに反するからなぁ」

「ポリシーはおいとくとして、まあそんな悲劇的な想像は俺だって好きじゃないからね、もう少し楽しい想像をしてみよう。いや、想像というよりは推理だな」

「まだあるんかいな」

「まだまだ、ある。情報が少ない分、推理の幅は広がるんだ。聞きたいかい?」

「まあ、到着まで暇やし、聞いてもええけど」

「あの男はこれから自分の結婚式に行くところなんだ」

「なんやて? 結婚式て、それにしてはえらいふらふらしとったやないか」

「彼は徹夜なんだ。嬉しくて興奮して寝られなかった」

「徹夜したぐらいであんなふらふら運転になるんかな」

「もちろん、徹夜だけが原因じゃない。実は彼は、下痢をしている」

「下痢もかいな」

「そう。緊張すると腸が刺激されて下痢になる人間っていうのはかなり多いんだよ。これから結婚式となれば当然、緊張もする」

「そやけど、レンタカーやで。結婚式するのにレンタカーなんか借りるんかいな。タクシーで行かんか?」

「彼はやってみたかったんだよ。外国式にさ、式のあと教会から、空き缶をたくさんつけた車で新婚旅行に出発する、っていうあのスタイルを」

「そんなスタイルがあるんか。なんで空き缶やねん」

「うるさいからさ。車が空き缶をひきずると派手な音がするだろ? 僕たちは今、結婚式を挙げたところですー、と周囲に派手に宣伝しながら出発するのが、それっぽいんだ」

「えらい迷惑な話やな」

「当然だよ。人間の結婚なんてもんは結局、周囲には多かれ少なかれ迷惑なもんなんだ。同居人の結婚が周囲にもたらした迷惑を見ればわかる。ほら、あの柚木野《ゆきの》山荘の事件だってそうだ。トマシーナにとって、飼い主の結婚がどれだけ迷惑なものだったか思い出してくれよ。ともかく、彼は車を持っていなかったんだけど、空き缶をつけて走りたかったんだ」

「そやけど花嫁を乗せるんやったら、オープンカーとかにするんやないか?」

「オープンカーのレンタル料金はきっと、高いんだ。彼は苦学生で奨学金でようやく大学を出たから、就職してからその金を返済しなくちゃならない。だからあまり貯金ができなかったんだ。そして結婚費用も新居を借りる金も、全部自分で都合した。つまり金がないんだ。だから高いオープンカーは借りられなかった」

「なんや、推理ゆうより、出来損ないの小説みたいやけどな」

「ちゃんと理にかなってるんだぜ。彼がどうして車に空き缶をつけて新婚旅行に、というパターンに固執したのか。それは、その形式にすれば式の後で披露宴をしなくて済むからさ。今説明したように、彼には披露宴まで行う金銭的ゆとりはなかったんだ。だけど、金がなくて披露宴が出来ないなんて知れたら花嫁が可哀想だろう? だから、披露宴をしないで式の後、そのまま新婚旅行に出るぞ、という演出をすることで、披露宴が出来ないことをうまくごまかそうと考えたんだ。これはちょっとしたグッドアイデアだったね。披露宴にかかる費用を考えたら、車を借りるぐらいの金はたいしたことないもんな」

「その割にはオープンカーをケチっとるけどな」

「節約出来るところは最大限節約するのさ。近頃の若者にしてはデキた奴なんだ、あいつは」

「えらいおっさんくさいもの言いやなあ。まあええわ、いずれにしても、子供が誘拐されたゆう話よりは、愉快やもんな。誘拐よりゆうかい、なんちゃって」

俺は、ただ髭を何度か震わせただけでそのあまりにも寒い駄洒落はきっぱりと無視した。

それはともかく、確かに、子供が誘拐されてこれから身代金を、という時に体調を崩した父親だと考えるよりは、結婚式に向かう途中で下痢になった花婿だと考える方がいくぶんかは楽しいので、俺は自分の「推理」に満足した。いずれにしたって問題の車はもう、はるか後方になってしまってどこにも見えない。

そうこうする内に車は山科を抜け、下京区に入る。やがて京都タワーが見えて来て、車はやたらと天井の低いガードをくぐって駅の南側に出た。

八条口は、反対側の烏丸《からすま》口に伊勢丹やホテルを含む巨大駅ビルが出現して以来、以前にもまして淋し気に見える。新幹線に乗るのならばこちらの方が断然便利なのだが、観光客は最後に駅ビルで土産物を買ったり食事をしようと考えるので、結局烏丸口を利用するのだろう。まあそのおかげで、八条口は何をするにも空《す》いていて地元民には有り難いのだが。

駅前の駐車場は、半分がタクシーの為の待機スペースになっていて、一般車両が停められる範囲はそう広くない。それでも運良くおやじさんの車を停める場所は確保出来たので、東京から来る編集者を迎えに同居人とおやじさんは車を降りた。

俺とサスケとは退屈しのぎに窓に顔をくっつけて駐車場を眺めた。最近ではこうした駐車場には必ず、一台や二台、同じような境遇の犬だか猫だかを積んだ車を見かけるようになった。今日もまた、すぐ二台ほどおいたところに停まっているワンボックスカーの中で、小生意気な顔をしたポメラニアンが大きな口を空けて大騒ぎしている。俺たちを見つけて盛んに吠えているのだろうが、窓が閉まっているせいで何も聞こえない。

「不幸なやっちゃなぁ」

サスケが溜め息をついて言った。

「あいつ、空気を入れ替えるのに窓を少しも開けてもらってへんで。あれだとその内、苦しなって来よるな、あんだけ吠えたら」

「小さい犬だからそんなに酸素を消費しないだろう。それに、きっとすぐ戻って来るよ、飼い主。それにしてもよく吠えてるなぁ。窓が開いてなくて良かったよ。喧嘩売られててもこれなら聞こえないから助かる」

「わしらに喧嘩売るなんて生意気やな」

「よっぽど退屈してるんだろう。君は違うけど、犬族ってのはなかなか悟らないからね、生きているってことはそんなに刺激的なことじゃない、むしろ退屈な時間の連続なんだってことを。どうして犬族っていうのはああ、始終ばたばたと動き回っているんだか、見ているとこっちまでくたびれて来る」

「わしは逆に、あんさんら猫を見てるといらいらして来るねん」

サスケは尾をせわしなく振って、犬族流に笑った。

「悟るゆうことは老けるゆうことやで。気ぃつけんと、ほんまにじじむさぁ、ゆう感じになってまうで。お、あっちにはあんさんのお仲間がいるやんか」

ポメラニアンとは反対側の、今度は三台隣りに、なるほどリアガラスに背中を押し付けるようにして白い猫が丸くなっている。車はベンツで、猫も当然のように洋猫だ。ポメラニアンとはまったく対照的に、その猫は俺たちに気付いていても何ら関心がなさそうだった。サスケの言う通り、老けていると言えば老けているのかも知れないが、少なくともあれなら無用な喧嘩を生むことはない。第一、あのポメラニアンのようにぎゃんぎゃん吠えてばかりいたのでは（と言っても全然聞こえないのでどんな声で吠えているのか分からないのだが）、どう考えても長生きは出来そうにない。犬族は小型犬ほど長生きするという話も聞いたことはあるが、あの騒ぎっぷりではたった今、脳の血管がぶち切れて昇天しちゃっても別に不思議はないように思える。じじむさいと言われようとなんだろうと、生き物はすべからく、出来るだけ騒がず、焦らず、怒らずで通す方がいいに決まっているのだ。

そうこうする間に、おやじさんと同居人が、糸山と、見知らぬ女性をひとり、それに山ほど荷物を抱えた髭づらの大男をひとり連れて車に戻って来た。女性と髭男の自己紹介は済んでいるらしく俺やサスケには紹介というのをされなかったが、別に俺はそんな些細《ささい》なことで臍《へそ》を曲げたりはしない。女性の名前が村田《むらた》といって、今度の雑誌企画の担当者だということ、髭男の方はカメラマンで、今津《いまづ》という名前なことはわかったので、特にそれ以上知りたいこともなかった。

「まずそれじゃあ、麦代餅《むぎてもち》からいきますか。遠い方から片付けた方がいいですよね」

「今からなら着いて十一時過ぎだから、店、もう開いてるやろしな」

「麦代餅ってなに？」

同居人が無邪気に聞いた。

「どこの料亭で食べられるの？　おじさま」

「料亭て、ひとみちゃん。そんなとこ行くわけないやんか。今回のテーマは、京都の庶民の味を買い食いする、やで。屋台とか駄菓子屋とか、餅屋なんかで売ってる庶民的な食べもんを買ってその場で食べてやな、立ったまま対談する、村田さん、そうでしたよね？」

「えーっ」

同居人が助手席から後ろ向きに乗り出して後部座席の糸山を睨み付けた。

「ちょっといとはん、話が全然、違うじゃないのよっ！　京都の料亭やレストランで、好きなだけ食べて貰って対談していただく、って言ったじゃないの、あんた！」

「そんなこと言ってませんよ」

糸山は慣れた調子でいなす。

「また桜川さん、物事を拡大解釈してるんだから。僕はただ、京都の有名なお店で人気のある食べ物を食べて貰って、その場で京都の庶民文化とミステリについて語り合っていただく、その際、その食べ物はいくら食べていただいても構いませんよ、って言っただけです」

「ゆ、有名なお店で人気のあるって」

「麦代餅は人気があるんですよ」

村田が元気よく言った。

「柔らかくてとてもおいしいお餅の中にあんこが挟んであるらしいですね。それもすごく大きいんです。昔、農家の人たちがお昼御飯の代わりに食べたとか、ともかく一個食べたらお腹がいっぱいになるくらいだそうですよ。あ、でももちろん、何個でも好きなだけ食べていただいていいんです。ただ、その後、あぶり餅、冷やし飴《あめ》、一銭洋食、わらび餅にえっとえっと、まだまだたくさんありますから、お腹に余裕は残しておいてくださいね。ともかく一日で回れるだけ回って取材、してしまいましょう！」

「い、一日で、回れるだけ……？　だって三ヶ月連続って」

「だから三回分、今日一日でまとめて取材してしまうんやて、ひとみちゃん。そうせんと、わしも何度も来るのは面倒やし、版元さんの方も経費が無駄にかかってしゃあないやろ」

「お、おじさま、だけどそんな、駄菓子みたいなもんばっかり一日中食べたら」

「食べるのんはひとみちゃん、あんたやで」

おやじさんはからからと笑った。

「知ってるやろが、わしは甘いもん、あかんねん。一銭洋食ぐらいやったら付き合うてもええけど。なんや、あんたそれを知っててわしのこと推薦したんやなかったんか？　わし、糸山さんから連絡があった時、甘いもんは苦手やし、わしが食べんでもええんやったらゆうて引き受けたんやで。まあ、味見に一口くらいやったらしてもええとは言うたけど」

「それでけっこうです」

糸山がすかさず言った。

「味見だけでもしていただいて、感想がいただけたら、それに対して桜川さんがコメントする形で充分、対談になりますから」

「桜川先生は甘いものが大好きとお聞きしたんで、この企画にぴったりだと思ったんです！」

村田はあくまで明るい。

「他の先生方には、一日でそんなに食べたら胸焼けして三日ぐらい動けませんよ、なんてみんな断られてしまって。そしたら糸山が、桜川先生なら甘いものならいくらでも食べられるからって。快く引き受けていただいて本当に助かりましたぁ！」

同居人はもはや無言だった。だから再三再四言っているではないか。世の中、「おいしい話」などはどこにもないのである。が、しかし、おいしい話ではなかったにしても、甘い話ではありそうだ。同居人は確かに甘いものに目がない。従って、どこまで耐えられるか、という問題を別にすれば、途中まではこの企画、そこそこ同居人にとっては幸せな企画なのではないかと思う。もちろん、途中からたぶん、拷問に変わるに違いないのだが……

3

中村軒は、なかなか風情《ふぜい》のある店だった。桂川のすぐそば、桂離宮からもほとんど離れていないというロケーションもいいし、店の構えもそれなりに古さとモダンな感覚が混ざっていて、赤い布が敷かれた縁台に腰掛けて買ったばかりの和菓子をその場で食べることが出来るというのも、気取らなくて好ましい。まあ、創業が明治十六年だそうだから、それこそ江戸時代から続いている和菓子屋が少なくない京都では、そう大層に構えても勝負にならないのかも知れないが、何より、この店の和菓子は、京都の老舗《しにせ》の和菓子屋がほとんどそうであるような、茶道と結びついた格式のあるものではもともとない、という点が特徴的なのだろう。この店は、和菓子屋というよりは「餅屋」なのだ。庶民の小腹をちょいとおさえてくれる、食べごたえがあって飽きのこない餅菓子が身上。

と、まあ、こんなようなことはもちろん、俺の頭でひねり出したものではない。だいたい俺は、中村軒が明治十六年創業だなんてことを知ってはいなかったし、書いてあるパンフレットを見たところで文章など読めないのだから仕方がない。今述べたことはほとんど、村田という女性編集者が同居人やおやじさんに話して聞かせたことばかりである。

「で、これが麦代餅です」

村田は、縁台に腰掛けている二人の前に、わざわざ包んでもらった餅菓子を、包みをほどいて広げて見せた。そのほどいた包みと餅菓子に、今津がさかんにフラッシュを焚く。

「大きいのとちっこいのとあるんやな」

「もともとは大きい方だけだったそうです。でも最近の人は大きな和菓子を好まないので、小さいのも作るようになったんですって」

「大きい方だけって、ほんとに大きいわね、これ」

同居人の言う通り、それは、和菓子としては「巨大」と呼んでもいいくらいの大きさがあった。白いやわらかそうな餅が半月のような形にたたまれていて、中には餡《あん》が入っているのがわかる。

「大きい方でも二百八十円、小さい方なんか百八十円ですからねー。ケーキなんかに比べたらコストパフォーマンスが高いですよね」

「コストパフォーマンスの高さというのは、庶民的な食べ物、という良い意味でのジャンクフードの条件だと思うんですよ」

糸山がまず餅に手を出しながら言った。

「そのあたりから話を広げてみたらいかがでしょう」

「そうですね、もともとこのお餅は、この近辺の農家が三時のおやつというか、農作業の合間の間食《かんしょく》として食べていたものだったんです。それをこの中村軒が作っていて、農繁期に畑に出前していたんだそうです。そしてその餅代は、収穫期になってから、収穫された麦で支払ってもらっていた」

「なるほど、それで麦で代金、麦代というわけか」

「農作業の間食用だから、こんなに大きくてお腹にしっかりくるようにできてるのね」

「昔は一人前が、この大きい方二個、だったそうですよ」

「これ二個も食べたら夕御飯が食べられなかったんじゃない？」

「農作業ゆうのは、そんな甘いもんやないで、ひとみちゃん。あんたも一日みっちり畑仕事してみ、腹が減るゆうのがどんな感覚か、身に染みてわかるで」

「ダイエットになるかな」

「なるなる。ただし、ごっつい腹が減るよって、後で食べるの我慢するのはものすご辛いやろうなぁ」

「だったらしなーい、農作業なんて」

しなーい、ではなく、あなたみたいないい加減で根性のない人にはとても務まりません。俺は同居人と暮らすようになるまでおやじさんのところにいて、おやじさんが近所の農家の手伝いをするのをひなたぼっこしながら見学していた経験があるので、そう断言出来る。

「まあともかく、味をみませんか」

村田がすすめたが、その頃には糸山はもう、大きな方を一個平らげていた。

「わしはちっこい方をよばれるで」

おやじさんも果敢に挑戦するらしい。同居人は当然のごとく大きい方をつまむ。その場面でまた今津がシャッターを何枚もきる。この調子で撮っていては、今日一日が終わる頃にはフィルムを山ほど使うことになるだろうが、それだけ撮っても被写体が同居人とおやじさん、というのが少し悲しい。

「おいしーい！」

同居人が叫んだ。

「お餅がやわらかいし、それなのにしっかりした味ですよね。餡は意外と上品で甘過ぎないし。これだったら二個ぐらい食べられるぅ」

「何個でもどうぞ」

村田は財布を振って見せた。

「今日はどの店でも食べたいだけオッケーなんです

よ」

一個二百八十円なら、出版社も確かに、気楽である。

「ほんまにうまいな。飽きのこない味や。しかしわしはもうええわ。ひとみちゃん、あんたそれ二個食べたら、次が入らんのとちゃうか。加減しいや」

「大丈夫、こうゆう味なら得意ですもん」

同居人は二個目に手を伸ばした。

「これ一個、サスケにやってもええかな」

「どうぞどうぞ。ワンちゃんもお餅、食べるんですか」

「サスケはわしと違って甘党なんや。おい、サスケ」

サスケは嬉しそうに尾を振っておやじさんのそばに飛んで行った。

「猫ちゃんは食べませんか、桜川さん」

「どうかなぁ」

同居人は、自分が手にしていた餅のはしっこをちょっとちぎって俺の鼻先に持って来た。

「食べてみる？　タマちゃん」

「あら、その猫ちゃん、名前は正太郎ちゃんじゃなかったでした？」

「どっちでもいいんです。気にしないで」

どっちでもよくない。気にして欲しい、少しは。

俺は鼻先に出された餅の切れ端を舌でからめとって口に入れた。なんと。これはいけるじゃないか。

もっとほしい。と俺は鳴いたのだが、同居人はすでに残りの餅を全部口に入れてしまっていた。

「あら、猫ちゃんも気に入ったみたい。今津さん、猫が食べたとこ、撮れた？」

「ばっちり」

今津は、まだムシャムシャやっているサスケに向かってシャッターを切りながら言った。

「いい絵になりますよぉ。やっぱり猫ちゃんとワンちゃんにも来てもらって正解でしたね」

「ペットと分け合っても嫌な感じがしないのが、こうした食べ物のええところやな。これが気取った高級和菓子やったら、そんなもん犬にやって、と目くじら立てる人もおるやろ」

「あ、その話も使えますね、ペットと分け合って食べても、ほのぼのした感じになるってのはなかなか……」

「正太郎」

サスケが鼻のあたまを舐めながら戻って来た。

「うまかったで。あんたも食べたか？」

「うん、ちょこっとな」

「こんなんやったら一日中ついて回ってもええな。なかなかお得な一日になりそうやんか。それはそうとして、正太郎、気付いてるか？」

「気付いてるって、何を？」

「あいつや」

サスケが顎《あご》を上げた方角に一台の車が停まっていた。中村軒の前は交通量の多い通りで、車を停めると迷惑になる。おやじさんはかなり離れた場所に停めている。だがその車は、通行の邪魔になっていることなど気にしていないようだ。

「……さっきのポメラニアンか！」

まさに、さっきのポメラニアンがまたもや、閉め切った車中でぎゃんぎゃん吠えていた。と言っても、俺には吠え声が聞こえない。だからまるで気付かなかったのだ。もしかしたら、サスケには聞こえているのかも知れない。

「ただの偶然かいな」

「さあ、どうかな」

「京都駅からここに直接来るゆうのは、観光にしては珍しいコースやと思わんか」

「でもこの中村軒は、観光案内にも載っている有名店だろ。食べ歩きが目的で京都に来る観光客だって多いんだし、そんなに不思議なことでもないんじゃないか？」

「まあそやけどな。しかし、あの車……」

「大阪ナンバーだな。大阪から京都の名物を食べに来る、別におかしくないよ。サスケ、何が気になるんだい?」

「うん……あのポメラニアン、ひどく挑発的なんや」

「挑発的?」

「そうや。見たらわかるやろ、さっきもそうやった。鳴き声もひどいわ。わしらのこと、泥棒ゆうてののしっとる」

「……泥棒? それは変な話だな。馬鹿とか間抜けとか、おまえのかあちゃんデベソとかいうならわかるけど」

「なんやねん、そのややこしい罵《ののし》り言葉は」

「よく知らない。うちの同居人は東京の下町育ちらしいんだが、小さい頃にそう言って口喧嘩したそうだ」

「いかにも頭の悪い奴が考えそうなセリフやなぁ」

「しかし伝統的なんだそうだ。そんなことはともかく、泥棒ってのはこのシチュエーションではおかしいんじゃないか? 俺たち、別にあいつのもんを何か盗んだわけじゃないぜ」

「そうやろ。わしもそれがどうもな……しかし、単にあのポメのボキャブラリーがむちゃ貧弱やゆうだけのことかもわからんしなぁ」

「うーん」

俺は、喉が潰れるんじゃないかと思うほど懸命に鳴き続けているポメラニアンを見た。

「そうだなぁ……あいつもそんなに頭はよさそうじゃないな。言葉の選び方を知らないだけかも。まあ、あの中にいてくれる分には直接被害を被《こうむ》るわけでもないし、放っとこうよ」

「そうやな。余計なことは考えんとくわ」

サスケが納得したように尾を振ったので、俺も頷いた。だがやはり、気になることは気になる。

泥棒。その下に「猫」と付ければ泥棒猫。これがひとつの単語になっているところは大いに気に入らない。泥棒犬、という単語はなぜないんだ? という問題はさておくとしても……だ。

4

「次は市内中心部に行きましょうか。そうですね、あぶり餅がいいんじゃないかな」

村田が大判のノートを広げてきぱきと宣言した。彼女はなかなか有能な編集者らしく、その口調には優柔不断な人間を無条件で従わせる類の自信が滲んでいる。

しょっぱなの麦代餅がなかなかの逸品で、すっかり気をよくした同居人は、楽勝楽勝、とVサインを混ぜながら浮かれた声で喋っていた。高級料亭で食べ放題、という当初のもくろみは激しくはずれたにもかかわらず、何か食べられるとなればこの陽気さはどうよ、と俺は思わず、恥ずかしくて顔を洗ってしまった。

おやじさんはいつもの安全運転で桂から北東を目指し始めた。とはいっても、京都市内中心部は知っての通り、道路が碁盤の目状態になっているので、北東に向かいたければまず東に行ってから北上するか、北上してから東に行くかどちらかしかない。まあどちらでも距離的には変わらないが、道路によってはひどく渋滞する場所もあるので、地元の人間でないとそのあたりをうまく避けられない。その点おやじさんは、北山の山奥に引っ込むまでは市内に住んでいたので問題はない。

「千本《せんぼん》よりは西大路《にしおおじ》の方がましやろな、道が広い分」

そう呟きながら、助手席の同居人に同意を求めるように顔を見るが、同居人は村田から借りたガイドブックの写真を食い入るように見つめていた。

「京都って、こーんなにおいしそうなもんがいっぱいあったんだぁ。知らなかったなぁ」

「桜川先生は、京都にお住まいになったことはないんですか？」

「東京から結婚で滋賀に来て、それっきり滋賀なんです。でも買い物にはしょっちゅう、出て来るんですけどねぇ。東京に行く時なんかも、京都まで出てから新幹線だし」

「地元に住んでると、名物なんか食べる機会はかえってないもんやなぁ。わしもまだ、今宮神社のあぶり餅、未経験やで」

「白味噌を使ってあるなんて書いてあるけど、どんな味なのかしら。ふつうのみたらし団子はお醤油よね」

「厄《やく》よけというか、無病息災を願う意味が込められたお餅だそうですよ」

「今宮神社ゆうのは、祟《たた》りを鎮《しず》めた神社やからなぁ」

「そうなんですか」

「うん、平安遷都後すぐに大流行した疫病が、早良《さわら》親王の祟りや言われて、それを鎮めるために建てられたそうや。まあ、京都の神社にはそうゆうのが多いけどな」

「早良親王って、誰かを暗殺した疑いをかけられて淡路島かどっかに流される途中で、潔白を主張して自殺しちゃった人よね、おじさま」

「そう、藤原種継《たねつぐ》暗殺の罪を背負わされたんやが、もちろん陰謀やろな。早良親王は桓武《かんむ》天皇の弟で、政権闘争の犠牲になったわけや。そやけど早良親王が死んでから疫病が大流行して、これは祟りやゆうんで、帝《みかど》として即位はしてへんかったのに、崇道《すどう》天皇として追号された。都に祟りをもたらした怨《おん》霊《りよう》としては大物やな。他にもそうした怨霊があんまりたくさんおって、もうまとめて鎮めたれ、ゆうんで造られたのが、御霊《ごりよう》神社や。今は上御霊と下御霊に分かれとるが」

「浅間寺先生、やはり京都というのはそうした怨霊がたくさんいるところなんでしょうか」

「うーん、そうやなぁ」

おやじさんは運転しながら低く笑った。

「これは私見やけどな。要するにもともと、この京都盆地ゆうのは人が住むには適さない場所やったんやないかと思うんや。何より盆地で気候が良くない。夏はむっちゃ暑いし冬はめちゃめちゃ寒いやろ。そやから当然、夏はコレラだの食中毒、冬はインフルエンザみたいなもんが流行る。その上、土質も南の方は湿地帯であまりよくなかったらしいから、住んでる人たちの健康は常におびやかされとったんや。しかも治水が大変なところで、川はしゅっちゅう氾《はん》濫《らん》するくせに、その川の水は一気に大阪まで流れて行ってしまってどこにも溜まらず、夏場の水不足は激しい。溜水がないから、ちょっと日照りが続けばもう農作物は全滅、長雨になれば洪水でこれまた作物は全滅。結果として年がら年中、飢饉《ききん》と背中合わせや。度重なる天災で痛めつけられるたび、人々は何とかしてその天災を回避しようと願う。ところが天災なんて人の力ではどうなるもんでもない。絶望的や。しかしそれを天災と思わず、何か原因がある、つまり、誰かの祟りや、と解釈すれば、その祟りを鎮めたら災害にあわなくて済むんやないか、ゆう希望が生まれるわけや。自然の力をコントロールすることなど出来んことは、みんなわかっている。が、怨霊であれば、何とかしてなだめすかしておとなしくなってもらえるかも知れん。怨霊を鎮める、ゆう考え方は、絶望から希望を生み出そうとする、人々の知恵なんやないか……まあ、わしはそんなふうに思うてる」

おやじさんの含蓄ある解説に、後部座席の村田は感心しながらしきりにメモを取っているが、その隣りの糸山は、カメラマンの今津とふたり、歩道を歩いている超ミニスカートの女性に気付いて騒いでいた。確かに、この寒空に超ミニというのは気が知れないが、寒いのは彼女自身なのだからほっといてやればいいのである。どうして人間の男というのはこう、節操がないのだろう。

そうこうする内に車は西大路から北大路へと道なりに曲がって、千本北大路で千本通りを北進、ようやく今宮神社の門前に着いた。桂からだと京都の中心部を半分横断した後でさらに南から北へと突っ切ったことになり、かなりの長旅に感じる。

お目当てのあぶり餅を売っている「かざりや」には、小さな駐車場があった。寒さのせいで参拝客が少ないのか、空《あき》スペースが二つ、残されている。しかしおやじさんはそこに車を停めずに言った。

「どや、せっかくやから今宮神社にお参りして行きませんか」

「いいですね、ぜひ」

村田とカメラマンは即座に賛成する。おやじさんは車を進めて今宮神社の駐車場に入れた。

「サスケはいいけど、あんたは野良《のら》猫と間違われて追い払われたら困るから、だっこしてあげる」

俺は遠慮なく同居人の腕に抱かれて車を降りた。

怨霊を鎮めるというその社《やしろ》は、明治三十五年に再建されたとかで、風格はあるがさほどの威圧感はない。参拝しているのもジーンズにセーターのお気楽な学生風だったりするのが、おやじさんの解説と好対照で面白い。だが俺は、車を降りた途端に落ち着かない気分になってしまって少々参った。どうせサスケは信じてくれないだろうから言うつもりはないが、要するに俺は、「感じて」しまったのである。

何を?

つまり、「いる」ことを。

そこには確かに、ある存在が「いた」。

その存在が何を考えているのかはまるでわからなかったが、猫である俺に「感じた」からには、彼もしくは彼女が、人間の目に見え、簡単に認識出来る存在ではないことは明らかだ。

この二月にひょんなことから同居人と東京に行く機会があり、その時にちょこっとオカルトまがいの体験をしてからというもの、俺にも少しばかり、そっちの感覚が芽生えているらしい。

しかし、猫はそうした存在に対しても、決して恐怖は感じない。恐怖というのは後ろめたさの産物であり、恨みを買うことにも売ることにも頓着しない猫族には、後ろめたい、という感覚はない……とも言い切れないんだが、本当は。同居人が大切にしていた真珠のピアスでサッカーをしていて、冷蔵庫の下に片方蹴り込んでしまったことだとか、まあ他にも細かなことで二、三、若干の後ろめたさを伴う感情を持っていなくもないというのが、俺自身、猫らしくないのでちょっと恥ずかしい。ので、そうしたことも今後は一切、気にしないことにしよう。そんなことが気になるようではその内、「人に見えざるもの」にまでおびえるようになってしまうだろうから。

それにしても同居人は、何をあんなに熱心に祈っているのだろう。何しろここは祟りを鎮める神社なのだから、祈るというからには何か、鎮めて欲しい祟りを感じているのだろうが、男運の悪さだとか小説が売れないことだとかは、何かの祟りなどではなくて同居人の資質と才能に原因のある災難であるからして、いくら祈っても無駄だと思うよ、うん。

さて、参拝が終了すると今度こそあぶり餅である。

そのまま神社の駐車場に車を置きっぱなしでも問題は起こりそうになかったが、おやじさんは律儀に車を「かざりや」まで移動させた。もちろん、徒歩でもすぐなので、他の一同は歩いて店に向かう。俺を抱いた同居人が「かざりや」の駐車場に到着した時、サスケが一声吠えた。

「正太郎、あれ見てみ！」

サスケに言われるまでもなく、俺はすでに驚いていた。

またあの、ワンボックスカーだ。黒いオデッセイ。そして鳴《な》き喚《わめ》き続けるポメラニアン。

俺は同居人の腕を飛び下りてサスケの横に走った。

「こんなもん、偶然やないで、絶対」

サスケはすでに歯を剝き出して唸っている。

「京都駅から桂までは偶然やったとしても、それでいきなり今宮神社ゆうのは、普通の観光なら飛躍し過ぎや。B級グルメ旅行やとしても、麦代餅のすぐあとにあぶり餅やなんて、あまりにセンスないやんか。こっちは三回分まとめて取材しとるから、どんな順番にやったかて後で並べ替えて使えるけどな、まともな人間の味覚やったら、餅菓子の後でまた餅菓子食べようなんて、思うかい」

「しかし、目的はなんなんだ？　俺たちの車なんか尾行しても、一銭にもならないだろう？」

「それは確かに、あんさんとこのひとみさんとうちのおやっさんやったら、誘拐したかて金も取れんやろし、逆さに振ったかて出るのは鼻血くらいや。そやけど、東京から来た三人はちゃうで。S出版ゆうたら一流出版社や、その社員が二人と専属カメラマン一人、まとめて誘拐して会社に身代金請求してみ、合わせて一億は取れるで」

そんなに取れるだろうか。S出版がどれほど社員思いの会社だったとしても、一億は辛くないか？　まあ、村田女史は有能そうだから五千万、カメラマンに二千万、糸山にいたっては、そのまま持って行ってくれていいから、とか言われたりしそうじゃないか？

「誘拐を考えてるにしては、不用心な気がするんだけどな。真っ昼間だぜ」

「そやから、一日中尾行して隙を狙う気やんか」

「だけど、それでなんでポメラニアンを同乗させてないとならないんだ？　しかもあんなにぎゃんぎゃん鳴くタイプだぜ、あんなもんと一緒に犯罪は難しいぜ」

「うーん、そやな」

サスケは首を傾《かし》げた。

「ちょっと、あいつの言ってることをちゃんと聞いてみよ。窓をぴったり閉めてるから、もうちょっと近付かなはっきり聞こえへんねん」

サスケはちょこまかとした足取りで、その黒いワンボックスに近付こうとした。が、突然ワンボックスのエンジンがかかり、まるで狙ってサスケを轢《ひ》き殺そうとでもしたかのように、いきなりバックした。

「危ない！」

村田と糸山の声が同時にして、同居人が悲鳴をあげる。しかし、サスケは見た目よりもずっと運動神経がいい。間一髪で車のタイヤを避けて斜め後方に飛び退《の》いた。オデッセイはタイヤを軋《きし》ませて駐車場から出ると、猛スピードで走り去った。

「どないしたんや！」

駐車場に入れていた車からおやじさんが血相を変えて飛び降りて来る。

「サスケ！　大丈夫かあっ！」

サスケが吠えながらおやじさんに飛びつき、後ろ足で立ち上がって顔をなめまわすと、おやじさんはようやく安堵した表情になった。

「信じらんない！」

同居人が怒りの声を上げる。

「いったい何なの、今のやつ！」

「全然、後ろ見ないでバックしてましたよ。危ないとこだった」

後ろを見ないでバックしたのかそれとも、後ろを見たからバックしたのか。いずれにしても、尋常ではない。

「わざとやで」

サスケはおやじさんのそばを離れると俺のところに来て言った。

「わしのこと、轢き殺すつもりやった」

「少なくとも脅してやろうという意図はあったろうな。あわよくばはねても仕方ない、くらいの。でも、どうしてなんだろう」

「わしとあのポメが話をするのがまずいと思たんちゃうか？」

「いいや、人間は俺たちがこんなに正確にコミュニケーションを保っているとは思っていない。あんたが近寄ったくらいで、自分たちのやってる後ろ暗いことがバレるかも、とは思わないさ……いや？」

俺は、あることに気付いた。そうだ、その可能性はあるぞ……

「ワンちゃん、怪我はなかったみたいですね」

村田が元気よく言った。

「それじゃ、取材を続行しませんか？　あぶり餅、ほら、いい匂いがしてますよ！」

＊　＊　＊

またもや味見した結果を述べれば、このあぶり餅もなかなかの珍味だった。白味噌を使ったタレがかなり濃厚で独特、他のこうした焼き餅とは一線を画している。しかも個性的なのは、細い竹串二本に刺した餅の一個ずつがとても小さいことだ。さっきの麦代餅と比較すると面白い。ちょうど、俺たち猫の一口分、という感じ。しかしあなどってはいけない。なんと、一人前一皿が、十五本なのである。

「うまいけど、十五本ってのはけっこうありますね」

糸山ですら、さっきに比べて食べるスピードが鈍っている。

「麦代餅、三個も食べちゃったからなぁ」

「あたしも二個、食べた」

同居人はそれでも、次々と串から餅を歯でかぶり取っている。

「だけどこれ、アンコじゃないからだいじょうぶ。味の感じが違うもん」

「香ばしくてなかなかやな。これでおまけに病気が防げるなら、ええこっちゃ」

たった二本しか食べないおやじさんは気楽に笑っている。同居人は俺にも餅をくれたが、今度はちびっとちぎったりはせずに一本丸ごとだった。口とは裏腹に、二軒目でそろそろこたえてきたのか。

サスケもまた一本もらって、口のまわりを白味噌のタレで彩《いろど》りながら竹串を行儀よくおやじさんの

足下に置いた。俺も真似をすることにする。取材組一同は、あぶり餅と早良親王の冤罪事件とやらの話で盛り上がっていたが、もちろん取材用の会話である。カメラのシャッターも相変わらず切られまくっていた。

「それじゃそろそろ、次に行きまーす」

村田女史は修学旅行の生徒を案内するバスガイドのようだった。

「次は、位置から言って出町《でまち》がいいですね」

「出町って、まさか『ふたば』じゃ……」

「さすがにご存じなんですね、桜川さん。『ふたば』の豆餅はやはりはずせませんでしょ?」

豆餅。

麦代餅大二つにあぶり餅十四本の上に、赤えんどうがたっぷりあしらわれたふっくらお餅の大福である。

同居人の顔が心無しか青ざめているように見えた。

5

が、そこはさすがに貧乏が板についている同居人だけのことはあった。出町商店街の河原町通り側出口あたりにある『出町ふたば』の豆餅は、同居人もたまにわざわざ電車に乗って京都に出てまで買い求めるほどの名品なのだ。値段も一個たったの百五十円。それでいて、そんじょそこらのご大層なケーキなどよりずっと満足感を得られる味である、と、同居人はいつも言っている。その豆餅をタダでいくつでも食べられるなんて機会はそうそうあるものではない。同居人は覚悟を決めたように頷いた。

俺としてはしかし、同居人の腹具合のことよりもさっきの黒いオデッセイの方がよほど気になっていた。あのポメラニアンは俺たちに何を言おうとしていたのだろう?

そう、彼は何かを伝えようとしていたに違いないのだ。最初から。

なぜあの車は、京都駅から桂、今宮神社へとおやじさんの車をつけていたのか。

そしていったい、サスケに気付かれてはまずい、何が車の中にあったのか。

「ちょっと聞くけどさ、サスケ」

出町まで移動する間の車中で、俺は言った。

「あのポメラニアンは、泥棒、と言っていたのは間違いないのかな」

「言うてたで。間違いあらへん」

「泥棒、という言葉をつかったのかい、それとも、泥棒したというような意味のことを言っていたのか、どっちなんだ?」

「なんや、ややこしい質問の仕方やなぁ。どう違うねん、その二つで」

「言葉として、泥棒、という単語をつかったのかどうか知りたいんだよ」

「単語?……どうやったかいな」

サスケは頭をぶるぶるっと振った。

「あんさんも知ってる通り、わしらのコミュニケーションはたいていの場合、意味だけ伝えてそれを聞き取った自分の頭で言葉に置き換えるからなぁ」

「そこなんだ。そこが問題なんだよ。つまりあのポメラニアンの鳴き声に含まれていた意味を、君の頭が言葉に置き換えた可能性があるんじゃないかってとこだ」

「そうしたらあかんかったんか?」

「いや、いいとか悪いとかの問題じゃない。まず前提として、あのポメラニアンはボキャブラリーが貧弱だとしよう。それで俺たちに対して何かを伝えようとしていたとする」

「伝えようとしていたって、つまり、絡んでたんやないゆうことかいな」

「うん。どうも違うんじゃないかという気がしてきた」

「そやけどえらい怒っとったで」

「怒っていたのは間違いないが、俺たちに対して怒っていたというよりは、自分の置かれた状況について憤っていたんじゃないかな。俺たちに対して、黙って見てないで何とかしてくれ、と叫んでいた」

「なんとかしてくれて、そんな一方的な。わしらがあいつを車に閉じ込めたんとちゃうがな」

「そうだ！」

俺は思わず、サスケの頭を前足で叩いてしまった。

「その通りだ。やったのは俺たちじゃない。そしてあいつはまさに、あの車に閉じ込められているんだ。だいたい、いつも犬を車に乗せている飼い主ならば、換気の為に窓の一部をほんの少しだけ開けておくのを忘れるとは思えない。確かに窓をちょっとでも開けておいたら不用心だが、動物と暮らしている人間は、よほど性格がねじ曲がっていない限りは、車上狙いに先の曲がった棒を突っ込まれてロックをはずされるリスクぐらい、ペットが窒息するリスクに比べたらどうってことないと思うんじゃないか？　まして、そのペットがうるさく鳴く犬だ。よほど天然の大馬鹿野郎なコソ泥でもない限り、そんな車は狙わない」

「あいつは……飼い主やない他の誰かに、あの車に閉じ込められてたんか。そやけど、いったい何の為や？」

「それは今のところまるでわからない。だからそれを推理するのさ。で、さっきの話に戻るよ。あいつは君に、単語として泥棒、と言ったのではなくて、意味を伝えたんだね？　つまり、盗んだ、と」

「まあ、そうやと思う……あ、わかった！　あいつ、誰かに盗まれよったんか！　あの車運転してた奴に！　なんやあいつ、チンケな顔しとったのにドッグショーのチャンピオンか何かなんやろか」

「確かにあいつが不法に監禁されてるのは間違いない。でも、もし自分のことを言いたかったのなら、俺たちに向かって、盗んだ、とは言わないよ。だってあいつを盗んだのは俺たちじゃないんだから。その場合、盗まれた、と騒ぐはずだ」

「……てことは、やっぱり俺たちが何か盗んだと?」

「俺とあんたと、それから人間たちの中の誰かが、と言いたいんじゃないか?」

「失敬なやっちゃなー。わしらが人のもんを盗んだりするかい」

「だから、そこだ。いいか、整理して考えてくれ。あいつのボキャブラリーは貧困なんだ。つまり、盗んだ、と言っていても、それに近いけれど別のことが言いたいのかも知れないんだよ。それを推理するんだ。盗む、に近いが別の状態というのはどんなもんがある?」

「盗む、ゆうのは特殊な行動やで。似てるけど違う状態なんて……」

「たとえば、取る」

「人のもんを取るのが盗むゆうことやんか」

「いや、他人のものを意識して取るのが盗む、だ。意識していなかったら?」

「意識してないて……あ!」

サスケは無意識だったのか、ワン、と一声吠えた。

「そうかー　そうや……間違えて持って来たゆうのがある!」

「すごい!」

俺はまたもや、サスケに喜びの猫パンチを見舞った。

「きっとそれだ!　さらに言うならそれで対象者は特定される。あのオデッセイを最初に見かけたのは京都駅の八条口だった。あんたを轢き殺そうとした運転手、あるいはその仲間は、北山からおやじさんを尾行していたわけじゃない。つまり、奴らの目的としている人物は、あの時そこにやって来る予定でいたんだ……東京から来た三人の内の一人が、どこかで奴らにとってひどく大切な何かを、自分のものと間違えたか何かして持って来てしまった。奴らがそれを回収できずに京都で待っていたところからして、トラブルが起こったのは三人が乗って来た新幹線が最後に停車した駅でのことなんだろう。乗って来たのがのぞみなら名古屋ということになるが、ひかりだと岐阜羽島《ぎふはしま》や米原《まいばら》にも停車することがあるから特定は出来ない。しかしいちばん近い米原からでも三十分近くはかかるから、トラブル発生と同時に、奴らの仲間がそれを携帯か何かで連絡すれば、三人が京都に到着するより前にオデッセイでかけつけて待ち構えることは出来る」

「つまりあの車の奴らは、それを取り戻す機会が欲しくてわしらを尾行してるわけか」

「そう考えれば辻褄が合う。しかし桂でも今宮神社でもその機会は持てなかったわけだ」

「するとやな」

サスケは得意げに尾を振った。

「対象者はカメラマンの今津やないゆうことは断言してもええと思うで。今津やったら撮影の間は、手にしたカメラ以外の荷物なんかほったらかしや、わしらの目を盗んで今津の荷物に近付くことなら、誰でも出来た」

「糸山は荷物らしいものを持ってない。まあ男だからあれで普通なんだろうが、とりあえず必要なものはみんなコートのポケットから取り出してるよ。もちろん、宿泊用のボストンバッグはあるけど、ずっと車の中に入れっぱなしだ。もしあのボストンが目的なら、奴らは車が無人になった隙に必ず手を出していた」

「その意味では村田ゆうおねえちゃんのボストンもそやな」

「うん。でも彼女は」

「さあ着いた！」

その村田が大声で言った。

「車はどうしましょう、市営駐車場に入れましょうか」

「その方がええやろな。あんたたち先に降りて、店の撮影やとか何やとか済ませてください。わし、駐車場に車、放り込んで来るし」

出町の市営駐車場はとても大きいのだが、地下につくられているのだ。おやじさん以外の一同は出町商店街の出口のところで車を降りた。村田がさっそく、走るようにして『出町ふたば』の店先に駆け込む。その後を大荷物を抱えた今津が追い掛ける。俺は同居人の腕に抱かれ、サスケは同居人に引き綱《づな》を持たれたまま、村田の後ろ姿だけに注視していた。

「やっぱり、あれやな」

サスケが言った。俺もそう思った。オデッセイの無法者たちが狙っているのは、たぶん……村田女史が肌身離さずに肩から下げている、バーバリーの、お馴染みのチェック柄のショルダーバッグだ。同居人もあれと同じ柄のハンカチを一枚持っていて、これがバーバリーなんだとたまに俺に自慢する。

さすがに編集者が持つだけあってかなり大型のショルダーで、ゲラだの雑誌だのも楽に入りそうだ。

「そやけど、あれそのものが間違えて持って来たもんやないやろな。さっきから彼女、あの中から手帳やとか財布やとかいろいろ出してるもんな」

「あの中に、彼女は何かを入れてしまってるんだ。本来は奴らのものである何かを。しかしそれはもちろん、合法的にやり取り出来る品物じゃない。そうでなければ話し合いでいくらでも解決出来るわけだものな」

「何や嫌な予感がするわ、わし」

サスケが身をぶるっと震わせた。

「バッグに入るほどちっこいもんで、しかも間違えた本人がまるで気付かないもんだとすると……」

「はい、お待たせ〜」

村田が嬉しそうに包みを抱えて出て来た。

「桜川さん、お好きみたいなのでたくさん買って来ました。これ、どこで食べましょうか？」

「た、たくさん買って来ちゃったの……」

「ええ、十個ほど。あ、足りませんか？　桜川さんが三個に糸山さんが三個、それにワンちゃんと浅間寺先生と猫ちゃんで二個でいいですよね、後はわたしと今津さんで一個ずつかな、と。何でしたらもう少し買って来ましょうか。今日はラッキーみたいですよ、まだ売り切れてないんです。いつもは午後いちばんで売り切れてしまうんですって！」

「あ、僕は二個でいいです」

糸山がすかさず言う。

「桜川さんに差し上げますよ、ひとつ。それなら足りますよね？」

同居人はものすごい顔で糸山を睨んだが、糸山は気付かない振りを通した。

「やっぱり、せっかくだから鴨川を背景にしたいなぁ。どうですか、河原に降りて草の上に座って食べるなんていうのは」

今津が言うと、即座に村田が賛成した。

「あ、それいい！　大福餅って気取って食べてもおいしくないんですよね、こう手で持ってパクッといかないと。河原でそれをするのって、すごく絵になりますよ！」

というわけで、一同はおやじさんが戻って来るのを待って、鴨川の方へと歩き出した。

出町商店街から出町橋という、賀茂《かも》大橋と並行するようにかかっている小さな橋を渡ると、賀茂川と高野川に挟まれた形になった三角形の頂点部分、葵《あおい》公園がある。ここからさらにもうひとつ、河合橋という橋を渡れば正面が叡山《えいざん》電鉄の出町柳駅。地下には京阪電鉄の駅もあって、その気になれば特急で大阪まであっという間らしい。

しかし一同は葵公園から、川の中ほどまで張り出している中洲の方へと下りて行った。今の季節こそ人の姿が少ないが、夏場になると花火をする学生達で満員御礼になる場所である。

「やっぱりいいなぁ。風情がありますよ、ここだと。自然光で撮影出来るから表情も自然になるし」

　今津は嬉々としてカメラのセッティングを始めた。

「川べりにお二人で座って、豆餅を食べながら対談なさってくださいね」

　村田は問題のバッグからまた、ノートを取り出してメモを始める。小型の録音機は糸山が手に持った。

「ちょっと正太郎、遠くに行っちゃだめよ」

　同居人は俺を地面におろし、ハーネスを前足と胴体にくぐらせた。

「迷子になって川に落ちたら大変だから、サスケと一緒にいなさいね」

　そう言いながら、俺のハーネスの先端をサスケの引き綱と結びつける。まさに一蓮托生《いちれんたくしょう》状態で、俺とサスケは中洲を散歩し始めた。

「ここやったら見晴らしがええし、奴らも近付けんやろ」

　サスケはあたりの様子を窺いながら言った。

「奴らが村田はんのバッグを奪い取る前に、中に入ってるもんに彼女が気付いてくれたらええんやけどな。ほんで警察にでも届けてくれたら、一件落着やで」

「気付かないでいつまでも持ち歩いていたら、それこそ大変なことになるかも知れない。奴らに取りかえされるだけならともかく、何かのはずみで落としでもして、他の人間に気付かれたら……」

「やっぱり、アレやろか」

「他に考えられないね。拳銃ということも考えたんだが、あれって重いらしいだろう？　他人のものと間違えても気付かないで持ち歩いているくらいだから、そんなに重いもんじゃないはずなんだ」

「ここなら、他の人間はいてへん。仲間だけや」

　サスケが頭を低くして唸るように言った。

「どや？……やるんなら今しかない、思わんか？」

6

そうだった。まさに、やるなら今しかない。今ならば、どんな恐ろしいものがあのバーバリーから転がり出て来たとしても、それを見ているのはみな身内なのだ。

俺とサスケとは、人間たちに気付かれないようにそっと近付いた。

だが、気付かれてしまった。

「はい、わかってるわよ、あなたたちにもあげるから、ね」

陽気な村田女史は自分がとんでもないモノを持ち歩いているなどとは夢にも思わず、ころんとした豆餅をぱかっと二つに割って、俺とサスケの前にそれぞれ置いた。

「本当にすごいな、これは」

今津がシャッターを切る手を休めて豆餅を頬張っている。

「大福なんてこれまで、買ってまで食べたいと思ったことなんかなかったですよ。こんなに旨いもんだったなんて」

「餡も餅も、すごく丁寧に作ってありますよね。それにこの塩えんどうがいいの。あたし、大福餅っていつも思っていたんですよ。だから、豆が邪魔だなぁっていつも思っていたんですよ。だから、豆の入っていないのを買うようにしていたくらい。ほら、一時ブームになったいちご大福だってそうですよね。でもこれは違うんですよね、えんどう豆があるから、全然飽きないで食べられるの。豆餅は豆餅、豆がないとダメなんだなぁって思いますね」

サスケはそうした村田女史のデリケートな批評に構うことなく、瞬時の一口で豆餅を呑み込んでしまった。

「旨いわ、これ」

ぺろぺろと舌を出しながら、俺の前に置かれた分をじっと見つめている。

「あんた、もしかして甘いもんはそんなに好きとちゃうんやないかなぁ、なんて思ったんやけどな、ちょっと」

「いいよ、俺は前にも食べたことあるから、やるよ」

返事をするよりもサスケが餅を呑み込む方が早かった。

「おい、餅はいいけど、どうするんだ？　早くしないと次の取材場所に移動しちゃうぜ、みんな」

「そやな。ほならぼちぼち、やろか」

サスケは一度、そのへんを無邪気に走り回る、という動作で何も考えていない無害なペットを演じて見せてから、そろそろと村田の背後に近寄った。もちろん、ハーネスを引き綱に繋がれてしまっている俺もそれに付き合うしかなかった。

「いくで」

サスケは一声短く吠えると、後ろ足で立ち上がって村田の背中に抱きついた。

「きゃあっ」

不意を打たれて村田がよろめく。肩からショルダーバッグがはずれて地面に転がる。

「こらっ、サスケ！」

おやじさんが怒鳴る。村田は笑い転げる。

俺は村田が手を伸ばすより早くバッグに向かって爪をたて、爪が引っ掛かった振りをしてバッグを振った。チャックもボタンもないバケツのような形のバッグだったので、中のものがすぐ転がり出た。

「正太郎、あんた、何してるの！」

同居人の恐い声が聞こえて、俺は一目散にその場から逃げ、糸山のからだをぐるっと一周して、同居人の手の届かない今津の肩に駆けのぼった。

「すっごい興奮してますね、この猫。どうしたんだろ」

「虫がいるんだ、虫！」

糸山が憎たらしい口調で言った。

「桜川さん、正太郎に虫くだし飲ませた方がいいですよ。きっとサナダ虫が湧いてんですよ」

「もの食べてる時に汚いこと言わないでよ」

同居人はなるほど、ちゃんと豆餅を食べていた。これは見上げた根性と誉めるべきかも知れない。同居人の膝に広げられた包みの中の四個の豆餅は二個に減っていたのだ。

「ごめんなさいね、村田さん」

「いいんですよぉ、壊れるもんは入ってませんから。携帯と録音用のＭＤはポケットですし」

「でも中身、みんな出ちゃったね」

今津が腰をかがめて村田と共に散乱したものを拾い集めた。

大判のノート。

筆記用具の入ったペンケース。

眼鏡ケース。

化粧ポーチ。

京都の観光ガイド二冊。

観光地図。

ハンカチ。

ティッシュケース。

ひよこの絵が描かれた包み紙の箱二つ。

「あーっ、すっかり忘れてましたっ。これ、桜川先生と浅間寺先生にお土産だったんです。今朝東京駅で買って」

「……『ひよこぴよぴよ』。あの、村田さんこれ」

糸山がぼそっと言った。

「『ひよこぴよぴよ』、って、福岡のお菓子じゃなかった？」

「えっ、東京銘菓じゃなかったんですか！　だって東京駅で売ってましたよ」

「どこのだっていいわよ、ぴよぴよなら好きだもん。あったかい牛乳と食べるとおいしいのよ」

「お好きならよかったです」

村田はそれが持ち味の、無邪気な笑顔で頷いた。

「うなぎパイの方がいいかな、ってちょっと思ったんですけどね、浜松に停まらないのに浜松を過ぎたら売りに来るっていうあの姿勢が、なんか違うんじゃないかって」

「うなぎパイって夜のお菓子でしょ」

「どうして夜の菓子なんや？」

おやじさんがのんびりと口を挟む。

「夜しか食べたらあかんのかいな。夜に菓子なんか食べるとからだに悪いでぇ」

「浜松に停まらないので来たんだ」

同居人はおやじさんのボケを無視した。

「のぞみ？」

「ひかりだったんですよ。でも浜松は停まらなくて、岐阜羽島は停まりました。最近のひかりってややこしいですよね。昔はひかりって、名古屋にしか停まらなかったのに」

「ないやんか」

サスケが耳元で囁いた。

「怪しそうな包みなんか、入ってへんで」

「しかし、他に考えられないんだけどな……」

「何もかもわしらの勘違いやったんやろか」

「いや、そんなことはないと思う。さっき見た村田女史の荷物の中に、それはあるはずなんだ。たとえば眼鏡ケースの中とか」

「そんな、オデッヤイの奴らと同じ色柄の眼鏡ケースを村田はんがたまたま持っていた、なんてこと、あるかな。いずれにしてもあの感じやと、彼女が先に気付いてうまく処理する可能性はあんましないな。ほんまに眼鏡ケースの中にあるんやったら、もう一度茶番をやってみてもええけど」

「万一のことがあるからなぁ」

俺は首を振った。

「ケースの中が空《から》だったらいいんだが、眼鏡を壊したりしたら後がこわい」

「壊れるもんはないゆうてたけどな」

「でも今は眼鏡をかけてないだろ、彼女。ケースの中に入っているとしたら、俺たちが余計なことして壊してしまう可能性があるからなぁ」

「どないしたらええねん」

「後は、彼女が自分で眼鏡ケースを開けて気付くってパターンに期待するしかないな。いや、また別の方法も考えられるかも知れない。ともかく、チャンスを待とう」


　対談というか、豆餅を食べながらの雑談と撮影が終わると、一同は立ち上がってまた出町の商店街の方へと歩き出した。だがすぐに同居人が言った。

「ねえ村田さん、次、銀閣寺ですよね。歩いて行きませんか?」

　なるほど、次の食べ物に備えて少しでも消化を促進しようという考えか。まあ散歩は嫌いではないので、俺は賛成だった。

「かなりあるんじゃないの、ここからだと」

　糸山はふだんからものぐさな奴である。

「そんなにないで。そうやなぁ、銀閣寺道の交差点までで二十分ゆうとこかな。銀閣寺を見物するんやったら、そっからさらに十五分」

「目的は交差点のところのアイスキャンデー屋さんと、その少し先の一銭洋食のお店なんです。もちろん、その後で銀閣寺に行っても面白い写真は撮れると思いますけど」

「しかし今津さんは荷物、多いから」

「いや、僕は全然平気です。慣れてますからね」

「いとはんが半分持ってあげなさいよ」

　同居人はあっさり言って、出町とは反対の方角へと中洲をあがり始めた。

「ともかく、決定ね。帰りはバスでここまで戻ってくればいいんだし」

　サスケの引き綱をおやじさんが持ったので、俺とサスケは並んでゆっくり同居人の後を追った。

「あんたの飼い主、なかなかやるな」

　サスケが呟いた。

「さっき見てたらな、残ってた豆餅、ティッシュにくるんでポケットに詰めよったで」

叡山電鉄の出町柳駅から一度今出川通りに出て、そのまま「大」の字が山肌にくっきりと描かれている方向を正面にひたすら歩けば、百万遍《ひゃくまんべん》の交差点を過ぎ、京都大学を経て銀閣寺道の交差点に至る。麦代餅の大二個にあぶり餅十四本と豆餅二個が、その程度の距離のあいだにどれだけ消化するのかは知らないが、同居人は少しでも腹を減らそうとしているのか、さっきから大きく手を振って歩いていた。

その動作が目くらましになってしまったのかも知れない。俺もサスケも、他の誰もが、何となく笑いながら同居人の挙動にばかり注目していたのだ。

最初に気付いて吠えたのはサスケだった。次に俺が気付いた。後方、西の方角から猛スピードで近付いて来た車が歩道の端を歩いていた村田の横を行き過ぎるかと思った瞬間にドアが開き、中から腕が突き出たのだ。

「きゃーっ」

村田が悲鳴を上げたが、その時にはもう、肩にかかっていたショルダーバッグは伸びて来た男の手に摑み取られていた。

サスケが突進し、男の腕に嚙み付いた。サスケと行動を共にするしかなかった俺も一緒に突進し、どさくさにまぎれて車の中に飛び込んだ。と同時にうまいことハーネスからからだがはずれて、俺は身軽にワンボックスカーの中を後方まで移動し、今や耳をつんざくばかりに吠えたてているポメラニアンの足に嚙み付いた。

「痛いっ、痛いじゃないかぁっ」

「こうしないと黙らないだろう、あんた。ともかくそんなに吠えてたんじゃ何言っててんのかわかんない。ちゃんと話してくれ！　あんたはどうしてこの車に閉じ込められてるんだ？　そして、あんたが俺たちが何か盗んだって言ってた、あれはいったい何のことなんだ？」

「僕は食べちゃっただけなんだ」

「食べたって、何を」

「ひよこだよ、ひよこ。ひよこのお菓子だよ。そしたら捕まえられてここに押し込まれたんだ。これ見てくれよ、こんなひどいことされてんだよ」

確かにひどい有り様だった。ポメラニアンの首輪に取り付けられた引き綱は短く巻取られ、荷物スペースの工具箱にゆわえつけられている。これでは二十センチも移動することが出来ない。

「ひよこか」

俺はやっと納得した。

「ひよこだったんだ……」

「あんたたちの中の誰かが、奴らのひよこを盗んで持ってるんだって奴らが話してたんだ。だから桂の菓子屋のところであんたたちに教えてやろうとしたんだよ。ひよこを食べたらこんな目に遭わされるよって」

「悪かったよ。窓が閉まってたせいで、よく聞き取れなかったんだ。ただ、ひよこを盗んだわけじゃないと思うんだけどね。たぶん、間違えて持って来ちゃったんだな」

俺は荷物スペースから顔を出して、車内の大混乱の様子を眺めた。もちろん、サスケが金輪際嚙み付いた腕から離れなかったおかげで、もう車は発進するどころの騒ぎではなくなっていた。なだれ込んで来たおやじさんと糸山に狭い車内で無理に勝負を挑まれて、運転していた男も助手席の男も戦意喪失してしまったのか、呆然とした顔で殴られるままになっている。

やがてパトカーのサイレンの音が後ろから聞こえて来た。

＊　＊　＊

川端《かわばた》警察署を出たところで、一同は疏水に沿って冷泉《れいぜい》通りを散歩することにした。

もう日が傾きかかっている。本日の取材は取りあえず明日に延期である。

「まさか、『ひよこぴよぴよ』の中に麻薬を仕込んで運んでいたなんてねぇ」

村田は身震いして言った。

「間違えて食べちゃってたらどうなっていたかと思うとゾッとするわ」

「いちおうプラスチックのカプセルに入れてはあったそうですけどね。だからあのポメラニアンも助かったんです。もしそのまま大量の麻薬を呑み込んでいたら、とっくに死んでいたでしょう」

「あいつら、あのポメちゃんをどうするつもりだったのかしら」

「うーん、まあ便にカプセルが出るのを待つつもりではいたんやろが、なかなか出て来なかったら……殺して腹を裂くぐらいのことはしたかもわからんな……何しろ、ひよこ一個で時価数十万円の麻薬だからな」

「でも、岐阜羽島の駅でいったい何があったんですか、村田さん。警察でもそこを訊かれたんでしょう?」

「そうなんだけど、あたしは何も意識してなかったのよね。あのねつまり、あたし、名古屋の次が京都だと思い込んでいたのね。あたしと今津さんと糸山さんは、それぞれ席が離れていたんです。新幹線の予約をしたのが遅くて、三人ばらばらの席しか取れなかったの。しかもあたしだけ隣りの車両で。それで、ゆうべも残業で遅かったりしたものだから、名古屋を出た頃にうとうとっとしちゃって、新幹線が駅に着いた気配でびっくりして、荷物スペースから大慌てで荷物を取り出して、それで一度飛び下りちゃったんです。たまたまそれがひかり号で、のぞみの通過待ちで数分停車したんでそのままおいてけぼりにされなくて済んだんですけど、ともかく降りてしまってから京都じゃないってわかってまた慌てて戻って。そして自分の席に着いたら、隣りの席の人が、荷物、間違っていませんかってものすごい剣幕で訊いたんです。その時になってあたしはじめて、自分がお土産用の『ひよこぴよぴよ』の袋を二つ下げていたことに気付いたんです。あんまり慌てていたんで、同じ袋が荷物入れにあったのを、両方とも持って来ていたのね。ちらっと中を見たら、どちらも箱が二つずつだったんで、これならどっちでも同じね、と思ってそのうちのひとつを渡しました。そしたらその人、あたしを突き飛ばすみたいにして新幹線から降りてしまったんです。いったい何かしら、ちょっと失礼ね、と思っている内に発車したんで、後はもう気にしなくて」

「麻薬取り引きに向かうはずだった男は、危険を感じて岐阜羽島で降りたんやな」

「危険を感じて?」

「村田さんに顔を憶えられたと思たんや。それでこだまに乗り換えて京都だか大阪だかに向かおうとして、ひよこの袋を間違ったことに気付いた」

「で、慌てて仲間に連絡を入れて、村田さんの人相風体を伝えて京都駅で待ち伏せさせた。でもどうしてそいつは、村田さんが京都で降りると見当をつけたのかしら」

「たぶん」

村田は考え考え言った。

「わたし、東京からずっと京都のガイドブックを読んでいましたし、途中で一度か二度、糸山さんが席に来て、簡単な打ち合わせもしたんです。その時、八条口で何時に待ち合わせているという話が出ていましたから」

「けど、『ひよこぴよぴよ』がバーバリーの中に入っていると奴らが知っていたのはどうして?」

「八条口の表に出た時に、荷物がいくつもあっては浅間寺先生にご迷惑かしらとふと思って、袋から箱を出してバッグに入れたんです。それを見られていたんですね、たぶん」

「あのポメは二日前の取り引きで奴らが手に入れたひよこを食べちゃっていたらしい。伏見区で一昨日《おととい》、おばあさんが散歩中に犬を奪い取られたと警察に届け出ていたんだそうですよ。どんなはずみでそんなことになったのか知らないけど、今度のことも含めて随分ドジな奴らですよね」

「でも糸山くん、そしたらあのポメちゃん、二日間、ウンコしてなかったってことよね。……助けてあげられてよかった。そうじゃないと、今夜にでも殺されていたかも知れないじゃない」


確かにその通りだった。俺もサスケも、人間の麻薬取り引き犯人を捕まえたことなどは基本的にどうでもよかったが、あのボキャブラリー貧困なポメラニアンを救うことが出来たという点で、満足していた。

「あんさん、さすがやな。あんさんの推理、当たったやんか」

「推理というのは当たるとか当たらないなんていう、博打《ばくち》みたいなもんじゃないさ。論理的な可能性を検討して、その可能性の高いものから並べる、それが推理だ。可能性があるものがひとつしかなければ、それが正解。だから可能性を絞り込むことが必要になるんだ。自慢するわけではないけれど、奴らが麻薬と関係しているんじゃないかということは、今宮神社であんたが轢き殺されそうになった時点で気付いていたんだぜ」

「ほんまかいな」

「本当さ。それももちろん推理によってだ。あの時、奴らはあんたが車に近付いて来るのを嫌がった、別な見方をすると犬を恐れた。それはなぜか。税関に麻薬摘発を専門にしているあんたのお仲間がいるよね？　つまりそれだけ犬の臭覚は麻薬に対して鋭敏だ。奴らは何度もあの車で麻薬の取り引きをしていたんだろうし、その間にはカプセルを開けて中身を確かめたりもしただろうから、車の中に麻薬の匂いがついていてもおかしくない。あの時オデッセイの運転手は、近付いて来るあんたの姿を見て、たぶん麻薬犬のことでも連想したんだな。それからもうひとつある。あのポメラニアンの異様な興奮ぶりだ。あれも、狭い車内でずっと麻薬の匂いを嗅がされていた影響だと考えると納得がいく」

「そんなもんかいな。なんや、そうやって説明されたらそうかいなとも思うけど、後からこじつけたような気がしないでもないいんやけどなぁ」

「論理的に説明出来たんだからこじつけたとは言わないよ、逆に言えば、推理なんて多かれ少なかれこじつけの要素はあるんだ。ある意味では、こじつけを楽しむのが推理だということさ」

「そやけどあんさん、今朝のあの、下痢した花婿ゆうのん、あれはなんぼこじつけを楽しむゆうたかて、無茶やで！　まあおもろい推理ではあったけどな」

「あれだってまだ否定されたわけじゃないだろ」


「いやしかし……」

「さあ、それじゃこれから銀閣寺道に戻って、まずは一銭洋食から攻めましょうか」

いきなり村田が元気よく言った。同居人がぎょっとする。

「あ、あの、取材は明日にするんじゃ……」

「一銭洋食ならお夕飯にもなりますし、その後銀閣寺で大人気のアイスキャンデーでデザートにして、夜食はやっぱりラーメンで」

「ら、らーめんっ」

「京都ってあまり知られてないけどラーメン屋さんがすごく多いんですよね。京都の学生さんたちにとって、ラーメンは最高の庶民の味、ですから、これをはずしたらダメだと思うんですよ。高野《たかの》のラーメンストリートでそうですね、最低三軒は回りたいですよねっ」

地獄の取材はまだこれからが本番らしい。

だから、何度も言うが、世の中においしい話などはないのである。

俺は無言だった。無言だったが、ひどく得意で、思わず髭を三回、上下させた。

ガラガラガラガラガラガラガラッ

突然、耳が痛いほどの大音響を響かせて何かが通りかかった。

俺は一瞬、我が目を疑った。俺たちの目の前を、空き缶を山ほど引きずった白い乗用車が通りかかる。その後ろから、クラクションを鳴らしたり、助手席から顔を出して口笛を吹いて冷やかしている車が何台か続き、歩道を歩く人々からは拍手がまばらに起こっていた。

「わ、ナンバーや」

サスケが呟いた。

「今朝の下痢男やんか」

光る爪

復讐を考え始めたのは離婚してしばらく経ってからのことだった。

自分でも、しつこいとかくだらないとか女々しいとか、否定的な言葉を無理に思い浮かべて自制しようとしていたのだ。その点では、よく我慢した方だと思っている。だが結果的にはそれが良くなかったのかも知れない。あのことを知った時点で衝動的に爆発していれば、はた目にはみっともない結末に終わっていたとしても、事態はそう大事にはならず、自分自身もそれなりに気持ちの整理がついて新しい人生に踏み出すことが出来ていたのかも、と、今は思う。

だがいくら後悔しても、もう遅かった。

私は溜め息をひとつついて、質問に答える為に目の前に座っている男の顔を見た。

1

「猫みたいな女やな、あんたは」

徹《とおる》は首を無理に背中にまわして、自分の肩から後方に向かってついている爪痕を見ようとしている。手鏡も姿見もあるのに、自分の目で確認しないと気が済まないのかも知れない。

「どうしよう、これ」

「それこそ、猫にやられたて言えばええやないの」

あたしは煙草を手に取ってライターを探した。徹はそのへんで探してもなかなか見つからないようないい男だったが、気が小さい。遊びの相手としてならば申し分ないのだが、こんな奴と一緒に暮らしていたら息が詰まりそうだ。奥さんの顔は見たことがないが、それを考えると同情したくなる。

「その為に猫なんか飼うてるんやし」

「別にその為に飼うてるんやない。嫁はんの猫やがな」

「役に立って貰い、たまには。どうせ今時の猫なんか、ネズミもよう捕らんやないの。ただ餌やってるだけやなんて、もったいない」

「ええけど、あんた、爪に血ぃ付いてるんやないか。ほれ見てみぃ、こんなんやで」

徹はまるで重傷でもあるかのように大袈裟に騒ぎながら、自分の背中をあたしの顔に近付けた。馬鹿馬鹿しい、たかがひっかき傷のひとつや二つくらいで何を騒いでいるのだろう、と思った途端、徹の顔に優越が浮かぶ。

「なあ、そんなによかったか、なあ」

男という動物は、毛穴のひとつひとつまで馬鹿の見本市だ。そんなに爪痕が気に入ったのならば、今度は念入りにヤスリでもかけておいて、医者で縫わないとならなくなるくらい切り裂いてやろうか。それでもたぶん、その傷跡を他の男に自慢して見せるくらいには充分、馬鹿なのだろうが。


欲求は刹那《せつな》だが、満たされてしまうと後は倦怠だけが残る。その点では男女の生理的違いがそうあるとは思わないのだが、やはりあたしは少し変わっているのかも知れない。友達とそんな話題で盛り上がっている時に、取り残されたような感じをおぼえることは何度かあった。もちろん、男共が信じているほどには女の性欲はウエットではない。少なくともあたしの周囲では、演歌の歌詞に出て来るような湿って粘着質な性欲を持っている女は知らない。男と別れてから眠る間際にもう一度ひとりで楽しむことはあっても、その時に思い出すのは男の顔でも声でもなく、ただ感触だけで、顔はブラッド・ピットにすり替わっていたりする、というのが普通らしい。そしてあたしは淋しいことに、もう一度ひとりで盛り上がるということもほとんど稀《まれ》なくらい、終わってしまうと虚脱感と自己嫌悪だけが募るタイプなのだ。

だったらどうして男遊びをするのだ、と突っ込まれると返答に困るのだが、毎月ブルーデイズがはじまる数日前からは抑制がきかなくなるほど欲求が強まるのも体質なのだから仕方なかった。そしてむなしいことに、夫は単身赴任でマレーシアにいたわけである。

徹とは、行きつけにしている木屋町《きやまち》のカクテルバーで知り合った。学生の頃からの友人がバーテンをしているので、週に一、二度は顔を出していたのだが、徹に気付いたのは、徹がその店に通い始めてから半年以上も経ってからだった。それほど徹はおとなしい酒飲みだったのだ。それでも、気付いてからはあたしの行動は素早かった。ともかく好みの顔だったし好みの体型だったので、手に入れることに躊躇《ためら》いは感じなかった。徹の左手薬指の指輪に気が付いてしまっても。

「うちの猫は引っ掻いたりせえへんしなぁ」

徹はまだ傷のことを気にしている。そんなに妻が恐いのならば、どうして簡単に誘いにのったりするんだろう。

「うちのやつ、カンがええねん。下手な嘘ついたらわかりよる」

「肩に載せてる時に驚かしたゆうことにしたら?」

あたしは別に、徹を助けてやりたいとは思わなかった。ただ、こちらとしても出来れば面倒なことにならない方がいいのはご同様だ。

「なんかこう、猫を肩にのっけて甘やかしてる最中に、間違うて猫に水かけたとか」

「水がかかったくらいで引っ掻きよるかな」

「からだから落ちそうになって、思わず爪立てるゆうのはあるんと違う?」

「そうやなあ」

徹はやっと、傷の上からTシャツを着た。

「それいこか。そやけどなんで水がかかったんか、どんな嘘ついたらええやろ」

そんなこと知るか。

あたしは煙草をふかしながら呆れてベッドにひっくり返った。まったく、世の中の夫族というのはどうしてこう、いちいちびくびくしながら浮気なんてしたがるんだか。まるで、びくびくするのを楽しんでいるみたいじゃないの。


実際、楽しんでいるのかも知れないな、と、あたしは徹の顔を盗み見た。男が行為の後で服を着ているのを見るのは好きじゃない。なんだかとても間が抜けているから。だからいつもは見ないのだが、今夜はちょっと興味を持って観察する。前々から疑っていたことを確かめるいい機会だ。

やっぱり、と、あたしはひとりで納得した。

徹はズボンのベルトをはめながら、どことなく得意そうな顔になっていた。あの顔には見覚えがある。遊園地で、絶叫マシンから無事降りて来た時に、茶髪のガキが見せる顔と同じだ。


結局、男のセックスは幻想の産物なのだ。障害があったり話がややこしかったりすればするほど、幻想が育って快感も増すのだろう。或いはその正反対にお金で買い取ってしまったりすれば、深層心理に隠された差別欲求や加虐欲求が満足されて快楽が深まる。たぶん、その程度の精神構造なのだ。

だけどそれじゃあ、とあたしは考える。

女のセックスはいったい、何なんだろう?

逃避なのか、奉仕なのか、はたまた、投資なのか。

投資。

あたしはひとりで笑った。投資は良かったわね、だったらそろそろ利益を回収しなくちゃね。

「なに、笑うとるんや、ひとりで。気持ち悪いやっちゃなぁ」

徹も笑いながら言った。

「思い出し笑いやったら、俺が帰ってからしたらどうなんや」

「やっぱり帰るの」

「しゃあないやんか」

徹はわざとらしく残念そうな顔をして見せる。

「カミさんが起きるまでに帰ってへんかったら、ことやで。それでも新婚の頃よりはだいぶましになったんやけどな。昔は起きて待ってられたから、飲み会にも出られへんかったんや。あんたはうるさいこと言わんみたいやから、亭主、幸せやな」

「幸せなのかどうかは本人に訊いてみてよ」

あたしは天井を見たまま言った。

「マレーシアにおるんやろ。浮気、心配やないんか。マレーシアは東南アジアの中では厳しい国らしいけどな」

「どうかしらね。戒律が厳しいからって風俗が発展しないわけやない、厳しいなら厳しいなりに進化するもんでしょ、ああいうのって。適当に若い女の子と遊んでるんやないの、たぶん」

「嫉妬はせえへんのか」

「あんたはどうなのよ」

あたしは横向きになり、すっかり身支度を整え終わって後は退散するだけ、という風情《ふぜい》の徹を見た。

「あんたがここにいる間に、あんたの家に男が入り込んでるかも知れないんよ。そういうのって、考えたことないん？」

「あほ」

徹はけらけらと笑った。

「あんな不器用で世間知らずな女に浮気なんて器用な真似、でけるかいな」

これが実態なのだ、とあたしはまたひとり納得した。

徹だけが馬鹿なのではなく、世の中の大多数の夫たちは、みな同じ幻影にしがみついて生きているのだ。

自分の妻は世間知らずである。

自分の妻は嘘が下手である。

自分の妻は浮気などして平然とシラが切り通せるほど器用ではないのである。

そして、自分は敏感であるから、妻が浮気したら気が付かないはずはない。

何もかも、すべてひっくるめてただの幻影であり、勘違いだ。


「あんたの家の猫って、何猫?」

「色か?　なんていうんかな、ほら、黒いのと茶色と焦茶色の縞々」

「ああ、雉虎《きじとら》ね」

「キジ?」

「うん。鳥の雉みたいな色合いだからそう言うんやない?　うずらとも言うらしいけど。雄?」

「雌や」

「外に出すの?」

「田舎やからな」

「田舎て、京都駅からすぐやないの。琵琶湖の近くなんでしょ?」

「窓開《あ》けたら見える」

「ええなぁ。夏は涼しそうやん」

「まあな。そやけどローンがごっつい残ってるから、支払いで四苦八苦やがな。あと二、三年待ってから買うたら半額で買えたような家なんや。バブルが弾けたゆうてすぐ飛びつくんやなかったわ、ほんま。バブル弾けてからあんなに何年も下がり続けるなんて思わんかったもんなあ。不動産屋かて、そのうちまた上がり出すから今が買い時でっせ、かなんか言いくさってからに、腹立つわ、ほんま」

男の、生活臭が滲み出た愚痴。

なんでこんなものを聞かされなくてはならないのだろう。絶叫マシンから降りた茶髪のガキの方が、ずっと気が利いている。少なくとも彼らは、マシンに向かって家のローンの話をしたりはしないだろう。

白馬に乗った王子様などどこにもいないことは、

二十歳を過ぎた頃にわかってしまった。それでも、まだ心のどこか奥の方で何かを期待して待っている自分がいることは知っている。もちろん、それとこれとは話が違うだろう、と説教されれば反論は出来ないし、するつもりもないのだけれど。

夫の孝之《たかゆき》と出逢った時だって、あたしはきっと何かを、いいや、とてもたくさんのことを期待していたのだと思う。それを愛だと言い換えていいのなら、愛していたのだ。お伽噺《とぎばなし》の王子様のように、たった一度のキスですべてを解決してくれるとは思っていなかったにしても、孝之と歩く未来には楽しいことと、温かいことがたくさん待っているのだと信じていた。ずっと、信じていたかった。

けれど、あたしに残っているのはもう、空々しいこのマンションの一室だけ。

「ちょっと俺、トイレ行こ」

いちいち言わなくてもいいわよ、とあたしは肩をすくめる。一度寝てしまった男と女の会話には、恥じらいがなくなるのですぐわかる、と何かの本に書いてあったっけ。

徹がトイレに入ってしまったので、あたしは何となくベッドから起き上がった。そして、足下に徹の定期入れが落ちているのを見つけた。さっき服を脱いだ時にポケットから転がり落ちたのだろう。

ただの好奇心だった。別に徹の生活に干渉するつもりはなかったのだ。ただ、自分の方がこうして自宅を提供しているのだから、徹がどこに住んでいるのかくらいは知る権利があるような気が何となくしただけだ。

開いて、住所を見た。簡単な住所ですぐに頭に入った。小さな頃から記憶力はいいと言われていた。それでも、その住所を知ってどうこうするつもりなどは、本当になかった。三日後の日曜日、朝、ベランダに出てみるまでは。

なんていい天気なんだろう。

日曜の朝、あたしは寝巻きがわりのスウェットスーツのままでベランダに立ち、大きくひとつ深呼吸していた。

よく晴れた二月の朝。風は頬を切り裂くほど冷たいが、同時に澄みきって純粋だった。

比叡山が真正面に見える。あの向こう側に琵琶湖がある。

そう思った時、徹の住所を思い出した。うずら色の雌猫のことも思い出した。

猫を見てみたい。

動機と言えばそれだけだった。

二十分後、あたしは、身支度を整え、京都駅に向かうバスを待っていた。

＊

思っていたよりずっと近かった。京都駅からJRでわずか十分と少し。駅からバスの便が少し悪かったが、それでも自宅を出てから一時間後にはその町に着いていた。地図もなく、番地だけを頼りに歩き回る。徹が言っていた通りに琵琶湖が近く、風には水の匂いが混じっている。

あたしは楽しんでいた。これまで、徹以外に一晩だけの行きずりも含めて、両手の指で足りないくらいの男と付き合ってみたけれど、一度もその男の私生活に踏み込んでみたことはなかった。そうしたことには興味がなかったし、踏み込むことで何か得になるとも思えなかったのだ。今度だってその意味では一緒だ。徹は見た目もセックスも悪くはなかったが、騒ぎを起こして離婚させてまで手に入れたいような男ではない。ましてや、バブルが弾けた直後に

2

六千万近い金を出して買ったとかいう、敷地二十三坪の建売住宅だの、そのちっぽけな巣の前の、それこそ猫の額ほどの前庭で、あたしが嫌いなゼラニウムの栽培に夢中になっているという嫉妬深い徹の妻になど微塵の興味もなかった。ゼラニウム。考えただけで吐き気がする。あの下品なピンク色、卑猥な模様の入った肉厚の葉、その上、茎に傷をつけるとねばねばとした白い汁が出る！

あたしが見たかったのは、うずら色の雌猫だけだった。徹の妻だという女が可愛がっている猫。別に、その猫を虐《いじ》めたいわけじゃない。ただ見たいだけ。

ゼラニウムと猫が好きな女。

あたしはそんな女をもうひとり、知っている。

孝之の浮気相手。浮気？　違う、たぶん、あれは本気だった。

そう、孝之があたしと結婚したことの方が「浮気」だったのだ。孝之はずっとあの女を愛していたのだし、あの女もずっと孝之が好きだったに違いない。ただあの女はもう結婚していて、そして離婚するつもりはなかった。だから孝之はあたしと結婚した……ただ、あの女を忘れる為だけに。

そんなことで忘れられるはず、ないじゃないの。

孝之は忘れなかった。あの女も孝之を忘れなかった。そして、あたしの目を盗んで逢っていた。

別れさせるのは意外なほど簡単だった。投書してやっただけ。総務部の部長宛てに、笠井《かさい》専務の奥さんと第三企画部の岡田《おかだ》が不倫してますよ、と書いて送った、それだけ。翌月、孝之はマレーシアに転勤になった。誤算だったのは、孝之が単身赴任を望んだことだった。どうして？　なぜ？　あたしを連れて行くのが嫌だったの？

もう今は、その疑問を心の中で繰り返すこともなくなった。どうでもいいことになってしまった。要するに、孝之はひとりになりたかったのだ。あの女を忘れる為だけにあたしと結婚したのだから、忘れても忘れなくてもどのみち逢えなくなってしまったのなら、あたしも必要ではなくなった。それが理屈なのだろう。孝之にとってもともとあたしは、女でもなく、人間ですらない、ただの「妻」だった。

孝之がマレーシアに発ってから、はじめてあの女の家を見に出かけた。浮気がばれて離婚されると噂があったはずなのに、結局あの女はそれまでと変わらない生活を続けていた。白いペルシャ猫を抱き、窓辺にゼラニウムの鉢を飾って。夜になってもう一度、あたしは鋏《はさみ》を持ってあの家に行った。そして、ゼラニウムの花を茎からぷちん、ぷちんと全部落としてやった。胸がすっとした。

徹の家は湖のそばにある、建売住宅が整然と並んだ一区画の中にあった。季節がはずれているのでゼラニウムの鉢は前庭に見当たらなかったが、代わりに正月用の葉ぼたんの鉢がいくつも置かれている。あのキャベツみたいな植物は、正月飾りにした後あやってほったらかしにしておくと菜の花みたいな花を咲かせるとわかってはいるけれど、花穂《かすい》が立つまでの間が何となく間抜けでみっともない。いつまでも正月でもないよね、と笑ってしまいたくなる。あたしならせめて、人目につかないところに置いておいて、花が咲いてから前に出すのに。

ほんとに小さな家だった。前庭の半分が駐車スペースになっていて、１５００ccの地味な車がちんまりと入っている。すべてが徹の性格に似て小振りで小市民的。だが別にそんなことはどうでも良かった。あたしが見たかったのは、雉虎の雌猫だけだったのだから。

あの女に抱いた感情の中で、あの白いペルシャ猫だけは別格だった。

窓辺に立っていた女の腕の中にいた、水色の目をした銀白色の生き物。たったひとつ羨《うらや》ましいと感じたものがあったとすれば、あの猫だけだ。孝之を取り戻すことはもう出来ないと諦めていたけれど、その代わりでいいからあの猫が欲しい、とあの女に言ってみたい衝動を抑えるのに苦労した。それほどあの猫は美しく、優雅で、そして尊大だった。孝之が愛していたのがあの猫だったとしたら、あたしは嫉妬すら忘れていたかも知れない。

あたしは、辛抱強く前庭を眺めながら待っていた。そこに雉虎の猫が姿を見せてくれる、それを楽しみにして。

三十分も経ってからだっただろうか、ようやく猫が姿を見せた。窓枠に取り付けられた小さな猫用扉から、縞模様の頭が現れたのだ。

あたしは軽い失望をおぼえた。その猫は、あの女が抱いていたペルシャ猫とは到底比較出来ないほど凡庸な、ただの雑種猫だった。顔だちは悪くないかも知れないが、威厳というものがまるで感じられない、人なつこそうな表情をした、小さな雌猫だ。徹があたしの爪でつけられた傷をその猫のせいにするのに、特別なでっちあげを必要としていた理由が何となくわかった。およそ、飼い主のからだに爪を立てるような度胸はありそうもない、気の弱そうな猫なのだ。

その猫は外の空気を嗅ぐようにして鼻先をうごめかすと、納得したような顔で髭《ひげ》を震わせてから庭に降り立った。そして、あたしを見た。おまけにひとつ、にゃお、と鳴いた。

「よしてよ」

あたしは囁いた。

「別にあんたと友達になりたいわけじゃないんだから」

あらそうなの、という顔で雌猫はあたしを見てから、悠々と庭を横切り、低い垣根を乗り越えて住宅街の道路へと飛び下りた。その時、あたしは気付いた。

爪が光っている！

その猫はどこからどう見ても当たり前の雑種猫だったのに、前足の爪が確かに光っていた。ぴかぴかと、玉虫の羽のような色に。垣根を乗り越える一瞬にだけ肉球の先にそれが現れて、早春の陽射しを集めて宝石のように輝いたのだ。

まさか、生まれつきってことはない、わよね。

あたしは思わず、道路を歩き出した猫の後ろについて歩いていた。さっきのあの爪の輝き、あれの正体がどうしても知りたくなったのだ。

その猫は、普段から散歩し慣れているのかためらうこともなく淡々と歩き続け、人間の足で徒歩五分ほどのところにある小さな公園に入って行った。よく見ればそれは、かなり古ぼけて貫禄のついた分譲マンションの中庭部分にあたるところだった。建築法だかなんだか詳しいことは知らないが、ある程度以上の大きさの集合住宅を建てる時には公園だか緑地だかを一定面積確保しなくてはいけないと法律で定められているのだと、何かで読んだおぼえがある。この貧相な公園も、そうした規則の産物なのだろう。

あたしはちょっと躊躇した。

公園のまん中には石のベンチが、円形の中心を空けるように五つ並べられていて、そこに犬だの猫だのを連れたマンションの住人らしい連中がたむろして、わいわいと声高に喋っていたのだ。この手の、村落共同体のようなノリは嫌いだった。あたし自身もマンション暮らしではあったが、他の住人と親しく口をきいたことなど一度もないと言っていいだろう。京都市では住民の町内情報源になっている「回覧板」でさえ、鬱陶《うっとう》しくてみっともない制度だと思っているくらいなのだ。知らせたいことがあるならテレビでも何でも通じて知らせればいいのに。

あたしは公園の入口のところに置かれている木製

のベンチに腰をおろして、さり気なくその集団の方を盗み見た。珍しく、このマンションはペットの飼育を許可しているマンションなのかも知れない。住人らしい人々が連れているのはみな、普段は室内飼いされているような小綺麗な動物ばかりだった。

光る爪を持つうずら色の雌猫は、動じる様子もなくその人間たちの輪に近付いて行く。すると、輪の中から一匹の猫がのそのそと這い出して来た。

毛足の長い黒猫……いや、前足の一部と腹のあたりはどうも、白いようだ。ペルシャにちょっと似ているが、たぶん雑種だろう。その猫も飼い猫なのは、ハーネスをつけたままでいるのを見れば一目瞭然。ただし、飼い主はハーネスの紐を手から放して平然としているようだった。

その黒猫ペルシャもどきは、近寄って来た雉虎の雌猫と鼻先を摺り合わせ、親し気に頭突きし合っている。恋人、いや、恋猫同士なんだろうか。しかし、猫のように発情期のはっきりしている動物には、基本的に「恋愛感情」というものは存在しないのだとこれも何かで読んだことがあった。彼等は発情期に入ると本能に従って性欲を満たす為だけに相手を探し、その時期が終わるとセックスに関するすべてを忘れて平穏に過ごす。雌雄の別なく、ただ存在するのは「友情」だけになる。極端な意見のような気がするし、それは例外だってないわけではないのだろうがそれにしても、羨ましいシステムだ、とあたしは思った。人間もそうした本能システムに従って生きていれば、この世の中のトラブルの大部分はもともと発生しないで済むだろうに。

あたしが座っているベンチのすぐそばで、二匹の猫は密談でもするように頭を寄せ合っている。あたしは雉虎の猫の爪がどうなっているのか知りたくてたまらなかったのだが、もしあの公園の真ん中にいる連中の中に徹の妻がいたらと思うと、虎猫に手を伸ばすことが出来ずにいた。別に虐めるわけではない、ただちょっと抱き上げて爪がどうなっているのか確かめるだけなのだからいいじゃないの、とも思うのだが、徹の妻に顔をおぼえられてしまって、後になって何かトラブルでも起こった時に、あの女は家庭生活まで覗きに来るほどうちの主人にいれあげていた、などと言われるのはまっぴらという気がしたのだ。

辛抱強く見ていると、ごくたまに虎猫の爪先が見えることがある。不意に背伸びでもするように両方の前足をぐっと伸ばしたり、耳の後ろをばりばりと引っ掻いたりしてくれるのだ。あたしはその僅かな機会に爪先を観察し、ようやく光る爪の正体に気付いた。そして、それをやったのが徹の妻だということも、なぜそんなことをしたのかその動機も理解した。

なんてくだらない、嫉妬深い女なんだろう。あの夜、徹の肩についた爪痕を、やはり疑っているのだ。あたしはむかついて、足下に転がっていた小石を蹴飛ばしていた。どうせだったら爪痕なんかではなく、猫を言い訳に出来ないような印、歯形でも残してやったらよかった。

あたしはハンドバッグの中を探った。化粧道具を入れてある小さなポーチの中に、携帯用のマニキュアリムーバーが入れてある。リムーバーを染込ませたコットンがアルミの小さな袋に密閉されているもので、出先でマニキュアが剝げてしまった時には重宝する。

もう、徹の妻に見られていても構わない、と思った。むしろこれからあたしのすることを、よく見せてやりたいくらいだ。

猫を驚かさないようにそっと近付き、しゃがみ込んで目線を合わせる。優しい言葉をかけ、指先で雄虎の耳の後ろや顎《あご》の下、頰に触れる。予想した通り、その猫はとても人なつこかった。すぐにあたしの愛撫に慣れ、すりすりとからだをあたしの足や手に擦り付けて来る。今は猫のいない生活だったが、結婚前、実家にいた頃はずっと猫と暮らしていて、猫の機嫌をとる方法ならいくつも知っていた。

かなり慣れて猫の警戒心が薄らいだところで、あたしは雉虎の前足をそっと掌《てのひら》にとり、肉球を指でつまんでみた。飛び出した爪が玉虫色に輝いている。

下品な色。ラメ入り。コンビニなどで高校生やガングロ女相手に売っている、二百円とか三百円の安いマニキュアだ。派手な色にした方が結果がはっきりわかると思ったのだろうか。いずれにしたって、猫にはいい迷惑だ。

アルミ包装を破ってコットンを取り出し、マニキュアの塗られた爪先をそっと拭いた。そのまま少し乾かしてリムーバーを揮発させる。この程度で猫の健康に影響するかどうかはわからないが、からだに良くない成分なのは確かだから気をつかってあげないと、ね。あら、一本だけ塗り忘れてるじゃないの。あいつの奥さんって意外と雑な性格なのかも。

両方の前足のマニキュアをすっかり落として猫を解放すると、あたしは立ち上がり、一度舌を出してから歩き出した。

さて、せっかく塗った猫のマニキュアが綺麗に落とされているのを見て、徹の妻はどう考えるだろう？　何を想像するだろう？

夫の肩の傷が飼い猫の爪によって付けられたのか、それとも、人間の女の爪痕なのか。愚かな女は必死に考えて、夫が二度目にその言い訳をつかうのを待つつもりだったのだろう、猫の爪にしっかりと、ラメの入ったマニキュアを施して。傷をつけるほど爪をたてれば、そのラメがぱらぱらと落ちるはず。夫の着ている洋服に。そのラメの輝く一粒が見当たらなければ、夫は嘘つきの浮気者なのだ。

馬鹿みたい。そんなに大切なら、檻に入れて鍵でもかけておけばいいんだ。

今度チャンスがあったら、ぜったい、歯形をつけてやろう……猫ではつけられない、前歯のあとをね。

そしたら徹は何と言い訳するのだろう。モルモットでも買って帰ってごまかすのかしら。

あたしは笑いながら駅に向かい、笑いながら電車に乗り、笑いながら部屋に戻った。

愉快爽快。

ざまあみろ。

＊

翌朝の朝刊で、あたしは徹の妻の死を知った。

住所も、被害者の夫の名前も、すべて合致していた。

徹の妻は、誰かに撲殺されたのだ……あの、葉ぼたんの置いてあった質素な家の、居間の真ん中で。

3

呼び鈴に応えてドアを開けると、見知らぬ女がバスケットを下げて立っていた。

「お電話いたしました桜川ひとみと申します」

女は丁寧に頭を下げた。年の頃は三十くらい？　パンツスーツも靴もそんなに高価なものではないだろう。電話では推理作家とか名乗っていたが、名前を聞いたこともないし、要するに売れてはいないに違いない。

あたしは、その女をリビングのソファに座らせて紅茶の支度をした。

「小説の参考になさりたいということでしたけれど、そんな、参考になるようなことをお話しできるとは思えないんですけど」

あたしが遠慮がちに言うと、桜川ひとみは大袈裟に首を横に振った。

「とんでもない！　今度の事件はあまりにも小説的というか、私の作品的な事件で驚いているくらいなんです。どんな些細《ささい》なことでも充分、勉強になりますす」

「そもそも」

あたしは紅茶とクッキーを桜川ひとみにすすめてから言った。

「警察の方のお話では、桜川先生がわたしのことを警察に話されたとか」

「ええ、そうなんです。事件のあったあの日、岡田さんが公園で、リンダの前足を何かで拭いていたことを思い出したものですから。もちろん、わたしはあの時岡田さんのことは存じあげませんでしたし、まさかリンダの爪にマニキュアが塗ってあっただなんて、そんなことにも気付いていなかったんですけれどね」

つまり、この作家先生はあの時、公園でくだらないお喋りに興じていたあの村社会的矮小《わいしょう》な集団の中にいたわけだ。

「でもよくお気付きになりましたよね、リンダの爪にマニキュアが塗られていたことに」

「ちらっと光るものが見えたんで、何かな、と思ったんです。マニキュアだとわかった時、子供のいたずらではないかと思ったものですから。何となく、マニキュアなんて塗っていては猫の健康によくないような気がして」

「リムーバーはいつも持ち歩いていらしたんですね」

「化粧ポーチに入っています」

「マニキュアってけっこう、剝げちゃいますものね。それでその時に、リンダの爪に塗残しがあったことに気付いておられた」

桜川ひとみはメモを取りながら聞いている。

「ええ。でも、あれは塗残しではなかったと、警察の方が言ってましたね」

「そうなんですよね。リンダの飼い主で被害者の川辺《かわべ》章子《あきこ》さんは、猫を飼うのはリンダが初めてだったので知らなかったんだと思います。知っていれば、猫の爪にマニキュアなんて塗っても長くは持たないこと、知っていたはずですから。猫の爪って我々人間のものと違って、ちょうどスタッキング出来るコップを伏せて重ねた状態というか、下に新しい爪が出来ると古くなった外側の爪がそっくり取れてしまう、そんな構造になっているわけです。猫はもちろん本能的にそれを知っていて、下に新しい爪が出来上がると、古い爪をくわえて引っ張る仕種《しぐさ》をします。それで外側の爪がぽろっとはずれるわけです。このことって、猫を飼っていても知らない人はけっこういるみたいですよ」

「猫って爪をとぐ動作をするから、爪をああやって削って人間のように整えていると思ってる人が多いのかも」

「そうだと思います。床に落ちている猫の爪を見つけて、猫の爪が抜けてしまったと勘違いして慌てて動物病院に駆け込んだという人もいたそうですから。いずれにしても、あの日、リンダの爪は一本だけマニキュアが塗られていなかった。つまりリンダは家を出て来る前に、その爪を引っ張って外側を剝がしてしまったわけですね」

「その爪が、被害者のからだの下に落ちていたということですね」

「そうなんです。そのことは警察も公表はしていなかったんですが、マニキュアの塗られた猫の爪、というのはなかなか珍しい物ですから、警察としてもどう解釈したらいいのか悩んでいたわけです。落ちていた爪から検出されたマニキュアは、川辺さんの化粧品類の中から見つかったものと同じ製品でした。そしてそのマニキュアは、事件のあった当日の午前中に川辺さんがご自身で、近くのコンビニで買い求めた物だということもわかっていました。ところが、川辺家の飼い猫であるリンダの爪からはそのマニキュアが検出されなかった。床に落ちていた爪はほぼ、リンダの爪に間違いないと分析結果が出ているのに、です。それで警察は困ってしまったわけです」

桜川ひとみは一息ついて紅茶を飲み、頷いてまた話し始めた。

「解剖の結果、川辺さんの死亡推定時刻は午前十一時から午後一時までの二時間足らずの間に絞られました。その日の朝食時に摂取した食物の消化具合からの判断だそうです。朝食は午前九時、休日出勤で会社に出かけるご主人をいつものようにＪＲの駅まで車でおくってから、川辺さんは、家の近くのコンビニに寄ってマニキュアを買い、家に戻ったわけです。そしてそれから午後一時までの間にリンダにマニキュアを塗ったのでないと、時間的に説明が出来ません。それもマニキュアの残量から推定して、たった一本猫の爪を塗ったというだけではなかったはずなんです。しかし川辺さんの爪には数日前に塗られたと推定される別のマニキュアがしっかり付着していて、彼女が自分の指に塗った可能性はありませんでした。しかし川辺さんの遺体の下から見つかった以上は、リンダが自分の爪をひっぱって剝がしたのは川辺さんが死ぬより前のことだったわけです。警察は、マニキュアが殺人そのものとどの程度関連しているかはわからないにしても、どうしてリンダの爪のマニキュアが剝がれてしまっていたのかにとても興味を抱いていたんです」

「けれど、どうして桜川先生が私のことを警察に連絡するということになったんですか？」

「川辺章子さんのことは、まんざら知らないというわけでもなかったんです。ほら、あのリンダがうちの正太郎と仲がいいので」

「正太郎？」

「あ、この猫です」

桜川ひとみは、床に置いてあったバスケットを膝の上に載せた。

「あら、それ猫ちゃんやったんですか。あまりおとなしいので気付かなかったわ。そのままでは可哀想ですから、出してあげてくださいな」

「いえ、そんなご迷惑は」

「いいんです、私、猫は好きですから」

桜川ひとみはそれでも遠慮していたが、あたしが強くすすめたのでバスケットの蓋を開いた。中から頭を出したのは、あたしの予想通りに、あのペルシャまがいの黒猫だった。

「正太郎は部屋の中で飼っている猫なんですけれど、ハーネスを付けて散歩させることがあるんです。リンダは自由に歩き回っているようでしたが、外で出逢うととても仲が良くて。それで自然に、川辺さんとも知り合いになりました。で、今度の事件が起こって警察が川辺さんの交遊関係を捜査している時に、わたしのところにも事情を聞きに来たわけですね。その時に刑事さんが、川辺さんのところの猫が爪にマニキュアをしているのを見たことはありませんか、って、とても風変わりな質問をしたものですから、それで公園で見た光景を思い出したわけなんです。公園であなたがリンダの前足を拭くような仕種をしていた時、たまたま時計を見たんです。そろそろお昼ね、と誰かが言ったので。その時が正午七分前でした。そのことがはっきりしたことで、川辺章子さんが殺された時刻は少なくとも、午前十一時四十五分よりは前だということが証明出来たわけです。リンダがどんなに早く走ったって、川辺さんの家から公園までは五分以上かかります。そしてわたしがリンダに気付いてから岡田さんがリムーバーを使うまで、何分かは経っていたわけですから」

「アリバイのない二人の容疑者」

あたしは、マガジンラックから取り出した週刊誌をめくり、その記事を見つけ出した。

「一人は川辺章子の現在の夫、徹。もう一人は、章子の以前の夫である、伊東隆司《いとうたかし》。章子さんという女性は、三年前に離婚して再婚していたんやね」

「ご存じなかったんですか」

「知りませんでしたよ」

あたしは笑った。

「徹さんと不倫していたからって、奥さんの過去のことまで知っている必要なんか、ないでしょう？ それに徹さんは……ずっと嘘をついていたし」

「嘘？」

「奥さんは世間知らずな女性だと言うてました。離婚経験のある女性やなんて、少しも思わなかった」

「離婚経験があっても世間知らずだと、男の人は思っていたかったのかも知れませんね」

「そうかも知れない……でも、私にはもう、どうでもいいことです。いずれにしても、私が猫のマニキュアを拭いてしまったせいで、徹さんの無実が証明出来たのはとてもラッキーでしたけれど」

「本当に」

桜川ひとみは、黒い猫を撫でながら頷いた。

「川辺徹さんは、大切な書類を家に忘れて来たことに気付いて午前十一時四十五分に自宅に電話をした。けれど誰も出なかった。それで仕方なく、自分の家へと取りに戻ることにした。会社を出たのが五十分頃で、その姿は受付の女性に目撃されています。つまりそこまでのアリバイは完璧です。でもその後のアリバイがない。京都駅まで行ったところで、書類を取りに戻る前に昼食を、と思って伊勢丹のレストラン街に行ったと供述していましたが、昼食時でどの店もとても混んでいたこともあって、川辺さんが食事をしていたと証言出来る店員が見つからない状況でした。食事の後、川辺さんは書店に立ち寄り、そこで取引先の知り合いと出会ってしまって喫茶店に入りました。結局彼が自宅に戻ったのは午後三時を過ぎた時刻で、遺体もこの時発見したことになっています。一方、もうひとりの容疑者である伊東隆司さんは、事業の資金繰りが苦しくなって昔の知り合いを片っ端からあたって借金の申し込みをしていた。あの日も元の妻である章子さんのところまで頭を下げに出かけたが、借金は断られ、大阪へと引き返す新快速電車の中で知り合いと出会った。この時刻が午前十一時四十二分頃。ここから後はその知り合いと夕方まで一緒でしたからアリバイが成立しているわけです。だが十一時四十二分以前のアリバイは持っていませんでした。岡田さんがマニキュアを拭き取ったのが午前十一時五十三分頃、リンダが家を出たのは、午前十一時四十五分頃。死亡推定時刻との兼ね合いからしても、伊東隆司さんならば章子さんを殺害することは可能だ、ということになるわけです」

「少なくとも、徹さんは無実だということに、ね」


あたしはおかしかった。

あの哀れな徹の妻に恨みはないし、徹自身にだってもちろん、悪意は抱いていない。少しの間楽しませて貰ってありがとう、と言ってあげてもいい。

だがそれでも、光る爪に気付いて余計なことをした為に結果的に川辺夫妻を手助けする形になったことに対しては、何だか損をしたような気分を持て余してしまうのだ。

結局、章子というあの女は徹の皮膚についていていた傷跡について、どう考えていたのだろう?

あたしはあの女の人生にとって、どんな役割を果たしたと言えるのだろう? 最後にあの女を殺したのが徹だったとしたら、あたしの役割は何らかではあれ、あったのかも知れない。でも別れた元の夫に、借金を断って喧嘩になったはずみで殺されてしまったのだとしたら、あたしはいてもいなくても、あの女の人生は変わらなかったのだということになる。

あたしのやったことによって成立したアリバイは徹を助け、そして徹はたぶん、気の毒な妻の命日に毎年花を供えに通うのだ。妻の墓に。


光る爪になど気付かなければよかった?

早春の陽射しが反射しただけだと、思っていればよかった?


にゃあお。

黒い猫が鳴いた。黒い猫が、先の方だけ白い前足を不意に空中に振り上げた。

あたしは戦慄した……その猫の、爪が光っている！


「爪」

思わず、あたしは口にしてしまった。

「……え？　あら」

桜川ひとみは、正太郎という猫の前足を摑んだ。

「あら嫌だ。何かに濡れてるわ……何かしら、これ」


水。


桜川ひとみが上を向いた。天井に、水の染みが広がっている。

「上の階、水漏れじゃないかしら！　管理人さんに連絡した方がいいわ！」

あたしは黙ったまま、天井を見つめている。

メゾネット式のこの住居では、上の階もまたあたしの住まいなのだ。

ぽたぽたと水が滴《したた》る。黒い猫は、虫でも捕まえるように前足を動かして、その水滴を捕まえようとしていた。

＊　＊　＊

「冷凍庫が故障して霜が溶けて、その水が来客中に階下に滴って旦那さんの遺体が発見されたっちゅうのは、確かに運が悪かったと言えるのかも知らんが、どのみちあのままやったら死体をどうするかの問題は残ったやろ？　あんた、旦那さんの遺体をどう処理するつもりやったんや？」

「何とかなると思ってました」

私は淡々と答える。

「そのうち、琵琶湖にでも運んで捨てるつもりでした」

「旦那さんを日本に呼び戻したんは計画的やな」

「……旦那さんて、誰です？　あの男は私と離婚したんです……離婚して、一人でマレーシアに行ってしまったんです。ほとぼりがさめたら専務の奥さんと再婚する気やったと思います」

「最初から殺すつもりで、こっそり呼び戻したんやろ？　慰謝料もちゃんともらって、あのマンションかて自分のものになって、それでなんでわざわざ殺そうなんて思たんや？　もうええやないか、そんなに他の女の方がええゆうなら、ほっといて、あんたはあんたで別の幸せ見つけたらよかったんと違うか？　あんた、まだまだ若いし綺麗やし、なんでそんなに元の亭主にこだわらなあかんかったんや……」

復讐しようと心に誓ったのは、あの白い猫の行く末を知った時だった、と思う。あの素晴らしい、高貴な白い猫。

孝之が強度の猫アレルギーであることと、あの白い猫が取り立てて理由もないのに、あの女の知り合いのところに貰われて行ってしまったこととが無縁だったはずはなかった。

二人はいつか、それも近い内に一緒になるつもりでいる。

あたしはいったい、孝之の人生でどんな役割を果たしていたのだろう？

その疑問の答えは、孝之を殺すことでしか得られない、そうあの時、思ってしまったのだ。

下腹に、微《かす》かに不愉快な感覚がある。あと数日で生理が始まりそうだ。

突然、爪をたてたい、と思った。誰でもいい、あたしを受け止め、抱きとめてくれるものの上に深く、深く爪をたてたい。決して消えない印を残したい。

誰かの人生の中で、何かでありたい。

そう思った時、孝之を殺してからはじめて、涙が頬を伝うのを感じていた。

悲しかった。

正太郎と花柄死紋の冒険

1

ダイイングメッセージとは何か。

その問いかけに即座に返事が出来る者は、その輪の中にはいなかった。ある意味ではそれは無理もないことなのだ。その輪の中にいたのは、全員が猫だったのだから。

「あのさ、正太郎。やっぱり猫には無理なんじゃないの、ダイイングメッセージ、なんてもの残すのは」

最近このマンションに越して来た、ソマリ、とかいう種類の美男猫、ユースケが優雅に長毛の尾を揺らして言った。

「君の説明によるとさ、そのダイイングメッセージってつまり、被害者が死ぬ寸前に、犯人を指摘する為に残すサインなわけでしょ。僕ら猫って、たとえば誰かに殺されたとしたってその犯人を指摘しようなんて思うかなあ。自分が死んだ後のことまで気にしてらんないじゃない、実際」

「ユースケはん、それはちゃう」

近所の一軒家の住猫、雑種のウズラがチッチッチ、と髭《ひげ》を揺らす。

「あんさん、鍋島《なべしま》の猫騒動を忘れたらあきまへん。自分が死んだ後かて可愛がってくれたご主人の恨《うら》みを晴らす為にはあえて労力を惜しまん猫かておりまっせ、世の中には」

「特殊な例でしょ、あれは。いつもいつも猫が化けて出てるんだったら誰も驚かないもんね」

「特殊でも例は例。そやけどまあ、考えたら、わざわざダイイングメッセージなんちゅーもんを残して他人様に後をたくす、なんてことするくらいやったら、自分で化けて出た方が話が早いゆうのは確かでんな」

「で、どれなんだい、そのダイニングメッセージっていうのは」

やはり一軒家猫の金太《きんた》がお約束のボケをかましたが、正太郎は聞こえなかった振りをして顎《あご》をしゃくった。

「あの花壇の中さ。でも言っておくけど、あれがダイイングメッセージだって言ったのは俺じゃなくて俺の同居人だからね。見ても俺に文句を言わないでよね」

一同はぞろぞろと花壇の中に潜り込んだ。

いちばん苗が安くて手入れが簡単な花だからだろう、その花壇には一年の半分近い時期、サルビアとベゴニアが植えられている。どちらの花も開花時期が長く花持ちがいいので、四月半ばから十月の終わりまで健気《けなげ》に花をつけている。十一月になると同じ花壇に、あのキャベツみたいな葉ボタンが植えられ、二月から三月、四月の半ばまでは三色スミレだ。あまりにも平凡過ぎて誰も目に止めないだろうラインナップである。

琵琶湖のほとりの地方都市、その一角にある中規模の二棟建てマンションの、中庭風の些細《ささい》なスペースに設けられたおまけみたいなちっちゃな花壇。そこが、その哀れな栗色の猫の最期《さいご》の場所だった。

亡骸《なきがら》の第一発見者が桜川ひとみ、つまり俺の同居人である（いちおう）推理小説家だったことがよかったのか悪かったのか、その判断は今の段階ではまだ出来ない、と言っておく。しかしもしそれが別の誰か、少なくともミステリだの謎解き小説だのと無縁な生活をおくっている「まともな」人間だったとすれば、それはただの「猫の死骸」以外のなにものでもないと即座に判断され、管理人が呼ばれ、栗色の猫はビニール袋に包まれて、後は市の保健所だか清掃局だかどこだかに運ばれて焼却処分されただけで、すべては終了していたに違いない。

しかし同居人は、そうはさせなかった。

もちろん、同居人もそれが猫の死骸であることに異論を唱えるつもりはなかっただろう。一緒にいた俺も一目でそう思ったたし、この地球上で「猫」という生き物がどんな姿形をしているのか知っている者であればおおよそ98%までは、その死骸は猫のものだと即座に断定したに違いない（残りの2%ぐらいは、その栗色の毛の塊《かたまり》をベンガル山猫の子供だと言ったり、虎の赤ん坊だと言い張ったりするかも知れない。世の中、どんな場所にもへそ曲がりというのは棲息していて、機会があれば自己主張しようと虎視眈々《こしたんたん》と狙っているものである）。

いずれにしても、それは猫だった。

どんな素性の猫だったのかはちらっと見ただけなので正確には言えないが、少なくともそのおだやかに丸みを帯びた体型から察して、さほど生活に困窮していたのでないことは確かだろう。裕福な家の飼い猫だったのかどうかまではわからないが、栄養状態はそう悪くなく、喧嘩などで傷だらけという感じでもなかったので、放し飼いの雄猫の可能性というのはさほど高くなかったように思う。

では雌だったのかと言われれば、それもまたはっきりとは返事ができない。雌猫にしては体格がよく、全体のシルエットも骨太だった。従って、去勢されている飼い猫の雄、というセンがいちばん妥当なところではないかと思う。名前その他、どこから来た猫なのかももちろん、わからない。

今朝、同居人は珍しく早起きをしたのである。簡単に「珍しく」と言ってしまったが、実はこれは「極めて」珍しい出来事だった。同居人は「作家は夜型が多い」という通説を錦《にしき》の御旗《みはた》に、午前中いっぱいは寝ていることに対してみじんも良心の呵責《かしゃく》を覚えておらず、それでは夜は猛然と仕事をしているのかと言えばそんなこともほとんどなく、夜な夜なパソコンの前に座ってインターネットで遊び惚《ほう》けている。もちろん人に話す時は「ちょっと調べものとかしたりしてネットしてることが多くて」となるわけだが、日本語というのは非常に曖昧《あいまい》で喋り手に都合のいい言語なのだなとそういう時はつくづく思う。ちょっと「しか」調べものとかしたりし「なく」て、ネット「ではチャット」してることが多くて、というのが正しい全文であることは明白なのだが。

そう。インターネットにハマっています、と言っても、作家らしい好奇心から情報を求めてネットサーフィンに精を出しているのではなく、昼間の井戸端会議を不特定多数の相手に拡大した、ほとんど無意味なチャット遊びで彼女の夜は費やされているのである。従って仕事などは、チャットルームに誰か来てくれるまでの繋《つな》ぎに、ちゃちゃっとやるのが関の山。こうした生活は、確かに夜型ではあるが、作家とは何の関係もないただのナマケモノの生活に過ぎない。

ところが、今朝はなぜか様子が違っていたのである。同居人は昨夜、なんと目覚まし時計をしっかり枕元に置いて、パソコンにも向かわずに夜十一時には寝てしまい、今朝驚いたことに六時半に起きて顔を洗い、親の仇《かたき》のように力強く歯を磨き(この、親の仇のように、という言い回しは割と気に入っているのでつい使ってしまうのだが、実際のところは猫が親の仇のために無茶をするなどということはあり得ない。そもそも猫族は、ある一定の年齢が来ると突然親のことなどどうでもよくなり、きれいさっぱりと親の恩など忘れて唯我独尊《ゆいがどくそん》態勢に入るのである)、さらにはめいっぱい気張って化粧までして、さてこんな早朝からめかしこんでどうするつもりだ、と目を丸くして見ていたところ、意表をついていきなりでれでれとしたスウェットスーツに着替え、ジョギングシューズを履いて玄関から俺の名をうるさく呼んだのである。

「正太郎っ、さあ散歩に出かけるわよーっ」

断っておくが、俺は犬ではない。猫である。

どうして猫が、朝っぱらからジョギングスタイルの人間と散歩に出かけなくてはならないのか、まったくもって理解不能である。

が、俺に理解できるかできないかなど、そもそも同居人はあまり気にしないで物事を行うことに決めているらしく、俺が必死で反論するのをまったく聞こえないフリを通して、ともかく早く来ないと今夜の晩御飯は抜きよっ、と叫んだのである。そう言われてしまえばもう終わりなのだ。もちろん猫は三日くらい食事をしなくても餓死したりはしないのだが、それにしたって、ひもじいと感じるほど腹が減るのはまっぴらである。そんな苦難を味わうくらいならいっそ野良《のら》として生きて行く方が、自由が手に入るだけましと言うものだ。


なんだかんだとそういうわけで（？）、今朝、俺と同居人とは目的不明の早朝散歩としゃれ込むことになってしまった。

六時半で早朝だなんて、と笑わないで欲しい。俺にとっても同居人にとっても、朝の六時半というのはほぼ真夜中なのである。

散歩、と言っても、まずはマンションの敷地を出ないことには話にならない。このマンションはA、Bの二棟建てになっていて、その二棟の間に小さな公園のようなスペースが設けられている。ペットを飼うことが規約違反ではないという割と珍しいマンションだったので、飼い主たちにとってその公園はちょっとした社交場になっている。いつも犬の散歩に出て来る住人たちに混じって、飼い猫にハーネスと呼ばれる引き紐をかけてわざわざ散歩につれて来る住人たち。彼らはこの公園のベンチに腰掛けて、とりとめもないお喋りに興じるのを大切な住民慣習として育てていた。

しかしいくらなんでも午前六時半。さすがに猫をつれている人はいない。代わりに、いつもはあまり顔を見ない犬とその飼い主が何人か、すでに散歩を終えたのか、さっぱりと疲れました、いい運動でした、という爽やかな顔で談笑している。

それにしても、時間帯によって犬の散歩の顔ぶれというのはこうも変わるものなのか、と、俺は少し驚いていた。

いつもは午後から夕方にかけての様子しか知らないのだが、その時間帯には主婦や自宅で仕事をしている自由業の人々が圧倒的である。それが今朝は、初老以上の男性ばかりが四、五人、ずらっとベンチを囲んで楽しそうなのである。

しかし俺にとっては飼い主の人間たちよりも、彼等が連れている犬の方がより興味深い存在だった。このマンションで同居人と生活するようになって、もうかれこれ六年近くにはなるが、それでもまだ知らない動物がマンションで飼われていた、というのはちょっとわくわくする事実である。中でも俺の目をひいたのは、飼い主たちの輪のまん中で寝そべっている巨大な白色の犬だった。

その犬の大きさというのはなんと表現すればいいのだろうか、俺の知っている限りこのマンションで最大の動物というのは秋田犬のチョチョだったのだが、その犬はチョチョの軽く二倍はありそうだった。

しかし、その犬はチョチョと違って、拍手をしたくなるほど見事な長毛種でもあった。ということは、その犬の本当の大きさ、というのは見た目からだいぶ引き算して考えなくてはならない。俺は頭の中で、そいつを池に放り込んで濡れねずみにしてやり、そいつの実際の大きさを想像した。その結果、それでもチョチョよりはかなりでかい、という結論を得た。

俺はそいつと話がしてみたくてそばに寄ろうとした。だがその途端、ぐい、と引き戻されて喉《のど》を詰めた。どうでもいいのだが、もう少し優しくなにかをする、ということができないものなのだろうか俺の同居人は、と、かなりむかついた。むかついたので、抗議の為に俺は甲高く鳴いた。

「だめだってば、これから散歩なんだから余計なことしないでよ」

同居人はぐぐ、と俺を引きずって歩く。

「早くしないと間に合わなくなっちゃうじゃないの」

散歩、というのはそもそも、間に合うとか間に合わないとかいう性質のものではないはずである。

俺は、同居人がいったい何を企んでいるのだろうかといぶかった。

しかし同居人は俺に事情を説明するつもりはないらしく、どんどこ歩いて行ってしまう。こういう時は逆らわずについて行って、同居人の企みについて探る方が得策で、想像だけ逞《たくま》しくしていてもラチはあかない。

と言うわけで、俺は不承不承、同居人に引っ張られながら早朝の散歩に出かけたわけである。

で、その散歩自体は、俺はけっこう気に入った。

何よりもまず、空気が清清《すがすが》しい。


このマンションの周辺は琵琶湖のほとりなので、もちろん空気はそう悪くはない。ほんの少し前に俺は同居人と東京に出かけたことがあるのだが、あの時に感じた空気のまずさというのはいかんともしがたいほどだった。よくこんな汚い空気の中で人間にしても猫にしても暮らしていけるもんだなぁと、妙に感心してしまったほどである。だがそれでも、午後になれば人間の生活する臭いが空気にこもり、徒歩三分のところをはしっている国道にぎっしり並んでいる車の排気ガスが漂って来て、空気が悪くなってしまう。朝のこの時間はまだそうした人間社会の悪臭が空気を汚していないので、吸い込むと胸の中が甘くなるような香《かぐわ》しさに俺の鼻は自然とひくついた。

朝が早いとその他にもなかなか楽しいことがあった。それまで出逢ったことのない猫たちに街角で出くわすのだ。やはり猫族にも夜型と朝型とがいるのか、こんな時間に起きている猫などいまい、と思っていたのは俺の認識不足だった。俺は初対面の猫たちと挨拶を交わしたくてうずうずしていたが、同居人は相変わらず忙しそうに進むだけで、散歩らしいゆとりを持って俺に装着したハーネスの紐をゆるめてくれたりはしなかった。

どうにもわからないのは、同居人が選んだコースは、あくまで「いつもの散歩道」であり、散歩を言い訳にしてどこかに行くつもりがあるようには思えないことだった。しかしいつもの同居人は、こんなにせかせかと歩いたりはしないのだ。どちらかと言えば歩くのはひどくゆっくりで、ダイエットの為に歩かなくっちゃ、などと言っている割には省エネな散歩なのである。しかもやたらと寄り道をして、その上始終立ち止まる。寄り道というのはほとんどの場合、安売りののぼりが立っている店に入ってしまうことであり、立ち止まるのはお喋りをする相手と出逢った時であるが、たまにその出逢った相手とそのまま喫茶店に入ってしまってアイスコーヒーにケーキまで食べてしまうことがあるらしく（そんな時は店の外に繋いでおかれるので、食べている場面を見たことはない）、とてもダイエットどころの騒ぎではない。いずれにしても、同居人の「散歩」とはそうした性質のものであって、今朝のように、額にうっすらと汗を浮かべるほど一所懸命歩くというのは、どうもそれらしくないのである。コースは同じなのに、時間帯と形式が違っているわけだ。

それだけでも充分に謎だった。

そしてその散歩のいちばん最後、いつものコースを一周してマンションの中庭まで戻って来たところで、同居人は問題の猫の死骸を発見してしまったわけである。

前述の通り、その猫は死んでいた。

発見は偶然だった。同居人が手にしていた汗拭き用のタオルが何かの拍子に同居人の手から離れ、たまた吹いた風にのって花壇の上に落ちた。それを拾おうとした同居人が小さな悲鳴をあげたので、持ち前の好奇心から俺も覗き込んでみると、そこに問題の死骸があった。それだけだった。ああ、可哀想に、と黙禱してその場を去ればそれで終わるはずだったのだ。

が。

ダイイングメッセージとは何か。

殺された人間が死の直前に、犯人を名指しする為に残す印のこと。

「だいたい、それがおかしいんとちゃう?」

ウズラは髭をひくつかせて言った。

「犯人はあいつやて教える為に残すんやったら、犯人の名前をまんま書いとくんがいちばん間違いないやろ?」

「それだと、犯人に見つかって消されてしまう、って前提があるらしいよ」

「犯人がおらんようになってから書いたらええやんか」

「犯人の姿が消えるまで待てるほど余裕があるなら、メッセージを書いてる暇《ひま》に携帯で警察に電話するよ。ダイイングメッセージには必然性を持たせるための条件が大切なんだってさ。つまり、どんなばかばかしい理由であほらしいメッセージの残し方がしてあったとしても、ああこの状況だったらやむを得ないなあ、と読者に思わせることが大切なんだそうだ。でもたいていの場合、そんなめんどくさいこと考えてる暇に警察に電話しろよ、みたいな小説になっちゃうみたいだけどね。うちの同居人の場合。あるいは、おいおい、そんなややこしいメッセージじゃ誰にもわからんだろう、みたいな」

「誰にもわからんメッセージなんか残してもクソの役にも立たんわな、そりゃ」

「だから、ある特定の人物にはそれがわかる、という前提は用意してあるわけさ、小説ではね。でも現実の世界では、特定の相手に向けてメッセージを残しても、その人間が遺体の第一発見者になるかどうかはわからないわけで、第一発見者になれなければまずもって、そのメッセージを警察関係者以外の人間が、残されたそのままの形で見ることは出来ない。小説なら第一発見者が固定されるような状況付けをしてやればそれでいいけど」

「要するに、現実にはあんまり見られないってことかな、そのダイイングメッセージってのは」

ユースケがまた、見事な尾を揺らした。

「警察が公表しない限りはまず見られないよ。仮に存在していたとしてもね。同居人が興奮したのは、生《なま》のダイイングメッセージを見たと思ったからだろうな、きっと」

「でも」

金太が鼻に皺《しわ》を寄せて言った。

「これがそうなの？　ただの足跡なんじゃないの？」

ただの足跡。

まさにその通りだった。死骸が持ち去られた後の地面に点々と付けられていたのは、我々猫族の足跡なのだ。ひとつ、二つ、三つ……全部で十数個。そのどれもが同じひとつの足で付けられていることは間違いがない。形も大きさもすべて一緒だった。

2

たまたま昨日、夕方に少し雨が降った。花壇の中の土は半乾きで、足跡がつくには良い条件だった。くっきりとハンコでも押したようについた十数個の足型を見て、しかしどうしてそれがダイイングメッセージだということになってしまうのか、同居人の頭の中身というのはまったくもって不可解である。が、同居人には堂々とした「根拠」があったのだから驚いた。いわく。

「これを見て！　タマちゃんっ！」

俺の名は正太郎。タマではない。と言い続けて数年、それでも名前を正しく呼ばれないという事態にからだが慣れるということはなく、相変わらずむかつく。

「この模様、何に見える？」

何にって、それはやっぱり猫の足跡でしょう。猿の足跡にも象の足跡にも見えませんが。

「これは花柄よっ！」


「えっ？」

金太が何度か瞬きした。

「もう一度言ってくれないか。何柄だって？」

「花柄」

言ってから俺は耳の後ろをばりばりと掻いた。

「なんで花柄なんだよ」

「知るもんか。ともかく同居人は、それを見るなり花柄だって騒いだのさ。そして言ったんだ。これはダイイングメッセージだ、この猫を殺した犯人は花柄の服を着ていたに違いないって」

「そんなアホな」

ウズラが馬鹿にし切った顔で言った。

「あんさんの飼い主、ちぃと変わってますなあ」

「そんな遠慮しなくていい」

俺は溜め息混じりに言った。

「ちぃとどころか、ものすごく変わってると俺も思う」

「花柄ねぇ……」

ユースケが足跡をいろいろな角度から眺めながら言った。

「花には見えないと思うけどなぁ……でも……」

ユースケが突然、尾をたてた。

「あ、わかった！」

「何が？」

「これ、梅模様に見えないことはない」

「梅模様てなんですねん」

「人間が使う茶碗なんかに描かれているんだよ、時々。こんなふうに小さな丸を並べて、梅の花に見立てるんだ」

「そんな無茶な。猫の足跡がなんで梅の花に見えますねん」

「でもよく似てるよ。これを花模様だと言うなら、他にはちょっと思い当たらないなあ」

「よし、それじゃこれを梅模様だと仮定して、だ」

　金太が分別くさく髭を震わせた。

「その気の毒な猫は死ぬ前にこんな足跡を付けられるほど元気だったたってのは本当なのかな。ちょっと見てよ、ほら。こんなにくっきり地面に跡がついてるってことは、かなりの力がここにかかったたってことだろう？　その猫の死因ってなんだったたって？」

「詳しいことは知らないけど、鈍器みたいなもので頭を殴られたかどうかしたらしいよ。確かに、頭の横んとこがぺこっとへこんでるみたいには見えた」

「ってことは、仮に即死しなかったとしても意識朦《もう》朧《ろう》、からだのコントロールもきかない有り様だったことは間違いないと思うよ。そんな状態で、犯人が梅の花模様の服を着ていたからってそれを知らせるために、まず自分の足跡が梅の花模様と似てるってことを判断して、それからその足跡を服の模様に見えるようにたくさんつけなくちゃって考えて、その上、実際にここで一所懸命に足跡をつけて、それから死んだなんて、ちょっと無理があり過ぎるんじゃないかなあ」

「だいたいこの足跡は、付けたゆうより付いた、ゆう感じでっせ」

「どういうこと？」

「そやから、ここで踊りでも踊ったとしたらこんな足跡が付くかもなあ、ゆう感じやないですか？」

「踊りを、ねぇ……」

「考えられることとしては、この場でその気の毒な猫が猫じゃらしか何かでじゃらされて、その後で頭を割られた、まあそんなとこじゃないのかな」

　金太が首を傾《かし》げる。

「殺猫者によってここに誘《おび》き寄せられたのかも知れないよね。猫じゃらしとかボールとかでさ。警察はいちおう捜査してるんでしょ？」

「捜査って言っても被害者が猫だからな……まあ新しい法律が出来たおかげで、動物を虐待したら立派な犯罪ってことになってるから、とりあえず捜査はしてもらえるんだろうけど」

「飼い猫じゃないのかな」

「どうかなぁ……首輪はしていなかったんだ。でも毛並みは悪くなかったし、栄養状態も良さそうだった。仮に野良生活をしていたとしても、どこかで定期的に餌をもらっていたことは間違いないだろうし、雨のかからないねぐらも確保できていたと思うな。それと、大きさから言って雄猫だと思うんだけど、からだの割に顔が小さかった」

「ふーん……去勢猫か」

「おそらくね。君の同類だと思う。さもなければひどく若いかのどちらかだろう」

「飼い猫だってはっきりすれば、警察も力を入れて捜査するんだろうけどなあ。その君の飼い主が提案したダイイングメッセージは、警察にどう受け取られたのさ」

「完全に無視されたらしい」

　一同は何も言わずに納得した。


「で、正太郎」

　金太が慰めるような口調で言った。

「あんたとしてはこの一件をどうするつもりなんだい？　飼い主の名誉の為に、この足跡が実は花柄を意味するダイイングメッセージだったんだって証拠を見つけるかい？」

「別に俺は、同居人の名誉をどうこうしたいとは思わないさ」

　そもそも同居人に名誉なんてもんがハナからある

とは思えないし、と、心の中で付け加えた。

「ただ、ともかく俺たちの共有テリトリーで猫が殺されたことは事実なわけだ。まあ、だからって騒いで犯人を突き止めたいとは思わないのが俺たちの特性みたいなもんではあるけどね、それでもこれってあんまり愉快な出来事じゃないだろ?」

「そりゃまあ、愉快じゃないね」

「次はわしの番か思たらぞっとせんわなあ」

「もちろん、これはひとつの提案に過ぎないんだけどね」

正太郎は一同の顔を見回してから言った。

「どうだろう……俺たちで、この猫殺しの真相を突き止めてみるっていうのは」

「突き止めるって、あんさん」

ウズラが頭を振った。

「やめときなはれ。そうゆうことは猫には向きまへん」

「僕もそう思うなあ」

ユースケがゆさゆさと尾を揺らす。

「確かに僕らって好奇心は旺盛だよ。でもさ、何と言っても根気がまるでないじゃない。犯人探しなんてめんどくさそうなこと、半日も続けてできやしないんだから、やるだけ無駄だよ、たぶん」

「まあそうかも知れない」

俺は否定しなかった。

「猫は探偵の真似事なんてしない方がいいってのは確かにその通りだよ、たぶん。でも俺はこれまでに何度か探偵ごっこをやってみたんだけどね」

俺は、めいっぱいさり気なく言った。

「けっこう、退屈は紛《まぎ》れるよ、ほんとのところ」

猫とは寝てばかりいる動物だと思われている。事実、その通り寝てばかりいる。しかし寝てばかりいるからと言って、退屈に強いかと言うとその逆である。退屈するとすぐ寝てしまうのであまり人間には認知されていないが、猫ほど退屈が我慢出来ない動物というのは、ちょっと他に見当たらない。

たとえば二匹の猫を同じ家の中で暮らさせておいて、外出を禁止するとする。成猫というのはそれぞれにテリトリーを持つので、狭い家の中で複数を同居させればたいていは仲が悪くなる。もともと猫というのは集団で暮らす習性を持たないので、テリトリーにしても居住空間にしても、他の猫とシェアする、という感覚は持っていない。自分の分は自分の分としてあくまで主張し、それがぶつかればフーッと息を吹き掛け合って、以後はライバルと一線を画して生活することを選ぶはずである。

二匹の猫は仲が悪いなりに、互いの領分には踏み込まないことで怪我をしないよう注意するようになる。必要もないのに相手のそばに近付いたりは決してしない。

ところが、以下の二つの場合にのみ、猫はテリトリー意識すら忘れてしまうのである。

第一の場合が、寒い時。寒いと、猫はすべての怨《えん》恨《こん》も遺恨も忘れて寄り添って暖をとることを選ぶ。この習性を平和的と見るかプラグマチックと見るかは理解と解釈の相違であるが、いずれにしても、寒さという最大の敵の前では背に腹は替えられないというのが現実なのだろう。

そして第二の場合。これが、退屈な時、である。

退屈すると、猫は見境がなくなる。

ふだんなら決して自分から近付いたりはしないライバルに対してでさえ、遊んで遊んで遊んで、と誘いに行くようになる。がしかし、相手のことが嫌いであることには変わりがないので、遊んで、と誘うにしてもかわいらしく甘えて、というわけにはいかず、相手が寝ているところを狙ってダッと駆け寄って思いきり猫パンチを食らわす、という荒っぽいものであることが多いのだが、それでもそれが「遊んで」コールだということは間違いがなく、猫パンチをくらって痛かった方も、あくまで「なら遊ぶわよっ」と応戦し、やがてあうんの呼吸とも言うべき絶妙のタイミングでどちらか一方が逃げ出すと、それを追い掛けて鬼ごっこが始まるのである。

この鬼ごっこは本能がそうさせたとしか思えないほど見事な自然のルールによって成り立っていて、狭い家の中の壁やドアなどの「行き止まり」に相手を追い詰めると、なぜか次の瞬間、追い詰めた方がUターンして逃げはじめて、それまで追われていた方が追い掛けはじめるのである。せっかく追い詰めたんならどつきまわせばいいのに、と思うのだが、それではこの「遊び」が終わってしまうのでつまらないわけである。

こうして、いつもならばそばに寄ろうともしない相手でも、退屈している時だけは遊び相手にしてしまうほど、猫は退屈が我慢できない生き物なのである。

退屈が紛れる。

これはどんな猫にとっても抗し難い魅力を持った言葉だった。俺は、欠伸《あくび》をし、毛繕《けづくろ》いをしながら待った。

やがて金太が言った。

「まあ、さ、飽きたら止めればいいんだし、じゃ、やってみるかい? どう?」

「賛成」

ユースケが言った。

「そやな。どうせ暇やしな」

ウズラが言った。

ここに、栗色の身元不明猫殺害事件に関する刹那《せつな》的私的捜査班が、結成された。

＊　＊　＊

それではまず、何をすればいいのか。

もともと綿密に計画を立ててその計画に従って行動する、などという芸当を猫に期待しても時間の無

駄なので、俺たちは「何となく」、死んだ猫はどこのどいつだったんだ、という疑問から解いてみよう、ということで話がまとまった。この調査には、マンション猫として生活して、たまの散歩はハーネス付き、という不自由な身の上の俺やユースケではどうにもならないので、金太とウズラの活躍に期待を寄せることにした。金太とウズラは、とにもかくにも退屈を紛らわせることが出来てうれしいようで、尾をぴんと立てて去って行った。

ユースケの飼い主が井戸端会議の輪から抜けて夕飯の買い出しに出発したので、俺はぶらぶらと、まだ井戸端会議に熱中している同居人の足下に戻った。

「だからやっぱり、あれは花柄よ、絶対！」

同居人が力説している。

「パッと見た瞬間にそう思ったもの。偶然にしては配置が良すぎるわ」

「でもねぇ」

輪の中にいたマンションの住人が懐疑的な顔で言う。

「猫が死ぬ間際にそんなこと、考えられるものなのかしら。まあ小鳥やハムスターよりは頭がいいだろうっていうのはわかるけど、所詮《しょせん》、猫は猫でしょう？　飼ってても三日で恩を忘れるなんて言うくらいだもの、自分を殺した犯人を指摘するなんて芸当が出来るとはとても思えないわよ」

何となくむかつく意見だったが、それでも同居人の妄想よりは真実に近いことを認めて、俺は顔を洗った。

「だからね、そういうことじゃないのよ」

同居人は、小学校の教師が生徒に教えるような口調で言った。

「確かに猫が自分の意志で、自分を殺そうとした犯人を名指しする為にダイイングメッセージを残した、とはあたしも考えてないの。そうじゃなくて、結果としてあの花模様に見える足跡がダイイングメッセージの役割を果たしている、って言いたいの。つま

りね、あの殺された猫は、犯人が自分を殺そうとした瞬間、その犯人が着ていた花柄の服を眼にとめていた。頭を殴られて意識が朦朧としている時、自分のつけた足跡がその猫の眼に映った。するとそれはさっき見た洋服の柄と同じ！　猫はふらふらしながら歩き回り、その足跡がどんどん洋服の模様に似ていくようにして、そして死んだ。猫の意識の中で、ただ意味もなく、最後に見た物を再現したのがあの花模様の足跡だったわけ。で、それは結果としてダイイングメッセージになった」

屁理屈というのかこじつけというのか、いかにも苦しい。まるで同居人の推理小説の謎解きのようである。しかしまあ、これで同居人が言わんとしていたことはわかった。つまり猫が自分でメッセージを残したのではなく、猫はただ、死の瀬戸際でまで生来の好奇心を発揮して、自分の足跡がさっき見た花模様に似ていることを確認して楽しんだだけだった、ということである。

まあそっちの方が、犯人を指摘する為にサインを残したという説よりは多少、説得力があるかも知れない。聞いた話では、病気で臨終を迎えた猫の目の前で猫じゃらしを振ると反応する、というくらいだから、我々猫族の遊び好きというのは筋金が入っているのである。

「だけど、猫の足跡だとすると梅の花よねぇ」

別の住人が言った。なるほど、ユースケの説は正しかったわけだ。人間にはどうも、我々の足跡は梅の花を連想させる形をしているらしい。

「梅の花の模様なんて、ふつう洋服につけるかしら」

「まあ確かに派手というか、和菓子の包み紙みたいで野暮ったいけど、でも着物ならばあるんじゃない？」

「着物だとすると模様からして冬物よね。今の季節に冬物はちょっと辛いわよぉ」

「結婚式にでも呼ばれれば真夏でも振袖着る人だっ

て多いんだし、あり得ないことはないわよ」

さっきの住人が腕組みしながら言った。

「でもいずれにしたって、犯人は女、ってことになっちゃうのよね？」

「まあ、そうでしょうねえ。梅の花柄の着物を着た男性、ってのはちょっと」

そんな男がうろうろしていたら、ちょっとというよりかなり危ない。

「でも女の人が猫を殴り殺すなんて、ほんとにそんなことがあるのかしら」

「絶対ない、ってことはないと思うけど」

同居人も首を傾げてしまった。

「相当キレちゃった人でもないと、動物を殴り殺すことが出来る女性っていうのはそうそういないでしょうねぇ……しかも着物を着たままとなると。あ、でもこうも考えられるわ。犯人は二人組だったのよ。猫を殺したのは男性、そしてその男性には連れがいた」

「それならわかるわ」

新たな住人が口を出した。

「今時、ふだんから着物を着てる女性なんてそんなに多くはないと思うの。で、その猫が殺されたのって夜中なんでしょ？」

「発見したのが午前七時過ぎで、その時点で死後三、四時間は経っていたらしいから、真夜中の三時とか四時ね」

「ほらね、そんな時間に着物を着て歩いているとしたら、クラブ勤めの水商売の女性なんじゃない？そう考えるとなんとなく状況が想像できるわよ。その女性はただの傍観者というか一緒にいただけなわけよ、で、犯人は酔っぱらった男ね。つまりその和服のホステスさんかママさんが、泥酔したお客をタクシーでおくって来て、ここまで歩いて来たところで問題の男が遊んでいる猫を見つけた。男は酔っているからわけのわからないことで腹を立てて、猫をそのへんの石か何かで殴った。一緒にいた女性はび

っくりして、男を引きずって部屋に逃げて行った。

可哀想な猫はふらふらしながら花壇に足跡をつけて、そして死んだ」

「まあ嫌だ！」

さっきの住人が両頬に手をあてた。

「それじゃ、その犯人ってこのマンションに住んでるってこと？」

「そうなっちゃうわね、今の推理だと」

「まあ恐い。うちは犬だけど、猫を殴るような人はきっと犬も殴るわね！」

「酔うと人格が変わっちゃう人っているのよねえ。それにしても誰なのかしら、嫌だわ、ねえ桜川さん、警察はちゃんと調べてくれているのかしら」

「それがねぇ、どうも反応が鈍くって」

「あらだって、動物を虐待したら法律違反になったのよね、確か」

「だから動いてはくれてるんだけど、だいたい今朝わたしが管理人さんのところに駆け込んで管理人さんが近所の交番に連絡しておまわりさんに来てもらった時からね、そのおまわりさんたら、なんだ猫か、って感じで全然やる気がないみたいだったの。花模様のことだっていくら説明しても、頭の上にひよこが飛び回ってるみたいな顔でぼけっとしてるだけで、ちっとも理解してくれなかったし」

それはそのおまわりさんのせいばかりではない、と、俺は同情を感じた。それでなくても同居人の話というのはいつもあっちこっちに飛躍して要領を得ず、聞き手が混乱させられることが多いというのに、ましてや猫のダイイングメッセージが花柄だったという話など、ふつうに聞かされて即座に理解出来る方がどうかしている。

しかし、なんだ猫か、という態度はやはりいただけない。

退屈を餌に仲間を引き込んでまで今回、俺が探偵ごっこを始めたのには、いちおう理由があった。いや理由、というよりは感傷か。

俺は、あの栗色の猫の穏やかな死に顔が忘れられなくなってしまったのである。

そう、あいつはとても穏やかな顔で死んでいた。それは何を意味するのか。つまりあの猫は、自分が殺される寸前まで、恐怖を感じていなかった、ということなのだ。

それはもちろん、あの猫にとっては幸運なことだったに違いない。どちらにしても命を落とすのであれば、苦痛や恐怖は感じないで逝《い》きたいと願うのは人も猫も同じ。しかしそのことはひとつの恐ろしい事実を暴《あば》いていた。

あの猫は、最後まで自分を殺した人間に対して信頼感を抱き、まさか殺されることになるなどとはまったく想像もしていなかった。たぶん犯人は、甘い言葉で彼を誘っておいて、ふい打ちをくらわせたのだ。

犯人は、あの猫のそうした気持ちを踏みにじったのだ。

俺にはそれがどうしても赦《ゆる》せなかった。

そんなことで復讐心に燃えるのは猫らしくない、まるで狸《たぬき》のようだと（一説によると狸というのは大変執念深い性質らしく、一度虐《いじ》められたりひどい目に遭ったことは長い間忘れずにいて、必ずリベンジするのだと言う）周囲から笑われそうではあるが、それでも今のこの気持ちを収めるには、あの栗色の猫を殺した犯人を見つけ出す為に自分は何かをしているのだ、という納得が必要なのだ。

その意味で、なんだかんだ言いながらも、同居人が珍妙なダイイングメッセージ論を持ち出してこの事件にこだわってくれたことは、俺としては大変に都合がいい事態であった。

「そろそろ買い物に行こうか」

同居人がハーネスを引っ張ったので、俺はにゃん、と一鳴き同意を示してから歩き始めた。

「それにしても、嫌な事件だね」

同居人が歩きながら俺に話し掛ける。

「あの猫、可哀想だったよね。頭がへこんじゃって。ひどいことするやつがいるよね、ほんと。でもあの猫ってどこの猫だったのかしら。タマちゃん、知らない？　見たことない？」

ありません、と俺は鳴いた。俺もそれが知りたいのである。

「雑種だったと思うけど、毛並みは良かったし、飼い猫じゃないのかなあ。首輪はしてなかったけど。でも猫用の首輪って、どこかに引っ掛かった時に猫の首が絞まって死んじゃわないように切れ易く作ってあったりするから、外遊びしてるとはずれちゃうことがよくあるしね」

それはその通りだった。犬と違って放し飼いにされることが多い猫の場合、狭いところや突起物がたくさん出ているような場所にも平気で潜り込んでしまうから、首輪が何かに引っ掛かるという事故はしょっちゅう起こるのである。その為、猫用の首輪というのは良心的な製品ほどわざと切れ易く作られていて、何かに引っ掛かっても致命的な事故が起こらないように工夫されている。従って、首輪をしていないから野良猫である、とは単純に言い切れないのだ。あの栗色の猫も、毛艶《けづや》や栄養状態の良さ、去勢されているらしいこと、そして顔だちの温和さなどから、飼い猫である確率が高いと俺は思っている。

「それにしても初日からミソがついちゃったわ」

同居人は、今度は独り言を言った。初日とは何の初日だ？　あ、そうか、早起きしてタイムレースのような慌ただしい散歩をした初日、という意味か。とすると、まさか同居人は、あんな忙しい「散歩」をこれから毎朝続けようと企んでいるわけだろうか。

しかし俺は、そんなに心配はしなかった。同居人の目的が何であれ、どうせそんなに早起きが続けられるわけがないのである、この人に。

「今朝は逢えなかったし、ついてないわ。明日に賭けるしかないわねっ」

　同居人はひとりで力んでいる。

　今朝は逢えなかった。なるほど、またかいな。俺は深々と溜め息をついた。どうやら今回もまた、同居人は望みの薄い恋愛に走っているようである。つまり同居人が思いを寄せる相手というのが、この近所を早朝ジョギングか犬の散歩をしている男なのだろう。その男と「偶然、散歩の途中にばったりと」出逢うために、わざわざ目覚まし時計を鳴らしてまで早起きし、しっかり化粧しておきながらやたらと時間を気にして歩き回った、そういうことだったわけだ。男が現れる時間帯が決まっているので、こちらも時間を気にしなくてはならなかったのだ。

　しかしそういうことならば、明日の朝からはひとりで出かけて欲しい、と俺は思った。

　マンションから徒歩三分、いつもの小さなスーパーマーケットは、夕方の今時がいちばん混んでいる。このマーケットは変わっていて、ペットを連れた入店を断らない。ただし、ペットを連れてのご入店は御遠慮ください、と、本当に目立たないよう小さく貼紙がしてあるのだが。

　俺はおとなしく同居人の腕に抱かれて肩に前足をかけ、店内を見回した。情報源になってくれそうな知り合いが来ていないか探したのだ。だがたまたま今日は、店内にいる人間の肩に乗った小動物は俺だけだった。こんなことは珍しいのだが。

　このスーパーがペット連れを解禁したのには理由がある。この店はもともと地元のよろず屋的な、野菜と加工食品、乾物や日用雑貨などをごたごたと売る店だったらしいのだが、二十数年前にスーパーマーケットに改造し、当時はスーパーマーケットそのものが少なかったということがあって大繁盛した。しかし次第にコンビニや駅前の大型スーパーなどの進出で客足が減っていたところに、数年前、徒歩で二分と離れていないところに大型スーパーが出来てしまった。そうなると、何か特色を出さないことには生き残れない。いろいろと試行錯誤を繰り返したがなかなか成果が出なかったところで、店主がふと思い付き、抱いていられる小さな動物に限り店内持ち込み可（ではなく、正しくは見て見ない振り）、にしたところ、これが当たった。食品を扱うスーパーマーケットには動物の持ち込みは厳禁なので、それまで飼い主たちはペットを店の前に繋いで買い物をしていたわけであるが、それが抱いたまま入れるとなると、ペットの散歩の途中で買い物に来た飼い主には有り難いというわけである。

もちろん、そんなことをおおっぴらに認めれば保健所から大目玉を食らうので店としては決して公式には認めていない。だが生鮮食品にはすべてラップをかけて販売するなど、暗に対応策は講じている。

そんな事情で、夕飯の買い物時ともなるとこのスーパーの店内至るところで、猫やら犬やらを肩に乗せた買い物客が発見出来るというわけである。

それがこの日はたまたま、そうした「御同輩」の姿を見ることが出来ず、俺はがっかりしかけていた。

が。

ニャニャニャニャニャニャオーン！

俺は同居人の耳元で思わず大声で喚《わめ》いてしまった。

「わっ」

同居人が慌てて耳を押さえる。

「うっるさーい！　なんなのよ、正太郎！」

なんなのって、あれ、あれを見てよ！

俺は頭をそっちの方に向けて振り立てた。やっと同居人が振り向いて、俺が見ているものを見る。

そこにポスターが貼ってあった。手書きの、デジカメで撮った写真を印刷したらしいものが貼り付け

られたそのポスターに書かれていたのは、
『迷い猫を探してください！
日本猫の雑種
色は栗色と白のぶち　白いのはお腹と前足で後はほとんど栗色です。
雄　二歳
名前は勘九郎（カンクロー）
九月三日の夕方から家に戻りません。首輪はしていません。
外に出したことがないのですが、うっかり逃がしてしまいました。
心当たりの方は　中村　まで。
電話　〇〇〇‐×××××
見つけて下さった方に薄謝進呈いたします。よろしくお願いいたします』
そこに写っていた写真の猫は、大きな人なつこい目をした栗色の猫だった。
目を閉じれば、今朝のあの顔になる、猫だった。

3

いつまでも啜《すす》り泣いている少女の隣りで父親が何度も頭を下げていた。

「本当にありがとうございました……勘九郎の遺体は明日の朝、返して貰えるそうなので、引き取って葬儀社に渡そうと思います」

「……無事な姿で見つけてあげられなくて……何と言っていいのか……」

「いいえ、桜川さんのお陰で、火葬にして遺骨を埋葬してやれるんですから。もし他の人が見つけていたら、そのまま生ゴミにされてしまったかも知れないです。江見《えみ》、ちゃんと御礼を言いなさい」

父親に促されて、まだ五、六歳の少女はそれでも健気に顔を上げて、ありがとう、と言おうとしたが、涙とはなみずが盛大に出ていて言葉にならなかった。

「警察の話では、解剖の結果でも、毒物などは検出されなかったそうですね」

「ええ、死因は頭蓋骨骨折のようです。……金属バットのようなもので殴られたのではないかと……」

「飼い猫だとはっきりして、警察も少しは本気を出してくれるかも知れませんね。動物虐待は立派な犯罪ですから」

「しかし……犯人などわかるんでしょうか。殺されたのは真夜中だったということですし……まあわたしとしては、今さら犯人が判っても勘九郎は帰って来ませんから、出来れば早く忘れてしまいたい気分なんですが」

「お気持ちはわかります」

同居人は、少女を気遣って声を低めた。

「でもご覧の通り、わたしも猫を飼っています。このマンションには猫を飼っている人が他にもたくさんいます。それなのにこのマンションの敷地内で猫が殺される事件が起こっては、そのままにしておくわけにはいかないと思うんです。たまたま今回は勘九郎ちゃんが犠牲になってしまいましたけれど、次は……うちの正太郎かも知れないんです」

とんでもない話だが、同居人の言うことは正しい。これが人間が被害者だった場合には、その被害者に対する怨恨からの殺人ということも考えられるから、事件はその一度で終息してしまうこともあり得るが、殺されたのが猫だった以上は、事件が連続して起こる可能性が非常に高いと言わざるを得ない。人間が特定の猫だけに憎悪を抱くということはむしろ稀《まれ》で、たとえば特定の猫がその憎悪を生んだきっかけになったとしても、最終的には猫全体を憎むようになる場合が圧倒的だろう。つまり、大切な花壇にウンコをしたのは三軒隣りのミケだったとしても、花壇の持ち主はミケだけを嫌いになるわけではなく、嫌いになるとすれば猫という生き物自体を嫌いになってしまうものなのだ。それだけ、人間にとっては、猫の「個」というのは希薄なものだということだろう。

ちょっと待て。

花壇に……ウンコ？

無意識に頭に浮かんだその連想に、俺は身震いした。そうだ、勘九郎は花壇の中で死んでいた……。

花壇だ！

謎を解く鍵は、きっと花壇にある！

俺は今すぐあの花壇をもう一度調べたいと思った。だがこの時間からでは同居人が俺にハーネスをつけて外出してくれる可能性というのはほぼ、ない。

まあいい、明日の朝がある。いちおう同居人は明日の朝も早起きして不純な動機の散歩に出るつもりでいるようだから、それに付き合うついでに花壇を調べてみよう。

中村父娘は、あらためて礼に来ると言いながら帰って行った。江見という少女はもう泣いてはいなかったが、それでもひどく悲しそうだった。俺の胸に、あらたな闘志が湧いた。あの小さな女の子を悲しませた奴がどんな顔をしているのか必ずこの目で見て、そしてチャンスがあれば、顔に縦縞模様を刻んでやる！

* * *

翌朝。

同居人の根性なしは前々から知っていたわけであるが、なんと二日目にして鳴っている目覚ましを止めてまで毛布の中に潜り込もうとしたのには俺も呆れた。これだから、彼女の恋は毎回毎回破綻するのである。恋愛には努力が必要だということに早く気付けばもう少し幸せになれるのに。

仕方なく俺は、毛布の下でダンゴ虫のように丸くなってしまった同居人の背中のあたりめがけて、飛び蹴りを一発お見舞いした。ムギュッ、という音がして、毛布がめくれる。

「なにすんのよぉぉぉぉ、正太郎〜」

早朝ジョギングの時間だぜ、と俺は一声鳴いた。

しばらくの沈黙の後で、同居人はガバッと起き上がった。

「やっばーい、間に合わないっ!」

それでも化粧だけはするのが女心というヤツなのだろうが、早朝の猫の散歩にばっちりフルメークして出かける女、というのは、それだけでけっこうコワイ存在ではないだろうか。相手の男だって思わずひくだろうに。

マスカラはやめといた方がいいんじゃないの、と俺は控えめに忠告したのだが、同居人には通じなかった。いずれにしても、忠告を聞き入れて素直にやめるような人でもないので、まあ、ほっておくしかないのだが。

ともかく十五分後、ハーネスを付けられた俺は同居人と共に階下の中庭を小走りに駆けていた。これではジョギングですらない、マラソンである。花壇のことが気にはなったが、ともかく戻って来るまではそんな余裕はなさそうだ。

日頃の運動不足ですぐに息があがってしまった同居人の前を適当に速度を合わせて駆けながら、俺は朝の空気を胸一杯に吸い込んだ。

琵琶湖もそろそろ本格的な秋になる。いい季節だ。空はどこまでも高くなり、湖は澄み、比良《ひら》の山々は七色に色付いて、風は実りの香りで満ちていく。

この季節、琵琶湖のほとりに住んでいることの幸せを俺は全身で感じることが出来る。たとえハーネスなしでは自由に外出できない身の上だったとしても、ベランダで風に吹かれているだけで、この大自然の甘露《かんろ》を味わう喜びを得ることが出来るのだ。

早朝の散歩も悪くないかも。雪の降る季節になったら遠慮したいが、今の時期だけなら毎朝でも付き合ってやっていいかな。同居人の根性がどれだけ続くか、が問題だけれど。

不意に同居人の足が停《と》まった。国道に出る少し手前、児童公園の入口付近。

なるほど……こいつが同居人のお目当てかい。

スポーツウエアに身を包んだ、年齢三十代半ばくらいの、浅黒い肌に白い歯というのがＣＭタレントみたいでちょっとわざとらしい、短髪長身の男が、水飲み場と併設された足洗い場に陣取って手を振っている。顔を洗ったばかりなのか水浸しになった顔を首にかけたタオルで無造作に拭きながら。

「桜川さん」

「島田《しまだ》先生」

先生？　この男も作家なのかい？

「昨日はお会いできませんでしたね」

「ああ、すみません、昨日はちょっと前の晩に飲み過ぎましてね。さぼりました」

「お風邪でもめしたんじゃないかと心配いたしました」

「ありがとうございます。しかしからだだけは丈夫なタチですから、大丈夫ですよ。ああ、その猫がご自慢の正太郎くんですか」

同居人が俺のことを誰かに自慢しているなどとは思ってもみなかったが、悪い気はしないのでちょっと髭をピンとさせてみせた。

「なかなか賢そうな顔をしてますね」

「いいえ、ばかなんですよ」

悪かったな。

「食べて寝てばかりいるんです」

当たり前である。猫が食べて寝る以外のことを積極的にするのは恋の季節だけと相場が決まっている。

「でも作品の中に登場してますよね？　僕、大好きなんです、猫探偵正太郎シリーズ」

「あんなに頭が良ければいいんですけどねぇ。昨日の事件も、本当なら猫に訊いてみたいことがたくさんあるのに」

「昨日の事件？」

「あ、すみません。先生、そろそろご出勤の時刻では」

「いや、今日は二コマ目からなんで、十時に研究室に入れれば間に合います」

ああそうか。先生は先生でも、本職、どこかの大学の講師なのか。

それで思い当たった。数日前、同居人は市内の短大に講演を頼まれて出かけていたのだ。恐らくはそこで知り合ったのだろう。そして偶然、近くに住んでいることを知り、毎朝この公園でトレーニングかでいるということを知り、毎朝この公園でトレーニングか何かしているという情報を得て、昨日の朝から網を張ろうと企んだわけだ、同居人は。

「ちょっとお座りになりませんか」

願ってもない誘いを受けて、同居人は有頂天の顔で頷いた。

「お、お邪魔でなければ」

「僕、今朝はここで朝飯にしようと思って弁当持参なんです。桜川さん、朝食は？」

「戻ってからいただこうと」

「それならどうですか、ご一緒に。たくさん作って来たから二人分、ありますよ」

それにしても、この島田某という教師はマメな性質らしい。取り出した紙袋からは、ラップにくるんだサンドイッチがなるほどたっぷり二人分、それに果物をちゃんとタッパーに入れて持参していて、おまけにポットには香りのいいホットコーヒーまで入っていた。サンドイッチもハムと卵に野菜、と三種類も作ってある。これだけの手間ひまを、たかが朝トレの為に用意するというのは、マメというよりは趣味の領域かも知れない。

ハムサンドは芥子《からし》を使っているからダメ、と言われたのにはちょっとがっかりしたが、首尾よく卵サンドは一切れ貰えて、俺はゴロゴロと喉を鳴らして感謝した。

「島田先生、お料理お上手なんですね」

「いや、僕が作るわけじゃないんです。妹がやってくれるんですよ。OLしてましてね、いつも弁当持参なんでついでに作ってくれるわけです」

同居人はあからさまにホッとした顔になった。妹、というのが嘘ではないなら、まだメはある、というわけである。まあしかし、こういう場合に真実は同棲しているカノジョが作ってくれた、という話であったとしても、そうは言わないと思うが。

「それで、その昨日の事件というのはいったい？」

「猫が殺されたんです。うちのマンションの花壇の中に死骸があったの。わたしが見つけてしまって……」

「ほう」

島田は険しい顔つきになった。

「たまにありますね、動物を殺すという嫌な事件」

「金属バットみたいなもので殴ったらしいんです。いちおう警察に連絡したんですけど」

「賢明だと思います。ほったらかしにしていると、被害が拡大する恐れがある」

「あの、島田先生は推理小説がお好きなんですよね？」

「もちろん」

島田はにっこりと笑った。

「大好きですよ」

「でしたらわかってくださるかしら。その殺された猫は、ダイイングメッセージを残していたんです」

「……猫が……ダイイングメッセージ、を……？」

島田の顔が困惑と苦笑で崩れてしまった。

「あのそれは……小説の中の話ではないんですよね？」

「現実です、もちろん」

同居人は毅然として言った。

「猫が倒れていた場所に、足跡がたくさんつけられていたんです。すべてその殺された猫のものでした」

「はあ」

「それらの足跡は、ひとつとして重なっていなかったんです。たぶん十数個はついていたのに、ですよ。同じ猫がひとつの場所で何度も足踏みして、その足跡がひとつも重ならない、ということがあり得ると思いますか？」

「なるほど」

「つまりその足跡は、明らかに意識的につけられたんです」

「……あの、それは猫が意識的にそうした、という意味ですね？」

「はい」

同居人があまりきっぱりと言うので、島田は気圧《けお》されたように頷いた。

「その足跡は、花模様になっていたんです」

「……は？」

「花模様です。梅の花の」

「あ、ああ……そう言えば猫の足跡は花模様に見えますね。で、それがどうしてダイイングメッセージだと？」

「おわかりになりません？」

「え、ええ……」

島田は頭を掻いている。わかる方が不思議なのだから困ることはないのに。

「犯人もしくは犯人の連れが、梅の花模様の服を着ていたんですわ。殺された猫は、勘九郎という名前の飼い猫だったんですが、たぶん、死の瀬戸際にその花模様の服が脳裏に焼き付いていて、自分の足跡でそれを真似てみたんだと思います。勘九郎にとっては遊びの感覚だったのかも知れません。猫は死ぬ間際でも猫じゃらしにじゃれるそうですから」

「ああ、そういう意味でしたか」

島田はようやく安心した顔になった。

「つまり、犯人を指摘しようとしてやったのではないかも知れないが、花模様をなぞったのだ、ということですね？　しかし人間以外の動物に、物事を抽象的にとらえる力があるとは思えないんですが……」

「形としてなら認識できますでしょ?」

「……それは出来るでしょうけれど、しかし模様というのは二次元のものですし……」

「もしお時間がおありでしたら、ご覧になりません? 猫はもうそこにいませんけど、足跡ならまだ残っていますわ」

同居人は立ち上がった。

「ご馳走さまでした。とってもおいしかったです。あの、ここからすぐですから、どうぞ」

「そ、そうですか」

島田は内心迷惑なのかも知れないが、それでも立ち上がった。

「それじゃ、見せていただこうかな。何にしてもミステリな事柄というのは好きですからね」

展開としては願ってもない。俺は一刻も早く花壇を調べたくてうずうずしていたのだ。

同居人と島田とは、何やら推理小説談議のようなものをしながらゆっくりとマンションまで歩いて来た。俺はともかく早く戻りたくて何度もハーネスを全身で引っ張り、同居人を急がせようとしたが、同居人はしまいには俺を抱き上げて逆らえないようにしてしまった。

それでもなんとかマンションに戻り、問題の花壇に近寄った。俺は同居人の腕を飛び下りて花壇の中に着地した。

梅の花模様、に見えるというその足跡は、表面が乾いてだいぶボロボロにはなっているが、それでもまだくっきりと残っていた。

しかし俺の興味は足跡そのものにはなかった。問題は、どうしてこの猫がこの花壇の中で殺されたのか、なのである。

俺は足跡の周辺の土を用心深く嗅いだ。昨日、いちおう交番の巡査が調べてはいたらしいが、所詮は猫殺し、と考えていたのでは見落としもするだろう。

「よ、正太郎」

声で顔を上げると、金太がいた。

「早いな、金さん」

「まあね、なんだか俺も気になっちゃってね。気の毒なご同輩の身元は判明したんだって？」

「うん。近所のマンションに住む中村って家の、勘九郎ってやつだった。まだ二歳だってさ」

「気の毒になぁ、これから楽しいことがいろいろあったってのにな。それはそうと、おたく、何探してんの？　飼い主同伴で」

「いや、何ってこともないんだけどね……勘九郎がどうしてこの中で殺されたのか、それがちょっと気になってさ」

「そりゃ猫が土のあるとこにいるとしたら目的はひとつでしょう」

「ウンコか。いや、でもそれなら少なくとも腸の中に糞がたまっていたはずだろう？　だが勘九郎は脱糞してなかったんだ。頭に強い衝撃を受けて死に至るダメージを被《こうむ》った場合、たいていの動物は脱糞してしまう。これまでに交通事故で死んだ猫を二、三度見たが、例外なくそうだった。でも勘九郎はしていなかったんだ。それはつまり、もう用は済んでいたってことだ。腸が空《から》だったんだよ。なのに……判るかい？　この花壇には猫の糞の臭いがない。糞だけじゃない、尿の臭いも、それどころかマーキングもした形跡がない」

金太は鼻をくんくんさせて頷いた。

「……本当だ。猫の臭いがしない」

「つまり、どういうことだと思う？」

「つまり……あ、そうか！」金太は一声ニャンと鳴いた。「勘九郎はこの中で殺されたわけじゃないんだ……花壇の外で殺されて、ここに放り込まれた……」

「その可能性が高い、と俺は思う」

俺は頷いた。

「しかし、だったら、この足跡はどうして付いた？　これは間違いなく勘九郎の足で付けられたものだ。

勘九郎は頭蓋骨骨折するほど殴られてここに放り込まれた。それなのに立ち上がってここで踊りを踊ったってわけか？　違うよ。勘九郎はたぶん、即死していたと思う。ダイイングメッセージであれ何であれ、残せるような境遇じゃなかったんだ」

「それじゃこの足跡は……」

「スタンプさ」

　俺は、自分の足を地面にぽん、と打ち付けて、そこに出来た新しい梅の花を見た。

「勘九郎の前足は、スタンプの代わりに使われたんだ。つまりこれは、正真正銘のダイイングメッセージの可能性があるってことなんだよ。そうじゃないことを祈りたい気分だがね。これを残したのは人間だ。その人間には危険が迫っていた。目の前で残虐に猫が殺されたことで危険はさらに切迫した。その人間は、自分が消えた後に犯人か自分を探す手がかりとして、咄嗟《とっさ》に勘九郎の足をスタンプにしてここにこの花模様を付けたんだ。でもこれだけじゃ誰に見せても意味がわからないし、メッセージだとすら思っては貰えないだろう？　その人間は必ず、もう一つ手がかりをここに残していると思う。俺は、それを探しているんだ」

「ちょっと待ってよ」

　金太は小首を傾げて言った。

「その手がかりってどんなもの？」

「どんなものかはわからないよ。でも、それとこの足跡とを組み合わせればきっと、何かのメッセージにはなってるはずだと思う」

「それってたとえば、きらきら光ってるものだった可能性もあるかな」

「そりゃ……あるかも知れないけど。でもどうして？」

「昨日の夕方、おたくやユースケが飼い主とここに現れるちょっと前にさ、この花壇からカラスが飛び立ったんだけど、そのカラスが何かくわえてたんだよね。ほら、カラスの奴らってきらきら光るもんに目がないだろ？」

「……それだ」

俺は尾と髭とを同時に突っ立てた。

「それだ！　きっとそれだよ。クソ、カラスの巣に持って行かれちゃったとすれば、どうしたらいいんだ！」

俺は途方に暮れて空を見上げた。カラスの巣は、たいてい恐ろしく高い所にあって俺たちの木登り能力を超えていることが多いし、第一、どのカラスが花壇から手がかりをついばんで持ち去ったのかわからなければ、巣の探しようもない。

「金太、そのカラスって何か特徴がなかったか？」

「特徴、ねぇ」

「他のカラスと見分けがつくような目印だよ。それがあるなら望みはあるし」

「しかし……カラスの見分けなんてしようと思ったこと、ないからなあ。あ」

金太は髭をぴくんと震わせた。

「あった！　特徴があったよ」

「どんなものだ！」

「あいつ、足が白かった。片方だけだけど」

「足が……白い？」

「うん。たぶんあれ、ペンキだな。正太郎は知ってるかどうかわからないけど、湖岸の遊歩道にあるベンチが半月くらい前に塗り替えられたんだ。あのカラス、ペンキが乾かないうちにベンチの上を歩いたんじゃないかな」

「足先が白いカラスか……」

俺は頷いた。

「それなら、手がかりにはなるな。それじゃさっそく、金太、町中の連中にそのカラスを見かけたら巣を探してくれって頼んでくれないかな。そうだ、ウズラにも伝えて……」

「そのカラスの巣だったら知ってるけど」

背後で声がして振り返ると、ユースケが立派な尻尾をふさふさと揺らしていた。

「足に白いペンキつけてるカラスなら、あの、このマンションの駐車場の手前のプラタナスの木。たぶんあの枝の中に巣を作ってるんだと思うよ。ここ数日、何度かあの木の中に潜り込むのを見たから」

迷っている暇はなかった。今度ハーネスに繋がれてしまえばいつ自由に木登りなどできるかわからない。俺は脱兎のごとく駆け出した。背後では同居人が金切り声をあげている。なんだか最近、いつもこのパターンにはまるような気がするが、まあ仕方がない。室内飼いの猫が安楽椅子から降りて自分の足で推理しようとなれば、多少のサスペンスは付き物なのだ。

問題は同居人ではない。彼女は駆け足が遅い。しかし島田某は、毎朝トレーニングをしているくらいだから運動には自信があるに違いない。俺はスピードをあげて建物を回りこみ、駐車場に入りこんでプラタナスに飛びついた。木肌が固くて登り難いが、この際、根性だ！

運がいいことに、巣は比較的低い枝に作られており、しかもカラスは留守だった。子育てが終わったカラスは古い巣を物置にしか使用しないので、滅多に巣にいることはない。木の枝やらゴミやら針金やらを滅多やたらに差し込んで作られたウニの殻のような形の巣の中に、いくつか細々《こまごま》としたガラクタが入っていた。

ボールペン、金属の洗濯バサミ、硬貨、何かの鍵、アルミホイルの切れ端。

金色のクレジットカード。

これだ。

下の方が騒がしい。同居人が卒倒しそうな勢いで大騒ぎをしている声と混じって、何か、ずりずりという音がどんどん近付いて来る。

ガサゴソ、ガサガサ、ガサッ！

木の葉の間から島田某の頭が覗いた。

「こら正太郎くん、桜川さんが心配してるぞ。こんなとこ登っちゃって、猫ってのは木登りは出来るけど下りられないんじゃなか……あれ、それ何？」

俺がくわえていた金色のカードを島田某がそっと指先につまんだ。

「ＹＯＫＯ　ＫＡＷＡＤＡ。女性のだね。警察に届けてあげようか。もう再発行はしてると思うけどね」

＊　＊　＊

「川田洋子さんは無事に保護されたんですって！」

警察からの電話を切って、同居人は嬉しそうに報告した。島田某が拍手してくれたので、俺はまんざらでもなかった。

「やっぱりすごいよ、正太郎くんは！」

「あれは偶然なのよ。正太郎ったら、カラスの宝物を横取りしようとしてただけなんだから」

またそういうことを。でも俺は怒らなかった。同居人だって薄々、俺の能力には気付きつつあるのだ。それが証拠に、島田から金色のカードを受け取った同居人は花壇に引き返し、地面に付けられた花模様を穴があくほど見つめていたのだから。そして彼女は、交番で巡査にこう言ったのだ。

「このカードの持ち主のカワダヨウコさんともし連絡が取れなかったら、カワダさんの周囲で梅、という字が名前につく人間はいないかどうか探してもらってください。必ずそういう人間がカワダさんの身近にいるはずです。梅田、梅沢、梅村、そんな名前の人間が！」

猫を殴り殺した犯人は、梅木憲一《うめきけんいち》という男だった。真野《まの》に住む三十二歳の会社員・川田洋子は、以前に付き合っていた梅木に呼び出されて復縁を迫られた。断ったところ梅木は逆上、自分の車に隠してあった金属バットを見せて洋子を脅迫、無理に車に乗せて国道を南下。洋子は信号待ちで隙を見て逃げ出したが、逃げ込んだ方角が悪く、深夜にはまったく人が通らない、このマンションに続く袋小路に入ってしまった。洋子が大声を出して助けを求めようとした時、梅木はたまたまそこにいた気の毒な勘九郎をいきなり殴り殺し、声を出せばおまえもこうなる、と脅した。洋子は恐怖のあまり声も出せなくなり、梅木に車まで連れ戻されてしまった。だが洋子は、梅木が花壇の中に放り込んだ猫が万一生きているなら助けたい、という一心で花壇に手を差し伸べた。

「梅木って男は、ほんとにひどい奴だったのよ」

同居人は、島田に向かって顔をしかめた。

「たまたま近くにいた猫を、ネコジャラシで誘き寄せて殴り殺したらしいの」

「猫じゃらしなんて持ってたの、そいつ」

「違うわ。アキノエノコログサ、つまり本物のネコジャラシよ。ほら、中庭の公園にもいくらか生えているでしょう? 梅木は、笑いながらネコジャラシを摘んでそれを左右に振って、気の毒な猫をじゃらしていたんですって。それで洋子さんは、一瞬安心した。ところがその次の瞬間、梅木は手にしていたバットで……」

俺は思わず小さく唸ってしまうのをとめることが出来なかった。勘九郎の、何も疑っていない穏やかな死に顔が目の前に浮かぶ。梅木という男は、ペットとして人と暮らすことになれ、人を疑うことを知らなかった無垢《むく》で小さな生き物の信頼を裏切り、踏みにじったのだ。

心の底から俺は、梅木を刑務所に送る手助けが出来て良かった、と、思っている。

「しかも梅木は、死んだ猫の前で洋子さんが泣いているのを見て笑っていたんですって。でもまさかその時洋子さんが、自分がそこで拉致された痕跡を残そうとしていたとは思わなかったのね。洋子さんはその時、自分も殺されることは覚悟したんだそうよ。でも梅木が犯人だってことをどうしても誰かに知らせたかった。名前を書いて残せば、梅木が花壇を覗き込んで発見した時に消してしまう。洋子さんは咄嗟に思い付いて、猫の死体を抱き上げる振りをして、その猫の前足で梅の花に見える足跡を地面につけ、さらに、梅木がよそ見をした隙に、クレジットカードをベゴニアの葉の間に押し込んだ。もちろん、それで誰かに気付いて貰えるかどうかは分の悪い賭だったわけだけど、洋子さんは賭に勝ったわけよね」

「気の毒な猫の死が無駄にならなくて、まだしも救われたね」

同居人と島田は、なかなかいいムードで祝杯をあげ始めた。俺の予想に反して、どうやら今度はいちおう、恋が始まることは始まってしまったようである。もっとも、どの程度続くのかがいつだって大問題なのであるが。

二人がこのままベッドインをしてしまうことを考慮して、俺は餌をまだもらってないからね、と催促した。同居人はとても上機嫌だったので、珍しく一度で俺の意図を理解して猫缶を開《あ》けてくれた。たとえ特売の猫缶だって、こんな夜にはとびきりおいしく感じられるものだ。勘九郎には気の毒だったが、それでもあの花模様のメッセージがダイイングメッセージにならなくて、本当に、本当に良かった。

呼び鈴が鳴った。同居人がドアを開けると、中村父娘がそこに立っていた。

中村・父は、同居人にさかんに礼を言って土産まで差し出そうとしている。勘九郎の死が無駄にならずに女性が救われた、ということが嬉しいらしい。涙声になっていた。

だが俺は、父親の方には興味がなかった。それよりも、大きな目でじっと俺を見ている江見に惹かれていた。彼女は何もかも「知って」いた。それが俺にはわかった。その聡明そうな澄んだ瞳で、彼女は天国の勘九郎の「仇」を討ってくれたのは誰なのか、ちゃんと見抜いていた。

俺は静かに江見に近付いた。そしてその細い足に、頬をスリッと擦り付けた。

江見が、俺を抱いた。小さいのに、とても上手な抱き方だった。勘九郎はいつもこの子にこうして抱かれていたのだ、と思った。思った途端に、俺の心臓は、きゅん、と熱くなった。


「ありがと、猫さん」

江見が小さな声で言って、俺の頭に柔らかな頬を押し当てた。

どういたしまして、と、俺は鳴いて、ごろごろと盛大に喉を鳴らした。

ジングルベル

1

あと一週間で待降節《たいこうせつ》に入る。

待降節に入れば、クリスマスツリーを飾ることが出来るし、ドアにリースも取り付けられる。


葉月《はづき》にとって、クリスマスは一人行事だった。キリスト教徒というわけでもないのに、クリスマスが近づいて来るとそわそわと落ち着かなくなってしまう。十一月に入ればクリスマス用品の通販カタログを端から取り寄せて暇《ひま》さえあれば眺め、カレンダーを何度も何度も確かめて、聖夜が何曜日で自分はどこでどうしていればいいのか、考える。ともかく、ひとりでイヴを過ごさなくていいように、それがいちばん重要。

学生の頃までは、イヴの頃には冬休みに入り、田舎に戻っていた。だからクリスマスは家族と過ごすものだったし、世の中に、ひとりでイヴを過ごしている人がいる、ということなど、考えたこともなかった。社会に出て数年は、同期の友人や職場の同僚、学生時代の仲間たちから誘いが入ったので、イヴの夜はいつも誰かと楽しく騒いでいた。そんな時代が何年か続いて、二十五歳の時、初めて、たったひとりのイヴを迎えた。


直前まで、葉月はクリスマスのことなど忘れていた。仕事が忙しく、なんだかんだと飛び回っていて考える暇もなかった。誰からも、どこからも誘いが入っていないことさえまったく気づいていなかった。年末には忘年会の予定もいくつかあったし、ボーナスが出た直後には飲み会に誘われて出かけたりもしたので、イヴの夜だけすっぽりと予定がない、ということにやっと気づいたのは、イヴの日の朝だったのだ。

それでも葉月は、午前中は何も考えずにいつも通り仕事をしていた。午後になっても、五時になるまでは何も気にしていなかった。漠然と、誰か誘ってくれるだろうという気がしていたし、誰も誘ってくれなかったとしても、どこか行き付けの店にでも顔を出せば誰かと遊べる、そう思っていた。

五時になって、葉月はやっと気づいた。

若手の女子社員の姿が少ない。いつもなら年末も近づいたこの時期、残業している人の方が多いくらいなのに。

「前島《まえじま》さん」

一年後輩だが昨年結婚した早苗《さなえ》が、顔を上げた葉月の前に立っていた。

「すみません、今夜、主人と外で食事する約束をしてしまったんですけど……今、FAXでこれが流れて来てしまって。時間外なので処理は明日になりますと電話しようとしたら、もう飯田《いいだ》さん、会社を出てしまってたんですよ。無責任ですよね、FAXを流しっぱなしで帰っちゃうなんて。わたしも今夜は……出来れば定時で帰りたいと」

葉月は、早苗の手に握られている得意先からの注文書を受け取って、にっこりした。

「いいわよ、このくらいならやっておいてあげる。新婚さんなんだもの、イヴの夜くらいゆっくりしたいよね。気にしないで行きなさいよ」

早苗は嬉しそうに礼を言うと、駆け出して出て行った。

結局、その一件の注文処理が葉月のひとりぼっちのクリスマス・イヴ初体験を運命づけたのである。処理中にコピー機の調子が悪くなり、それを直していて時間をくい、終わった時には七時をまわっていて、フロアにはもう、妻帯者の男性社員と、人妻のベテラン女性社員の姿しかなかった。どこからも、誰からも誘いはなく、机の上の未決箱の中に、どこからまわって来たのか数枚の書類が置かれていた。別に、翌日に処理してもよかったのだ。ただ葉月はその時点で、今夜はひとりなんだ、という現実を持て余していた。

クリスマス・イヴの夜にひとりぼっち。

それを受け入れる心の準備などまったく出来ていなかったし、まだ心のどこかでは、誰かが誘ってくれるんじゃないかな、という期待もわずかに抱いていた。それで、そのまま未決書類に手をつけ、仕事を続けてしまった。

やがて妻帯者たちも帰って行った。ベテラン女性社員も、馴染みのレストランに頼んでおいたローストターキーを引き取って帰るのだと嬉しそうに話しながら消えて行った。彼等には、ホーム・クリスマスを一緒に楽しむ家族がいた。妻が、夫が、子供たちが、彼らの帰りをケーキを買って待っていた。

九時半。仕事が終わった時、葉月はたったひとりだった。

いつもならば、徹夜仕事をしている社員もいたし、九時半ならばまだ、女子社員もたくさん残っている。夕飯を兼ねて軽くやって行きましょうか、という話にもなる。だがクリスマス・イヴは、やはり特別な夜だったのだ。

二十五歳の年、十二月二十四日。

葉月は、生まれて初めて、ひとりぼっちのイヴを会社のフロアで迎えていた。

ひとりでワンルームのマンションに戻る途中、コンビニに寄った。一人用の鶏腿《とりもも》の照焼きにワンカットのクリスマスケーキ。それらをカゴに入れるのはどうしても抵抗があって出来なかった。お弁当とプリンを買って部屋に戻り、ひとりで食べた。コンビニの店員にさえ、店を出た後で笑われているような気がした。あの女、イヴなのにコンビニ弁当だよ。ミジメ〜。

借りてあった映画のビデオをデッキにセットして眺めても、物語は頭に入って来なかった。

悲しくもない場面なのに、無性に涙ばかり出た。

ひとりで暮らして、もう若くはないのだと、その夜、葉月は悟ったのだ。自分の人生で、何も努力をしなくても幸福でいられ、他人からちやほやと相手にして貰える季節は、終わってしまったのだと。

思い返せば、会社のフロアには新人の初々《ういうい》しい女子社員が何人もいて、代わりに、同期や先輩の姿は随分と減っていた。

ろくに恋すらしないまま、自分はいちばん華やかな時代を終えてしまったのだ。

淋しさに包まれて、止まらない涙と共に過ごした一夜が明けて、クリスマスの朝はこめかみが痛く、瞼《まぶた》は腫れあがってひどく醜い顔になっていた。発熱した、と嘘を届けて会社を休み、丸一日、ベッドで丸くなっていた。そのうちに生理が始まって腹痛と腰痛に苦しみ、人生最悪のクリスマスは暮れていった。

それが葉月のトラウマになった。

葉月は、クリスマス・イヴの夜だけは絶対にひとりでは過ごさない、と心に決めた。何がなんでも約束を取り付けて、定時に会社を出てとびきりのお洒落をし、おいしいものを食べて酔っぱらうのだ。その為ならばなんだって出来る。なんだって、する。

クリスマス・イヴの夜を一緒に過ごす為だけに、恋人をつくった。九月くらいから狙いを定めて、たいして好きでもない男でも、少しでも自分に気がありそうならこちらからモーションをかけ、イヴの頃にいちばん盛り上がるように仕向けていった。そしてイヴの夜にはめいっぱい散財させて、豪華な食事に一流ホテルのスイートルーム、プレゼントはもちろん本物の宝石にしてもらう。二十六歳の年は大成功。顔もスタイルもどうってことはなかったが、他の女にはあまりモテそうもなく、葉月の為ならばボーナスをはたいてくれそうな男を首尾よく合コンでゲットして、バブル時代のカップルが好んだ、中身のない、金ばかりかかるイヴのデートを堪能した。

料理は代官山《だいかんやま》のフレンチ・レストラン、ホテルは恵《え》比寿《びす》のウェスティンで、プレゼントにはルビーのペンダント。

だが年が明ける頃にはその男にすっかり飽きてしまい、誘われても仕事を理由に会わなくなった。のらりくらりとかわしながら、それでも一ヶ月に一度くらいは惰性でセックスもしていたけれど、春になる頃、我慢が出来なくなって一方的に別れを告げた。

夏が過ぎるとクリスマスが気になる。二十七歳、今年も適当な男を、とまめに合コンに顔を出してみたけれど、思い通りには行かずに秋が深まった。十一月に入って方針を転換し、その年はどこかの華やかなパーティに潜り込むことにした。友人や得意先、その他ありとあらゆるツテとコネをたよってやっとたぐり寄せたのが、輸入ワインの会社と広告会社とが共同主催した、スペインワインを楽しむイヴの夕べ、というパーティで、葉月は生まれて初めてオーダーしたパーティドレスに、去年の男からもらったルビーを首から下げて出席した。

首尾はそう悪くはなかった。立食で二時間も立ちっぱなしでいたので、慣れないハイヒールが辛くて涙が出そうにはなったものの、身なりのいい男たちから何人も声を掛けられ名刺も貰って、ローストビーフも食べられたし、何より、そんな本格的なパーティに出たのが初めてだったので、その場にいる、というだけで興奮出来た。ただ、ふだんあまり飲み付けない赤ワインをあれやこれやと試飲して、パーティが終わる頃には葉月はすっかり酔ってしまい、真直ぐ歩くのもおぼつかなくなっていた。

会場の外に出て、ふと気づくと知らない男とタクシーに乗っていた。

一眠りしてまた気がついた時、タクシーはどこかのシティホテルの玄関に滑り込んでいた。

イヴの夜はまだ終わらない。葉月は、隣りにいる男の横顔を見て、これでもいいや、と思った。

プレゼントはなかったけれど、ともかく淋しくはなかった、二十七歳のイヴだった。

その男とは一晩きり、二度と逢いたいとも思わなかった。何度か会社に電話はあったが、居留守を使って逃げ回っている内に、脈がないとみたのか電話はかかって来なくなった。だいたい、顔もろくに憶えていないのだ。憶えていたのは、もちもの、が左にひどく曲がっていて入り難かった、それだけ。

二十八歳。夏から準備をしなくてはだめだわ、と決意した。もう二十八になると合コンはあてに出来ない。同僚と出たのでは、若い子の引き立て役にまわって終わってしまう。

葉月はそれまで参加したことのなかった、社内で行われる、懇親目的のデイ・キャンプに申し込んだ。新入社員か中間管理職しか参加しないので若い女子社員は見向きもしない企画だった。だが、その中間管理職が意外と狙い目だと葉月は計算していたのだ。年齢も四十前後、もちろん妻帯者が圧倒的だが、要するにイヴの夜を最高に演出してくれればそれでいいのだから、別に妻帯者でもいっこうに構わない。ただイヴの夜は妻子と過ごすのが当たり前だと考えている人間はもちろん、パスしよう。むしろ、クリスマス・イヴだからこそ、妻ではない女とアバンチュールを楽しんでみたい、と思っているようなタイプがいい。同じ会社なので、年齢と役職から給料やボーナスの額はおおよそ想像できる。むろん、出来るだけ額が大きい方にしよう。

思惑は当たって、もの欲しそうな顔で葉月を見ていた中間管理職連中の中から、単身赴任中の四十一歳、広告部次長をひっかけることに成功した。広告業界と繋《つな》がりを持っているだけあって、話題も豊富だし身のこなしもスマート、服装のセンスも悪くはない。顔はともかく、背もそこそこ高くて見栄えがするので、妻帯者でも一部社内では人気になっている男らしい。しかし面白いもので、そうやって注目を浴びている男というのは意外と、特定の女性と付き合うことが難しいようだ。その男も、不倫にまで踏み切る度胸がないまま、欲求不満を持て余して風俗に通ってまぎらわせる、そんな単身赴任生活をおくっている淋しい中年男だったのだ。

この不倫関係は、とても居心地が良かった。

葉月にしてみれば、肝心なのはイヴの晩で、それ以前の日々はイヴに向けた助走の段階なのであるが、その助走がけっこう気持ちよく楽しくて、葉月はそこそこ今度の関係にのめり込んでいった。

夏が過ぎ、秋になると二人の関係はますます燃え上がった。葉月自身も、次第にこれは本物だ、本物の恋なんだと感じ始めていた。学生時代以来本当にひさしぶりにした恋が不倫というのは、自分でも情けないとは思いつつも、葉月はその関係に満足して日々を楽しんだ。クリスマス・イヴの夜への期待も高まる。今年こそは、これまでで最高のクリスマス・イヴになる!

だが。


破局は呆気《あっけ》なく訪れた。それも、葉月自身が相手に飽きられたとか、相手に新しい恋人が出来たとか、そうしたことではなく、単純に、相手のその次長が会社を辞めることになった、と、それだけの理由で。

妻の親父さんが死んでね、親父さんのやっていた会社を継いでくれないかと言われたもんだから、妻の故郷に戻ることにしたんだ。

そんな別れ言葉、ドラマの中でだって聞いたことなんかない。

葉月は知った。相手の男にとって、自分は一個の人間ではなく、浮気相手、というゲームアイテムに過ぎなかったのだ。

呆気にとられている内に男は退社して葉月の視界から消えていった。

問題は、それが十二月二十日のことだった、という点である。ボーナスをしっかり貰い、年末までの有休消化までこなして、しかも子供が冬休みに入るところを見計らっての退社である。お見事。しかし、イヴまであと四日しかない！

葉月は焦った。今からでは恋人の真似をしてくれる男を探すのもまず無理だし、そこそこ規模の大きなパーティなどはとっくに招待状が配られてしまっていてもぐり込めないだろう。せめて社内の飲み会にでもくわわりたいと探りを入れてみたが、若い社員たちの集まりに呼ばれるには、葉月は社歴が長過ぎ、女として華を添えるには歳をとり過ぎていた。ではせめてせめて、友人の既婚者たちが開くホームパーティにでも呼んで貰えないかしら？

しかしこちらも望み薄だった。アメリカの家庭なら、既婚者が友人知人を自宅に招いてパーティをするのは当たり前だが、日本の「ホームパーティ」は、文字どおり、家族だけでケーキとローストチキンを囲む、というものばかりなのだ。他人が入り込める隙はない。

刻一刻とクリスマス・イヴが近づいて、葉月は遂に非常手段に出た。都内のクラブやライヴハウスなどに片っ端から電話をかけ、イヴの夜のパーティやライヴで、まだチケットが買えそうなものをあさった。パーティ券が売れ残っていたクラブはやはりそれなり、二流、というか、少なくとも、お洒落、という感じではない店ばかり。ライヴの方も有名どころのチケットなどもちろん手に入らない。それでもなんとか、ムードだけは悪くなさそうなジャズ・ヴォーカルのクリスマス・ライヴを見つけて二枚手に入れると、今度は友人知人で独身者に電話をかけまくり、ライヴのチケットをもらったんだけど行かない？　と誘いまくる。もちろんチケット代は葉月の奢《おご》りになってしまうのだが、それすら見栄があるので言うことは出来ない。しかしなおかつ、友人知人も大多数がイヴの夜には約束が入っていて、約束を入れていない連中は、年末で仕事が忙しくてそれどころじゃない、と言う。ようやく、行ってもいいけど金欠病なので夕飯奢ってね、という友人が見つかったのは、イヴを明日に控えた二十三日の深夜のこと。

こうして、二十八歳のクリスマス・イヴ、葉月は、女友達とライヴハウスに行き、帰りに居酒屋に寄ってチューハイを飲み、何となくご機嫌だけれど、かなり淋しい、という状態で、午前・時になる前にひとりでベッドに潜り込んで寝た。

二十九歳。

今、葉月は、待降節に入ったらカレンダーに毎日貼ることのできる、小さなツリーのシールを眺め、思っている。

なんとかしなくちゃ。なんとかしないと、昨年と同じことになる。

そう、今年、葉月は、夏が来る前からあの手この手と試していたにもかかわらず、今現在まだ、イヴに一緒に夜を過ごしてくれるような男を捕まえていなかった。

2

今年になって、葉月は、自分を取り巻く環境が数年前とはまったく変わってしまっていたことに気づいたのだ。いつの間にか、葉月は、結婚しない女性、の仲間入りをしてしまっていた。別にしないと宣言したわけではないのに。

ひと昔前ならば、三十を過ぎても結婚しないでいる女性は、今では死語となったオールドミスなどというからかい言葉で陰口を叩かれる存在だったのだろうが、今はさすがにそうした不認識や偏見は、たとえ心の中で思ってはいても口に出したら良識や知性を疑われる事柄なので、よほど間抜けな男でなければ、ただ結婚していない、というだけで女をからかったりはしないだろう。その反動なのかどうなのか、逆に、ただ良い相手に出逢わなかったというだけで、積極的に独身でいようとしているわけではない女性までも、自分の意思で独身を貫いていると解釈される傾向は強まっているように葉月には思える。葉月の場合などその典型で、いつのまにか自分が会社の中で、仕事一途で上昇志向が強く、結婚なんてまるで考えていないバリバリキャリアウーマン、のように言われていると知った時には、自分のことなのに大笑いしそうになってしまった。

いったいどうしてそんな誤解を招いてしまったのだろう。

会社の仕事自体は嫌いではないし、もう七年もやって来たわけだから、愛着もあるし慣れてもいたので、フロアのたいていの同僚よりは要領よくこなしているという自信はある。今年から主任の肩書きがついて、少しは責任のある仕事がまわって来るようになったことも、素直に喜んではいる。だが、だからと言って、この会社で上を目指そうなどとは考えたこともないし、ましてや、結婚を諦めたと思ったことなど一度もなかったのだ。

だが。そこで葉月はやっと思い当たった。それならば、積極的に結婚相手を探そうとしたことは、これまで一度だってあっただろうか。葉月が探していたのは、毎年毎年、クリスマス・イヴを一緒に過ごすことの出来る男、であって、結婚相手ではなかったのだ。

耳を澄ませてみれば、葉月に対する社内の噂も聞こえて来る。

毎年、付き合う男性を替えてるみたいじゃない？

某次長と不倫してたってホント？

その日の気分で初めて会った男ともしちゃうって。

でも結婚はしない主義みたいだねぇ。

やっぱ今時の、キャリア志向ってやつ？

だけどもう三十だよ、いつまでもあれで続くと思う？

余計なお世話。葉月は耳を塞《ふさ》いだ。

クリスマス・イヴの夜、ひとりぼっちで過ごす苦しさをもう一度味わうくらいなら、結婚しない女だって言われることぐらい、別にどうってことないもん。

今年はもう、あと二ヶ月もないのよ、それどころじゃないわ！


そんなある日。葉月は会社で調べものを頼まれ、パソコンでインターネットを検索していた。とあるホームページを見ていた時、その広告バナーに気づいた。『真面目な出逢いを探しているあなたに！結婚を前提としたおつき合いを求めるみなさんの広場です』

出逢い系サイト、という言葉は耳にしたことがあったし、携帯電話での出逢い系サイトは社会問題化しているという新聞記事も読んだけれど、会社のパソコンからもそんな世界が覗けるとは考えたことがなかった。それも、結婚を前提とした、とわざわざ謳っているサイトがあるなんて。この手のサイトはテレクラのようなものだと思っていたのに。

本当なのかしら？　真面目な出逢い、なんて。

だがこれは、発想の転換、というやつかも知れない。イヴの夜だけの相手、を探し続けて来て、要するにもう、自分がそうした男たちの遊びの相手としては重くなり過ぎたのだとわかったわけで、これからは、とりあえずイヴの夜の為に、でも場合によってはそのまま結婚してもいいかも、という相手を探す方が早いのかも。

葉月は、さすがに会社のパソコンから出逢い系サイトにアクセスするのはためらい、URLをメモして帰宅した。そして部屋に入るなり、ノートパソコンの蓋を開いてインターネットに接続した。

＊

葉月は、すこぶる満足していた。こんなラッキーなことってあるのかしら。

出逢い系、とは言っても、看板に偽りはなく、そのサイトは完全登録制で、相手の身元から勤務先、収入、持ち家や車の有無まで確認してから、一対一のチャットルームで話が出来る、というものだった。結婚は当面の目的ではない葉月にとっては、勤務先が一流企業であるかどうかとか、持ち家があるか、長男ではないか、などという項目はどうでも良く、ただ、身長と体重、収入がそこそこ、それにおいしいものを食べ歩くことに興味があって、十二月二十四日の夜は約束が入っていない、ということが重要だったが、その程度の条件ならば相手は選ぶのに困るほど検索出来た。その中から、登録されている顔写真でまあまあよさそうな人をさらに絞り、三人の男とチャットでの会話に漕ぎ着けた。そして会話を何度か重ねている内に、その中のひとり、塚原一郎《つかはらいちろう》という男に強く興味をひかれるようになった。

　塚原は、収入の面では三人の中でいちばん平凡で、学歴もたいしたことはなかった。会社員ではなく父親の会社を継いでいるので、肩書きだけは「社長」らしいが、下町の小さな陶器店というのがその会社の実態らしい。しかしそうしたことを包み隠さず話してくれる正直さが、何より葉月にとっては安心出来た。葉月が塚原についていちばん気に入った点は、塚原もクリスマスが大好きだ、という点だった。

「クリスマス・イヴの夜くらい、ふだんは出来ないような華やかなことがしたいですよね」

　パソコンの画面でその言葉を読んだ時、葉月は、運命のようなものを感じたほどだった。

　そうなの。そうなのよ。男はみんなわかってくれなかった。

　イヴの夜だけでいいのよ。三百六十五日、贅沢《ぜいたく》がしたいだなんて誰も言ってやしない。たった一日、たった一晩、夢のような思いをしたいと願うことの、どこがいけない？　どこがおかしいの？

　ツリーはあんなに綺麗なのに。ケーキはあんなにおいしそうなのに。街中がイルミネーションで飾られて、あんなに華やかになるんだもの！

自分だけがひとりぼっちで、コンビニのお弁当を食べて残業して、特別な服も食事もシャンパンもなくて、話し相手すらないそんな夜なんて、まっぴらだと思ってどうしていけないの？

男たちは馬鹿にする。そんなあたしの気持ちをきっと、笑うにきまっている。そのくせ、セックスを餌にすれば馬鹿にしながらもお金を出して付き合って、お互いさまよね、どちらがより馬鹿なのかなんて、誰に量れるのよ。なのに……


本当は、心から自分と同じようにクリスマスを楽しんでくれる男を探していたのだ、と、葉月は思った。イヴの夜は特別にしたいね、と、葉月と寝ることが前提ではなく、そう言ってくれる人を求めていたのだ。

愛してくれなくたっていい。クリスマスが終わったら、もう忘れられてしまったっていい。ただその特別な夜だけは、あたしと一緒に楽しんで欲しい。クリスマスなんだもの。世界中のたくさんの人たちが、プレゼントを交換したりパーティをしたり、いっぱいキスしたりする夜なんだもの。


塚原は、葉月の前に初めてあらわれた、クリスマス・イヴが大好きな男、だったのだ。

チャットで毎晩毎晩語り合い、お互いの気持ちを確認してから、葉月は塚原と会う約束をした。

そして最初の一度で、葉月はすっかり塚原のことが気に入ってしまった。控え目で朴訥《ぼくとつ》だが知性を感じさせる会話、適当に混ぜられる品のあるユーモア、自分について語る時の謙虚さと真摯さ。これまでに、こんなタイプの男と出逢ったことはない。葉月は、塚原のような男が独身でいたこと、そしてクリスマスが大好きだと言ってくれたことの幸運を、神に感謝したい気分だった。

そして葉月にとって次第に、イヴの夜そのものよりも、塚原とその夜が過ごせるのだ、ということの方が大きな関心事になっていった。そうなると、まだあと二ヶ月もある、というのが逆に不安の材料になる。去年の苦い思い出が脳裏を掠《かす》めるのだ。この二ヶ月の間に塚原の前に、自分よりも塚原が興味をおぼえるような女が現れてしまったらどうしよう？

何と言っても、塚原は「結婚を前提とした出逢い」のサイトに登録していたのだ。

塚原は結婚を希望していて、その為によりよい花嫁を探しているのである。つまり、葉月よりももっと有望な女性が現れれば、そちらに持って行かれてしまう可能性は高いわけだ。

二ヶ月。まだ待降節にすら入っていない。二ヶ月あれば、出逢って恋に落ちて話がまとまるには充分だ。

葉月は、毎晩のように塚原にあてて熱いメールを出しながら必死に考えていた。どうすれば、自分と塚原との関係を確実なものに出来るのかしら？

月並みな結論が出た。

要するに男と女なのだから、既成事実を作ってしまうのがいちばん手っ取り早いじゃない？

塚原は生真面目な性格だ。一度葉月とそうした関係になれば、そんなに簡単に心変わりをしたりはしないだろうし、葉月に対してはより積極的に、より真剣になってくれるだろう。葉月の心の中では、このまま無事にイヴが過ぎれば、そのまま塚原とゴールイン出来そうな予感まで湧いていたのだ。

その前に、葉月はいちおう、塚原が継いでいるという陶器店の偵察に行くことにした。もちろん塚原と結婚出来れば嬉しいけれど、なんと言ってもサラリーマンではないわけだから、商売が順調でなければ、今塚原が葉月に対して申告している年収が来年も確保出来るかどうかわからないわけである。結婚した途端に店が潰れて借金人生というのでは、やっぱり困る。

しかし、心配は杞憂に終わった。

その下町の陶器店は、下町とは言ってもたいそうな賑わいを見せる有名な神社の門前町の大きな商店街の中にあり、想像していたよりもずっと規模が大きく、そしてよく客が入っていた。これならば潰れる心配はなさそうだ。葉月の決心は固まった。後は、どうやって既成事実を作るか。

食事の後、葉月の方から酒に誘ってそのままムードを盛り上げてホテルに、というパターンがいちばん手っ取り早かったが、葉月はあえてその方法は試さなかった。それではあまりに「お手軽」で、結婚相手としてはふさわしくないと塚原に思われる恐れがあったのだ。既成事実を作った上でそれが原因でフラれたのでは割が合わない。

葉月は、考えに考えた。そして遂に、名案を思いついた。たまたま読んだ新聞記事がそのヒントになった。

『滋賀県信楽《しがらき》市で全国陶芸フォーラム開催』

信楽焼、と言われて葉月の頭にまず思い浮かぶのは、徳利《とっくり》をぶら下げた狸だったが、陶器店の社長である塚原ならば、もっといろいろなことが連想出来てきっと興味を示すだろう。

「塚原さんと知り合って、わたし、焼き物に興味を感じるようになったんです」

葉月はさりげなく切り出した。

「それで、新聞に出ていた信楽の陶器フォーラムを、ぜひ見てみたいと思ったんです……今度の連休にでも行こうかしら、と」

「ほう、信楽ですか」

作戦通り、塚原はノッて来た。

「いいなあ、僕もまだ行ったことがないんです。東京からだととても遠いという印象がありますからね」

「新幹線で米原《まいばら》か京都まで出て、草津線と信楽高原鉄道に乗り換えれば行かれますね。京都でレンタカーを借りて行ってもいいかな、と思っているんですけれど。わたし、琵琶湖もまだ旅したことがないんで、この機会に琵琶湖も眺めて来ようかしら」

「ひとりで行かれるおつもりですか、それともお友達と？」

ここが肝心。葉月はめいっぱいの演技力を発揮して、ひとりでは心細い、という気持ちを塚原に伝えながら言った。

「友達を誘おうかとも思ったんですけど……たまたま都合の合う人が見つからなくて、ひとりになりそうです。でもひとり旅ってしたことがないんですよね。なんだか少し、不安なんですけど……」

塚原の決心にかかった時間は、意外なほど短かった。塚原も内心、いつ葉月と行くところまで行けばいいのか迷っていたのかも知れない。

塚原は、紅茶をゆっくりと飲み干してから、頬を少し紅潮させて言った。

「あの……もしお邪魔でなければ、僕、ご一緒させていただいてはいけませんか？　信楽には前から一度行ってみたいと思っていましたし、琵琶湖もゆっくり見たことはないので、僕もぜひ、見てみたいなと」

葉月は、心の中で万歳した。

3

やっと待降節に入った。

葉月は玄関のドアにリースを飾りつけ、ボストンバッグを手に、うきうきと部屋を出た。

東京駅で塚原と待ち合わせ、一路、西へ。これで決まりだ、いや、決めないと。しかし、なかなか決まらなかった。二泊三日の旅、律儀な塚原は二泊とも、シングルの部屋を二部屋予約していたのだ。せっかく、琵琶湖畔のO市でも有数の高級ホテルに泊まったのに、自慢の夜景をふたりでベッドの中から眺める、というようなシチュエーションにはなかなか持ち込めない。初日は信楽で陶器フォーラムを見学した疲れもあって、食事の後、ホテルのバーでカクテルを一杯飲んだらひどく眠くなり、部屋の前でお休みなさい、と言い合ってそのまま別れてしまった。しまった、とは思ったが、旅の疲れとアルコールには勝てずにともかく寝てしまった。

二日目は遊覧船で琵琶湖を巡り、観光バスで名所巡りまでしてやはりくたくただったが、その夜を逃がしてはここまで来た意味がない、と、葉月は勝負に出た。食事の後、自分の部屋で話がしたい、とさり気なく言ってみたのだ。塚原が少しでも拒否反応を示せばそれ以上無理押しはしないで諦めるつもりで。

塚原は、拒否しなかった。

葉月はもう、クリスマス・イヴのことは忘れていた。

塚原を自分のものに出来る。それが嬉しくて、有頂天になっていた。自分が本当に求めていた人間にやっと出逢えた、クリスマスが終わってもずっと一緒にいたい、と思う男が、やっと、自分の前に現れた。葉月は、自分がとても素直に、塚原と結婚出来たらいいのに、と願っていることに気づいていた。

こんな気持ちになれるなんて、不思議。

その夜、葉月は念願通り、塚原と一夜を共にすることが出来た。

葉月は自分のからだの変化に驚いていた。それまで、セックスで楽しいのはいつも前戯の段階までで、挿入から後はともかく早く終わってくれればいいのに、とそればかり考えて、出来るだけ早く終わるよう、ひたすら感じている演技に努めていた。だから男が射精する頃にはぐったりと疲れてしまって、一キロ走のタイムトライアルにでも出た直後のように息切れがして、目眩《めまい》すら感じることがあるのだが、ほとんどの男はそれを都合のいいように誤解して、感じ過ぎて失神したのだと思い込んで満悦していたりする。葉月は、そんな鈍感で、女に演技されてても全然気がつかない男のセックス自体を心のどこかで嫌悪していた。そうかと言って、自分が決して不感症などではないとは葉月は思っていたのだ。実際、そこそこ上手に扱ってくれれば前戯で充分感じることが出来たし、自慰の時ならば、何度でも好きなように達することが出来るのだ。

結局、あたしは挿入という行為が好きじゃないのよ。

葉月は半ば諦めてそう思い込んでいたので、塚原に対しても、そこから先については何も期待はしていなかったのだ。

だが、すべてが今夜は違っていた。

葉月は知った。セックスとは本来、愛の行為なのだということを。

相手の男を好きだ、と思う気持ちひとつで、こんなにも自分のからだの反応が違うなんて。

葉月は、幸福を得た、と思った。それまでは挿入されると後は一刻も早く終わってくれることばかり願っていたのが嘘のように、離れたくない、少しでも長く、ひとつになったままでいたい、と、思った。自分から塚原の背中を抱き寄せ、離れないで、と囁いた。

めくるめく夜。夢のように甘い時間。葉月は何もかも忘れて熱い快感に沈み、そして、ほとんど初めて、挿入された後に達するという経験をした。

行為の後も、塚原は優しかった。

シャワーをもう一度浴びてから、窓辺に椅子を寄せて琵琶湖の夜景を眺めた。湖面には遊覧船の明かり、岸辺には街の灯がきらきらと、小粒のダイアモンドをまき散らしたように輝いて綺麗だった。缶ビールで乾杯し、浴衣《ゆかた》のままもう一度しっかりと抱き合って、遠く湖東の山の上に月が丸く大きく光っているのを黙って見つめていた。言葉は必要ない、二人だけの時間。

「あたし、待ってたんだと思うの」

葉月は、そっと囁いた。

「ずっと、あなたを待っていた。あたし、クリスマス・プレゼントが欲しかったのよ。他のどんな女も貰えないような、神様がくれる素晴らしいプレゼント。イヴの夜を、世界中の誰よりも幸せに過ごしたい。それがあたしの夢だったの」

「その気持ちは、僕も同じだよ」

塚原の腕は葉月を優しく包んでいた。

「僕もね、ずっとずっと、君を探していたんだ。僕はとびきりいい男でもないし金持ちでもない、何ひとつ、他の男より優れているって女性に対して胸を張れるものはない。だけど、一所懸命に好きになることだけは、誰にも負けないつもりでいた。ただ、好きになれる女性とは巡り合えずにこれまで来てしまったんだ。僕も、クリスマス・イヴの夜、他のどんな男より幸せだと思いたかった……今年のクリスマスは、きっと、そう思っていられる。それが嬉しいよ」

塚原の腕に、力がこもった。耳元に塚原の息がかかる。

「葉月さん」

塚原の声が、耳元で熱かった。

「まだ知り合ったばかりなのに、こんなこと言って突然だと思うかも知れないけれど……僕と結婚してくれますか?」

メリー・クリスマス。

葉月は、窓枠に広がった琵琶湖の夜景を抱き締めたいほどの喜びで、目眩まで感じていた。

まだ待降節に入ったばかりなのに、こんなに素晴らしいクリスマス・プレゼントを手に入れられたなんて!

「あ」

葉月は、喉がからからになって言葉がうまく出て来ないのを無理に言葉を押し出した。

「あたしで……よければ。喜んで」

4

翌日、帰りの新幹線は京都からの夕方の列車だったので、二人は相談して、午後からタクシーで浮御《うきみ》堂《どう》観光に行くことにした。午前中は時間が空いたので、ホテルのチェックアウトを昼にして、それまで徒歩で琵琶湖の岸を散歩する。

ホテルからゆっくりと歩いて、O市の住人が休日になると集まって来るという、デパートやファッションビルが並んだ一角を通り過ぎ、岸辺にいくつもマンションが立ち並んでいるあたりをぶらぶらと歩いた。途中にホームセンターを見つけ、葉月は塚原を誘った。

ホームセンターには、生活に必要なありとあらゆる物を売っている。葉月は、塚原と腕を組みながら売り場を歩き、やがて二人で歩き出すことになる新生活に想像をはせた。

台所用品、浴室用品、掃除用具、調理器具。それまでは特に意識して見たことのなかったそうした日用品のすべてが、今は葉月にとって、とても新鮮なものに思えている。塚原とどんな家庭を築こう。どんな色のカーテンを窓辺にさげ、どんな観葉植物を置こう。床はやっぱりフローリング？

葉月の目に、ペット用品コーナーの表示がとまった。

「塚原さん、あれ」

葉月が指差すと、塚原は頷いた。

「ペットか。葉月さん、動物は好きですか？」

「ええ、好きなんだけど、今のところはペットの飼育が禁止されていて。贅沢だというのはわかっているんですけど、新居ではぜひ、かわいい仔犬を飼いたいわ」

「いいですね」

塚原は優しく微笑んだ。

「ぜひ、ペットの飼育が許可されている新居を探しましょう」

「嬉しい！」

「やっぱり分譲がいいですよね。でも僕、正直言うと披露宴代がやっとで、マンションの頭金まではまだ貯金がないんです。最初は賃貸でもいいですか？」

葉月は鷹揚に笑った。

「そのくらいならあたしが用立てます。五百万くらいあれば、なんとかなりますよね？　ね、あそこに仔犬も売ってるわ。ちょっと見てみません？」

二人が仔犬の入れてあるケージに近づいた時だった。塚原の頭の上に、何かがドサドサッと落ちて来た。

「わ、これ、なんだ？」

細長く平べったい箱がいくつも散らばった。店員が慌てて駆けて来る。

「す、すみません！」

棚の上の方に積み上げられていた箱が、何かの拍子に落ちて来たのだ。

「わあ、ちょっとこれ、どうしたの？」

葉月は思わず叫んだ。白っぽい粉が塚原の胸元あたりに飛び散っていた。

荷崩れを起こした細長い箱のひとつが破れていて、中から小さなビニールの袋が落ち、その袋が破れて中に入っていた粉が飛び散ったのだ。

「すみません、すみません！」

店員が慌ててタオルで塚原の胸元を拭いた。

「大丈夫です、毒じゃありませんから」

「当たり前じゃないの！　この箱は何なのよ」

「猫の爪研ぎ器なんですよ。すみません、箱が破れてたなんてどうしたんだろ、ほんとにすみません」

「もういいよ、いい」

塚原は少し怒ったような顔をしていたが、店員が盛んに謝るのに手を振った。

「怪我はなかったから」

「猫の爪研ぎ器ですって」

葉月は、店員が片付けている細長い箱を見つめた。

「猫ってあんなもので爪を研ぐのね。あの箱をどうやって使うのかしら？　それにさっきの粉は何かしら？」

「さあ、爪を研ぎやすくする滑り止めみたいなものかな？　僕も猫は飼ったことがないのでわからないなあ。でも猫に使うものなら毒性はないと思うから」


ホームセンターを出て、マンションと小さな公園が交互に並んでいる道を歩く。こんな、毎日琵琶湖を眺めて暮らせるマンションに住むのも素敵だ。ベランダには若い家族の衣類が元気にはためいて、間にベビー服やおしめが風にたなびいているのも見える。

赤ちゃん。これまで一度も考えたことがなかったのに、今、葉月は自分が母親になる日のことまで想像することが出来た。塚原と二人で歩いて行く、この先の幸せな毎日。結婚が決まったと知ったら、会社の連中はどんな反応を示すのかしら。あたしのこと、男より仕事だと思ってるあの連中は。妊娠したらすっぱり会社なんか辞めて、いいおかあさんにならなくちゃ。塚原の陶器店もけっこう忙しそうだし、あたしも下町の商店のおかみさんになるんだから、商売も覚えないとね。

何も言わなくても、塚原は葉月の手をしっかりと握ってくれていた。

クリスマス・イヴなんてもう、いらない。イヴの夜がひとりでも、塚原と電話で話せたらきっと、淋しくない。

「あ、ブランコだ」

塚原は無邪気な声でそう言うと、公園のブランコに座ってからだをゆすった。葉月も横に並んで、ゆっくりとブランコを漕ぐ。湖畔の風がゆるやかに頬にあたる。少し冷たい。そろそろ秋も終わり、冬がやって来る。

花壇の傍のベンチに、おしゃべりに興じている主婦が数名集まっている。今までは、あんな集団を見ると軽蔑しか感じなかったのに、今日の葉月は主婦の塊《かたまり》にとても親近感をおぼえていた。もうじき自分もあんな輪の中に入って、のんびりと噂話をしたりするのかも。

幸せって、そういうものなのかも。


その時。

何かが、その主婦の塊から飛び出して、弾丸のように真直ぐこっちに向かって来た。猫！

茶色っぽい縞模様の猫と、黒くて毛が長い猫。追いかけっこをして遊んでいるんだ。縞模様の猫が塚原の足のそばを駆け抜けた。その途端！

「うわあっ！」

塚原が叫んだ。二匹の猫が突然、塚原のからだに駆け登って胸のあたりにしがみついたのだ。

「な、なんだこの猫！　わ、やめろ、やめなさい！」

葉月が慌てて立ち上がって駆け寄ると、今度は二匹の猫がパッと塚原から離れて駆け出した。

「あ、こらあっ！　あいつら、僕の手帳を持って行った！」

「手帳？」

「胸のポケットに入ってたんだ。こら、どこ行った？」

猫の飼い主らしい女性が猛然と駆けて来て、大声で謝りながら猫を呼びはじめた。

「正太郎！　ちょっとどこ行ったの、出てらっしゃいっ！」

葉月も塚原の手帳を盗んだ猫を探して公園の中をあちこち見て回った。それにしても、どうして手帳なんか盗んだのかしら？　塚原さんの手帳って、鮫の皮か何かで装幀してあったのかしら。


あ、いた！

「噂には聞いていたけど、ほんとにすごいのねぇ。まるで覚醒剤か何かみたい……ちょっとあなたたち、そんなに気持ちいい？」

葉月は笑いながら、塚原の手帳に手を伸ばした。猫がなめたり噛んだりしたせいで、システム手帳の留め金がゆるんで、中の用紙がはずれて散らばっている。

その中の数枚を葉月は拾い上げた。

そして、硬直した。

住所録。びっしりと書き連ねられた、女性の名前と住所。葉月の名前もある。そしてその名前の横に、日付。葉月のところに書かれていた日付は……昨夜。

日付の下に、SとP。

昨夜、何があった？

はじめてのセックスとプロポーズ。

他の人の住所欄には、金額が……

二十万、百三十万、七十万、十五万……

マンションの建物に近い場所に設けられた花壇の中で、何かが動いている。葉月は近寄った。

あの猫たちだ……だけど……何よ、これ！

二匹の猫は、思わず顔が赤くなってしまいそうなほどしどけない、色っぽい姿でくねくねとからだをくねらせ、背中を地面にこすりつけて狂態を演じている。まるで……まるで女性がセックスの快感に溺れているみたいなその、姿。

これが発情期ってやつ？　でも……なんか変。

縞模様の猫が、投げ出されていた手帳をくんくん嗅いでさかんになめ、それからまた地面に背中をこすりつけて身をくねらせはじめた。

あの手帳だ……そうか。わかった。あの粉だ！

ホームセンターで猫の爪研ぎ器と一緒に入れてあったビニール袋の中の、あの粉。塚原の胸に粉が飛び散った時、ポケットの中の手帳にたくさんかかってしまったのだ。

葉月にはやっと、粉の正体がわかった。マタタビ。

S.P

マンションの頭金くらいは用立てます。さっき、あたしはそう言ったんだ、塚原に。五百万くらいならある、って。


「手帳、ありました?」

塚原の温和な声が聞こえた。猫の飼い主と二人で息を切らしている。葉月は頷いて、手帳を差し出した。塚原は何も気づかずにそれをポケットにしまった。


「こらっ、正太郎に金太! あんたたち、何をラリってんのよ、そんなとこで!」

飼い主が猫を抱き上げる。黒い猫。黒くて、前足とお腹が白い猫。

猫と目が合った。


「結婚詐欺だよ」

葉月の耳に、猫の声が聞こえた。

「痛い目に遭う前に気がついて良かったな、あんた」


幻聴。もちろん、そうだ。猫が喋るはずはない。

でも。

だって、お店だってあったじゃない。塚原陶器店ってちゃんと書いてあったじゃない、看板に!

あの男の本当の名前なのかい? 塚原って。

猫が言う。

その店を知っていて思い付いた嘘かも知れないぜ。

猫が笑う。

でもあんなに知的で頼もしくて優しくて!

どうしてあたしの好みにぴったりだったの、どうして?

あんたが小金を貯めこんでるクリスマス・フリークだって、会社で噂になってるんじゃないの?

猫が言う。

ちょっと会社に情報を集めに行けば、そのくらいわかるでしょ。

猫が笑う。

笑わないでよ。

笑ってないよ。猫は笑えないのさ。

でも、あんたのことは気の毒だと思うけどね。

猫の瞳は、葉月を哀れんでいた。

不幸中の幸いだぜ、いま、気づいたんだからさ。自業自得《じごうじとく》。

あんたは、とても大切なことから逃げていたんだ。目をそらしていたのさ。

とても大切なことって、なによ。

猫はもう何も、言わなかった。

あたしは何からも逃げてない……逃げてなんか……

クリスマス・イヴの夜、世界中のどんな女より幸せでいたかっただけ。ただそれだけ。

二十五歳でひとりぼっちになり、二十六、二十七と愛していない男と寝て、二十八歳でまたひとりぼっちで、二十九歳になりました。

今年のクリスマス・イヴの夜、あたしはいったい、どうして過ごしたらいいんだろう。

塚原が笑いながら葉月を呼んでいる。だが葉月は、小さく首を横に振った。

あたしにも、マタタビ、ちょうだいよ。

葉月は、飼い主に抱かれ、叱咤されている猫に向かって心の中で語りかけた。

涙がぽろっ、と、ひと粒だけ、こぼれて落ちた。

正太郎と田舎の事件

1

「密室殺人」

いきなりそう呟いた同居人の目はすでに虚ろだった。俺は、嫌な予感というよりはほとんど殺気に近いものを感じ、慌ててベッドから飛び降りて同居人の魔手から逃れようとした。だが　歩遅かった。同居人は俺の首筋をむんずと摑み、長い爪を生やした指に力を込めた。もはや同居人の思考回路は殺人を生み出すことへの狂おしいまでの渇望だけで満たされている。今すぐ殺さなければ、誰かを確実に殺してその有り様を克明に描写しなければ……彼女に他の選択肢はない。彼女がこの仕事を選んだ時に運命は決まったのだ。同居人は、生きて行く為に殺さなければ、殺し続けなければならないのだ……

ギャーッオンッ
「きゃあっ」同居人が悲鳴をあげた。「ひっどーい、クロちゃんたらもー、なんでひっかくわけぇ?」

いい加減にしろよ、ほんとに。いくら猫族の首のまわりにはたぷたぷとたるんだ皮があって多少の締め付けだの引っ張りだのには耐えられると言っても、限界というものはあるのだ。どうせまた、絞殺の描写にでも詰まってちょっとやってみただけ、なんだろうが、そうそういつもいつも、殺人の模擬演習に使われては身が持たない。第一、どうせ演習するならちゃんと人間でやったらどうなんだ、人間で。

「まったくさぁ、猫なんて飼ってもひとつも役に立たないわよねぇ。犬なら留守番も出来るしボディガードにもなるし、芸のひとつもしてくれるんだろうけどさ」

とっくに聞き飽きた捨てゼリフを吐いて、同居人は鼻のあたまにバンドエイドを貼りに去った。

それにしても、先程同居人が吐いたあの言葉はいったいどういう意味なのだろうか。密室殺人。いやもちろん、まがりなりにも推理作家の家の軒下で生まれて推理作家に育てられ、推理作家に貰われて推理作家と同居している猫としては、密室殺人そのものの意味がわからないわけではない。わからないのは、それが同居人の口から漏れたという事実の方である。俺の知り得る限りでは、桜川ひとみの作品にこれまで密室殺人が出て来たことはなかったはずである。と言っても、正直に告白すると俺は字が読めない。であるからして、正確なところはわからない。が、同居人は、作品がひとつ完成するたびに俺を抱きしめて、くどくどくどくどとその内容を説明し、今度こそこれで大ブレイクよっ、と呪文のように唱えるので、同居人が何を書いたのかについてはほぼ把握していると言っていいだろう。しかし未だにその呪文は効力を発揮せず、同居人はド貧乏のままなのだが。

実際、同居人の生活費の半分以上は、離婚した元夫なる人物が毎月律儀に送金して来る「慰謝料の分割払い」に頼っているようだ。慰謝料というのは要するに、ごめんなさい、の代わりに支払われる金だそうだから、ごめんなさいを分割払いにするというのは何ともせこい考え方である。そんなせこい男に対して、しかし、同居人は未だに未練たらたらなのである。同居人に言わせれば、慰謝料を分割にしたということは、それだけ長く「あたしを忘れたくないから」なのだそうであるが、真相は単に、相手の男もそこそこ貧乏人だということである。きっとその元夫は毎年ドリームジャンボ宝くじを買うたびに、これが当たったら残金を一括払いしてせいせいしたい、と切に願っていることだろう。しかし俺としては、相手の男の宝くじが当たらないことを祈っている。別に同居人を捨てて他の女のところに去ったその男に恨《うら》みなど感じているわけではない。そうではなくて、慰謝料の残金が一括払いなどされてしまった日には、同居人が即刻京都髙島屋に飛び込んで、欲しい欲しいと寝言でまで喚《わめ》いているブルガリの指輪（あのヘビがとぐろ巻いてるみたいなやつ）だのグッチのバッグだのを買いまくってしまうだろうことが目に見えているからである。そんなことになったら翌月からさっそく、食費にも事欠く生活に陥るに違いない。同居人は生活費が不足した場合にまず自分から節約するという発想を持たず、ともかく自分に影響のない部分から出費を抑えようとする傾向が強い。したがって、真っ先に削られるのが、俺の食費ということになる。これは困る。スーパーに山積みにされている賞味期限切れ寸前処分品の猫缶を食べさせられるくらいのことは我慢するが、その猫缶すら買う金がなくなって、近所のパン屋でタダで貰って来たカビの生えたパンの耳にかつおぶしをちょっと振りかけたものを皿に盛られた時には、さすがに、同居人に対して殺意をおぼえたものである。なんでパンなんだ。しかもカビ付き。この時は本気で家出を考えた。えっと。何の話をしていたのだったか……そうだ、密室だ。密室殺人。

と言うわけで（何が、と言うわけ、なのかよくわからないが）、同居人がなぜ密室殺人などという言葉を口にしたのかに俺は多少の興味をおぼえていた。だが探るまでのこともなかった。鼻のあたまにバンドエイドをしっかり貼り付けた同居人は、戻って来るなりどこかに電話をかけ始めたのである。

「……あ、おじさまっ」

最初の一言で、俺の耳はぴんと立った。同居人が「おじさま」と呼ぶ相手と言えば、俺の育ての親である浅間寺竜之介と決まっている。元中学教師にして現在は推理作家兼田舎生活評論家。もっとも浅間寺のおやじさん自身は評論家になるつもりなど毛頭なかったのだが、京都北山山中の古い農家に住み、野菜を作って貧乏生活を楽しみ、腕時計も持たない生活をしているというのが面白がられて、その手の原稿依頼が後を断たないらしい。

「うんうん、元気元気。なんですけどぉ、もう困っちゃってるの。あのね、月刊推理倶楽部の……そうそう、その密室殺人特集！　そりゃ引き受けたいわよ、だっておじさま、あたし今月もう大ピンチなんだもん。引き受けたら前借りさせてくれるって言ってるし、でも……えっ？　蔵？」

ここで同居人は受話器を持ち替えた。

「……へぇぇぇ……でも……へぇぇぇぇぇ」

何だかさっぱりわからない。俺は大きな欠伸《あくび》をもひとつしてから、先ず前足を揃えてめいっぱい伸ばして背中をひらべったく広げ、それから逆に全部の足を突っ張って背中をぐぐっと弓なりに丸めた。猫式ストレッチ。パソコンの前に座りっぱなしで背骨が曲がりがちな人間にもお薦めである。

「どうしようかなぁ」

俺は二回目の昼飯でも食べるか、と台所に行きかけたのだが、むんずと尻尾《しっぽ》を摑まれた。

「……わっかりましたぁ、正太郎にも相談して決めるね。決めたらお電話しまーす」

同居人は受話器をおくと、明らかに嫌そうな顔をして見せた俺の意思は無視して、俺のからだを抱き上げた。

「あのね、正太郎。浅間寺のおじさまが一緒に旅行しないかって言うんだけど、あんたどうする？」

にゃあ。

俺は一言、意見を述べた。日本語に翻訳すると、意味は、留守番してるので勝手に行けば、となる。しかし悲しいかな、同居人は猫語を中途半端にしか理解しない。

「あら、どっちでもいいのね。そう。だったら一緒に行く？　何でもね、すごく大きな蔵のある田舎の旧家がさ、その蔵ごと村に寄付しちゃって、博物館にしたらしいのよ。それがさ、玉村一馬《たまむらかずま》の実家らしいの。でね、おじさまが玉村一馬に招待されてぇ、ひとりじゃつまんないからあんたも来ないかぁって」

玉村一馬。やはり推理作家で、しかも同居人の十倍くらいは売れている作家だ、という程度の知識しかない。そして興味もない。何が悲しくて、田舎の博物館などに行かなくてはならないのだ。

「推理倶楽部の密室殺人特集、梅村栄子《うめむらえいこ》さんが盲腸で入院しちゃって、ひとり穴が空きそうなんだって。それでね、書いてくれないかって言われたんだけど、ピンチヒッターなんで締め切りが二週間後なのよ。密室殺人なんて書いたことないし、どうしようって浅間寺のおじさまに相談したらね、明日玉村一馬の実家に行くことになってるから一緒にどうだって。玉村さんってほら、密室殺人ばっかり書いてる人でしょう?」

と聞かれても、なにせ俺は文字が読めないのだ。玉村一馬がどんな小説を書いているのかなど、知るはずもない。

「だからいろいろ話を聞けば、アイデアの足しになるんじゃないかって。ああ、でもどうしよう。旅行なんてしてるより一日でもネタ考えた方がいいのかしら。ねえどう思う、クロちゃん?」

同居人はすこぶる物覚えが悪いのかそれとも単に無責任なのか知らないが、俺の名前をなかなかまともに呼んでくれない。いろいろ好き勝手にその時の気分で名前を呼ぶのだが、中でも回数が多いのが「クロちゃん」。言っておくが、俺は黒猫ではない。真上から見たら確かに黒猫と間違われても仕方がない毛色をしているのだが、こう見えてもれっきとした白黒ぶちなのだ。ちゃんと、腹と左前足の先は白いのである。

「でもさ、ここで一日考えてたっていいネタは思いつきそうにもないしねぇ、そうね、クロちゃんの言う通りね」

何も言ってはいない。

「おじさまと旅行することに決めた! じゃあさっそく……」

俺は間髪入れずに逃げ出して同居人の仕事部屋に駆け込んだ。どの部屋も雑然としていることに変わりはないのだが、特にその中でも仕事部屋の混乱振りはすさまじいものがあり、ここに隠れてしまえばちょっとやそっとじゃ見つからない自信がある。破り捨てられた原稿の山の奥深くに横たわっている冬物のセーターの中。ここならまず、安全だ。いったいいつからこのセーターがここにあるのか、何しろこれを発見したのは昨年の九月のことだったのだから想像すると恐ろしいのだが、まあそんなことは気にしない。ともかく、旅はご免だ。面倒くさい。このまま明日までじっとしていれば、同居人は諦めて、ドライフードを山盛りしたあわびの貝殻を台所に置いて出て行ってくれるだろう。留守番がいちばん。セーターの中は極楽極楽。

2

なぜだ、なぜなんだ！

俺は、狭いバスケットの中で憮然としながら毛むくじゃらの小さなネズミに咬みついていた。

「ねえおじさま、あたしは呼ばれてるわけじゃないんでしょ？　ほんとに玉村さんのご実家になんてお邪魔していいのかしら」

バスケットの外で同居人の声がした。

「ちゃんと電話しといたから心配せんでもええ」

浅間寺の声が少し離れたところから聞こえて来る。前の運転席に座っているのだ。

「ひとみちゃんとは一度ぜひ、話がしてみたかったゆうてたで、一馬くん」

「おじさまは玉村一馬さんとどんな関係なんですか？」

「うん、出た賞が一緒でな」

「サンライズ文学賞の新人賞？」

「その縁で何かのパーティで紹介されてけっこう話が合うたんや。それでよく聞いてみたら、玉村くんの実家は福井県のN村やゆうやないか。そんならわしんとこから、車で二時間ほどやし、今度実家に里帰りした時には連絡してくれたら迎えに行くで、ゆう話になって、一昨年の夏やったかその約束が実現してな。玉村くんは三日ほど、わしんとこに泊まったんや。で、次の機会はぜひ僕の実家にも来てください、て言われとったんやけど、なかなか機会がなくてな」

「だけどおじさま、蔵を改造して博物館だなんて、どうしてそんなことしたんですか」

「まあ、税金対策やろなあ。玉村くんのとこは先祖代々の大庄屋でな、ともかく昔っからの金持ちやそうや。で、江戸中期の頃から、金にまかせて当主が集めた掛け軸やら壺やらなんやらが、でっかい蔵の中にいっぱい詰まっとったんやて。で、玉村くんの親父さんが一昨年亡くならはった時に、ざっと算定してもろたら七億円以上の値打ちがある言われたそうなんや」

「な、七億円っ。すっごーい」

同居人は間延びした声で感動している。彼女の頭の中では今頃、七億円あったらシャネルのスーツが何着買えるのかしら、というような無意味な計算がなされているに違いない。

「すごいやろ。すご過ぎて、玉村くんも彼のきょうだいも、相続税の支払で頭が痛いことになったわけや。玉村くんのとこはお袋さんがそれより前に亡くなっていたんで、相続人はきょうだい三人ということになるからな。税金をきっちり払おうとすれば、土地を売るか蔵の中身を売るかのどちらかしかない。だが土地は山林が多くて、このご時世にはおいそれと売れるもんやない。買い叩かれるのは目に見えてるわな。蔵の中身やったら京都や東京の古物商がとっとと買うてくれるやろが、それだとせっかく先祖がひとつに集めたものが全国に散逸して、二度と見られんようになってしまう。悩んだあげく、蔵の中身をそっくりN村に寄贈しようゆうことに話がまとまったわけやな。ところがN村には、せっかく寄贈してもろた逸品を飾っておく施設がなかったんや。それでN村の教育委員会が玉村家と話し合って、蔵ごと博物館にしてしもて公開したらどうや、ゆうことになったらしいで」

「公開って、入場料とか取ってるのかしら」

「維持費の分だけ取ろうという話もあったらしいんやけどな、結局、タダになってるそうや。電気代とか展示品の修復代は村の予算で出してるけど、人件費までは無理やゆうことで、玉村くんとこの実家がボランティアで受付やら何やらやっとるんやて」

「ボランティア！　そんなにたくさん寄付した上にボランティアまでするなんて、玉村さんとこって先祖代々のお人好しなのかしら」

何を呑気《のんき》なことを。先祖代々のお人好しが、博物館に出来るほどのでかい蔵と、その蔵いっぱいのお宝など所有出来たはずがない。きっと、さぞかし阿《あ》漕《こぎ》な搾取をして村民の血と汗を絞り取っていた悪魔のような先祖だったに違いないのだ。


それにしても、腹が減った。よく考えたら今朝から何も食べていない。もちろん俺は、旅になど付き合うつもりはさらさらなかった。だが今朝早く、同居人を迎えにやって来たのが浅間寺のおやじさんだったのが運の尽き。おやじさんは俺の好みそうな場所など百も承知で、あっという間に、仕事部屋のうずたかく積もったガラクタの山の下から俺を掘り当ててセーターごとくるっと丸めて、「ペット用デラックスバスケット・ハーブの香り付き」に押し込んでしまったのである。

「あ、ちょっと待って」と同居人が叫んだ時、俺は一縷《いちる》の望みをつないだ。だが即座にその望みは断たれてしまった。「これを入れておいてあげたら、タマも退屈しないと思うんだ。これってこの子のお気に入りなのよ」

かくして、俺は、「お気に入り」のネズミをがしがしと咬み砕きながら憤怒《ふんぬ》に燃えている。せまっくるしいバスケットに詰められ、同居人の膝の上に載せられ、浅間寺のおやじさんの車の後部座席におさまって。

旅なんか嫌いだ。する奴の気が知れない。それでもいつもならば、浅間寺のおやじさんが一緒だというだけで楽しみはあった。おやじさんの相棒、チャウチャウ系雑種犬のサスケとつるんで冒険をすることが出来るからだ。だがどうも、今回の旅行にはサスケは同行していないようだ。車の中にはサスケの匂いが残ってはいるのだが、それはいつもサスケがおやじさんと共にこの車に乗っているからで、今近くにサスケがいる気配はまったくない。車中の会話から察するところ、サスケはおやじさんの近所の農家に貸し出され中のようだ。おやじさんは京都の北山山中に住んでいるのだが、日本有数の月の輪熊棲《せい》息《そく》地だけあって、犬は重宝がられている。

つまらない。俺はネズミにも飽きて、狭いバスケットの中でごろんとひっくり返り、惰眠をむさぼることにした。もっとも、我々猫族に本来の意味での「惰」眠というものはない。眠るということは何しろ、猫にとっては生きている上で最も重要なことなのだから。

＊

どのくらいうとうとしていたのだろう。いつの間にか、車の振動が止まっていた。

「ここやな」

おやじさんの声がする。

「ほんとに蔵だぁ。おっきーい。正太郎、正しい呼び名と共にバスケットの蓋が開《あ》いた。「着いたよー」

俺は、正しく名を呼ばれたことに対しての礼儀として、うんにゃあ、と鳴いてあげた。同居人が嬉しそうに俺のからだを抱き上げた。

目の前の建造物は、白かった。壁が白い。しかしペンキを塗ってあるわけではないようだ。上を向くと、瓦が見えた。その下に看板。『N村文化博物館』。

同居人が俺を胸の位置まで抱え上げてくれたので、ようやく建物の形が呑み込めた。確かに、普通の家とは何となく違っている。どこがいちばん違うのかと考えると、窓が変だった。ともかく小さい。しかもかなり高い位置にひとつだけしかない。その上、屋根瓦と同じ色に塗られた木枠が斜め格子にはめ込まれている。あれでは内部にほとんど日が射し込まず、かなり暗いだろう。しかも通気性も悪そうだ。

「ともかく見学させて貰いましょうよ」同居人は俺を抱いたまま車を降りた。「猫も連れて入っていいかしら」

「いいんじゃないかな。ほら、あそこ。猫がおるで」

おやじさんが指さした方に目を向けると、確かに猫がいた。茶色と白の虎縞模様の、でっぷりと肥えた奴。博物館の入口の内側に座って、俺たちの方を興味深げに眺めている。俺が一声、挨拶しようかと思った丁度その時、博物館の中から人が二人現れた。

「浅間寺さん！」少し背の低い、よく日焼けした男が嬉しそうに近寄って来る。「こんな遠いところまで、ようこそ。あ、桜川さんですね？　パーティでお見かけしたことはあるんですが、ご挨拶出来ませんで。玉村です」

歳の頃は三十前後、なかなか精悍な顔立ちをして、動作もきびきびした男だった。同居人は早くも、不純な動機から上擦《うわず》った目つきになっている。

「桜川です。こちらこそ、すみません、浅間寺のおじさまに便乗して押し掛けてしまって」

「いや、僕ね、桜川さんとは一度お話ししたいと思っていたんですよ、本当に。ほら、昨年出された『鳶《とんび》とあぶらげ殺人事件』、あれすごく面白かった。僕、あれは昨年度の私的ベスト3にあげてるんです」

俺は、にやけ切って目尻が垂れ下がった同居人の腕をすり抜けると地面に着地した。人間同士の歯の浮くような社交会話を聞いていてもちっとも面白くはない。茶虎の猫は、俺が近づくと猫同士にしかわからない特別の仕種《しぐさ》を見せた。人間で言えばさしずめ、ニヤッと笑った、といった感じかな？

「どうも」

俺は適当な距離を保って茶虎に挨拶した。見たところ俺より年下ではあるようだが、なにせ相手は雄だ。そしてここはこいつのテリトリーだ。礼儀を欠くと血を見ることになる。

「まいど」

いきなりベタな挨拶だった。

「あんさん、あのお嬢のお供でっか。ご苦労さんで」

「無理矢理連れて来られたんだ。あの人はひとりだと何も出来ない」

「人間はみんなそうだす」茶虎はしたり顔で髭《ひげ》を震わせた。「ひとりでおると壊れますねん。それでいて、ぎょうさん集まるとまた壊れる。テリトリーが異様に狭いんでんな。ある学説によると、人間のテリトリーゆうのんは半径四十センチ内外しかないらしいでっせ。わて、レオ言います。どうぞよろしゅうに」

「正太郎」

俺は手短に答えた。レオはまたニヤッとした。

「ハードボイルドでんな。あんさん、なかなかかっこええですやん」

こいつの言葉はどこか変だった。大阪弁なのかと思えば京都弁風の言い回しが混じり、アクセントは滋賀弁風でもある。だが生まれや育ちがどこかなんてことは、猫社会では大した問題ではないので気にしないことにする。

「あんたは玉村一馬の同居猫なのか？」

「飼い猫、と言わないとこがまた、ハードボイルドでんなぁ。いや、正確に言うとちゃいまんな。一馬さんは今はもう東京に家がありますんで、ここには年に一、二度しか戻って来ません。最初にわてを拾うてくれはったんは一馬さんですが、今は一馬さんの同居猫ゆうんやなくて、まあ、玉村家の猫、ゆう感じでんな。一馬さんの隣りにいはるんが、一馬さんの兄さんの勝馬さん。この博物館の館長さんですわ。他にえらい別嬪《べっぴん》さんの妹さんで愛子さんゆう人がいはります。それと、玉村家の人やないんですが、一馬さんたちのいとこにあたる、双子の姉妹が一緒に暮らしてはります」

「双子の姉妹」

「そうは言うても一卵性やおまへんので、似てまへんで」レオはまたまた、ニヤッとした。「一卵性の美人姉妹やったら、なんちゅーか絵になったゆうんか、良かったんですけどなぁ。そやけど二人とも不細工ゆうわけやおまへんで。愛子さんほどではないですが、かなりイケてます」

　何がイケてるんだか知らないが、レオは尾を得意げに立てて顎《あご》をしゃくった。

「どうです、中を見学しはりますか？　わて、案内させて貰いまっせ」

「どんな物があるんだい？」

「展示品でっか。江戸時代の掛け軸やとか桃山《ももやま》時代の壺、清朝《しんちょう》の硯、屏風《びょうぶ》絵に襖《ふすま》絵、その他もろもろでんな」

「なんだそれ」

「なんやわかりまへん」レオはふうっと溜め息をついて首を振った。「おもろないもんばっかかでっせ。そやけど、そんなもんをあんさんに案内したりしまへんがな。もっとおもろいもんがあるんです。ま、ええからついて来なはれ。はよはよ」

「ねえレオくん」

　俺はレオの後について博物館の中に入った。思った通り、やけに閉塞的な建物だった。どう考えても人間が寝起きする為に作られたものではない。

「呼び捨ててもろてかまいまへん」

「じゃレオ、この蔵ってのはもともと、何なんだ？　変な建物だが」

「蔵でっか。そりゃあんさん、物置でんがな」

「物置。こんなでかい物置に何を入れたんだ」

「何でも入りまんがな。好きなもん入れたらよろし。まあ、日が当たるとまずいもんを入れておいたんとちゃいまっか。今は博物館にするんでほら、天井に電気つけてますが、改装する前は明かりゆうたらあの窓から入る日だけで、それもほれ、よう見てみなはれ、窓のとこにちゃんと小さな鎧戸《よろいど》がありまっしゃろ。普段はあれを下ろしてあるんで、そりゃもう中は真っ暗ですわ。年に何度か、虫干しゆうて、中のもんにカビが生えんよう風を通す時だけ鎧戸を開けたんです」

「あらレオやないの」

たおやかな声のした方を見ると、背の高い女性が立っている。

「なぁに、また見学？　レオは変な猫ねぇ、博物館が好きやなんて。あら、その猫ちゃん……あ、お客様を連れてらしたのね。はじめまして、ようこそ」

俺はかなり動転した。俺に対して、はじめましてようこそ、などという丁寧な初対面の挨拶をした人間というのは初めてだったのだ。

「愛子さんです。美人でっしゃろー」

そうなのか？　人間の女性の美の基準というものはいまひとつよくわからないので返事は出来なかった。だがせっかくの丁重な挨拶にはきちんと返事をせねばなるまい。俺は尾をぴんと張り、特別の声で一声、にゃー、と鳴いた。

「あらお利口なのね。ちゃんとお返事してる」愛子はころころと笑った。「ゆっくり見学してね、黒猫ちゃん。レオ、ここ、六時に閉まるんだからそれまでには出ないと駄目よ。閉じこめられたら明日の十時までご飯が食べられないわよ……あら。お客様たちが入ってらした」

愛子は玄関口のおやじさんたち一行と合流する為に去って行き、俺とレオとはそのまま博物館の奥へと進んだ。奥、とは言っても、さほど奥行きがあるわけではない。いくら標準よりも大きいとは言え、物置は物置だ。それを改装した博物館だから、博物館としては超ミニサイズの部類だろう。それでも敷地三十坪の二階建て一軒家くらいの大きさはゆうにあって、しかも二階はなかったから、見上げると天井はかなり高かった。

「これは何だろう」

展示室の中へ入る手前のところに、銀色の光る棒が三本、それぞれ違った角度を向いて取り付けられている機械のようなものがあった。どうやらゲートらしい。

「その棒を腹で押してひとりずつ中に入るんですわ。そうすると人数がカウントされるんです。村の教育委員会の方で、入館者の人数を管理せなあかんそうですわ。そやけどあんさん、所詮《しょせん》はこのN村の人間が全員見学に来たかて、たかが知れてまんがな。そやからあんさんの飼い主さんたちのようなお客さんをみんなして必死に呼び集めて来てもろてるんやと思いまっせ。あ、そや、わても協力したろ」

レオは銀色の棒に近づいて行き、横に張られた棒にひょいと前足二本をのせると、ぐっと前に体重をかけた。ガタン、と音がして機械が回転し、棒が下に倒れて、後ろから次の棒が横向きになった。

「これで入館時刻と人数が記録されるんですわ。さ、そんなもんほっといて、こっちです、こっち」

レオが小走りになったので俺もいくらか足を早めた。レオは展示室の奥の、壺が並べられた台の下へと潜り込んだ。そこまで行くと、レオが何を見せてくれようとしているのかその臭いでわかった。俺の髭が震え、武者震いで全身の毛が立ち上がる。

「……いるのか?」

俺がささやくと、目を爛々と輝かせたレオは、小さく頭を横に振った。

「たぶん今はおりませんわ」

それは、野ネズミの巣穴だった。いや、本物の野ネズミなのかそれとも、クマネズミの類《たぐい》のものなのかはわからない。だが何にしてもネズミだ。この、心浮き立ち、胸が弾む香り!

博物館の床は薄いコンクリートを流して平らにしてあるが、その下に土があることは感触でわかる。

巣穴は、割れたコンクリートの隙間にうまく開けられていて、たぶん蔵の外へと通じていた。

「待つか」

「そうでんな……そやけど、六時にはここを出んと玄関が閉まります」

「明日の十時までは開かないとか言ってたね」

「開館時刻が十時で、館長の勝馬さんが鍵を開けはるんですわ。それまでは誰も出入りできまへん。窓の鎧戸も閉まりますし。そやけどまあ、ここで一晩待つのもおもろそうでっしゃろ。こいつらが出て来てくれたら、そりゃあんさん、キャットフードなんかより数段うまい晩飯が食べられますし」

「でも俺の同居人は心配性だからな。俺がここに閉じこまれたと知ったら、無理にでも扉を開けさせて俺を救出しようとするよ、きっと」

「やっかいなお人でんな」

「まあね。あんたはどうするんだ、ここにずっといるつもりかい」

「そうでんなぁ」レオは首をかしげて考えた。「今夜はあんさんらの歓迎会やし、きっと刺身がぎょうさん出される思いますわ。そうなると、ここでネズミを待つのと歓迎会のお膳の下で刺身を待つのと、どっちがええんか迷うとこでんなあ」

「刺身にしようよ。ネズミは自力で捕れるが、魚は俺たちには釣れないぜ」

「そうでんな、そうしまひょ」

俺は、おかしな関西弁の猫と共に博物館を横切った。途中で展示物を見学中の同居人一行と擦れ違ったが、彼等は展示品に夢中で俺達に気付かなかった。


外に出ると虹彩が一気に縮まる。電灯はついていたが、蔵の中はやはり暗かった。

六月の晴れ間、ここ二、三日の天気は晴だと来る途中に車内で聞いた予報で言っていた。山間の村のせいなのか、夕方の風は緑の香りをいっぱいに含んで涼しく心地よい。俺とレオとは、ゆっくりと玉村家の古びて異様に大きな建物に近づいた。途中の小道は猫の足で歩くとけっこうな距離があるが、そこもすべて玉村邸の敷地の中なのだ。玉村邸は基本的には典型的な農家の造りで、俺が生まれたオヤジさんの住む田舎家と構造は良く似ている。だが規模はまるで違っていた。

縁側から近づいて行くと、縁側の上に広げられた筵《むしろ》の上に黄色く熟した梅の実がぎっしり並べられているのが目に入った。甘酸っぱい空気が鼻をくすぐる。

「梅酒を造るのかな」

同居人は梅酒が好物だった。

「梅酒はもっと青い実で造るんですわ。あれは梅干しでんな」

縁側にはひとりの女性が座って、梅の実をひとつずつ手に取っては、楊枝《ようじ》でつつくような動作をしている。ヘタの部分をはずしているのだと気付いたのは、かなり近づいてからだった。

「あらレオ。もうすぐ晩御飯よ。今夜は一馬さんが小浜《おばま》まで買い出しに行ってくれたし、ものすごいご馳走やわ。あんたにもお刺身、たくさんあるわよ……あら。お友達？」

「今津萌《いまづもえ》さん。さっき話した二卵性の双子の片割れですわ」

俺はいちおう、にゃにゃ、と挨拶に鳴いておいた。

「野良《のら》ちゃんと違うわねぇ、随分毛並みがいいし。あんた、どっから来たん？」

にゃにゃにゃにゃにゃにゃにゃ、にゃにゃん。

説明したつもりだったのだが、今津萌は理解出来なかったようで曖昧《あいまい》に微笑んだ。

「まあええわ。あんたもついでに、お刺身よばれてお帰り」

鷹揚な性格の女性らしい。俺とレオとは縁側から家の中に入った。縁側には濡らした雑巾が畳んで置かれている。レオはその上をゆっくりと踏みしめて行く。猫の足拭きとして置かれた雑巾なのだ。俺もいちおう真似はした。郷に入れば郷に従え。

萌は鼻歌を歌いながら梅の実のへたを取っている。

年齢はたぶん、三十少し前くらいだろうか。

「今津家ゆうのんは、一馬さんたちきょうだいのお袋さんの実家なんです。そやけどそのお袋さんの兄さんゆうのんがどうにも山っけの多いお人やったようで、田畑屋敷をみんな抵当に入れて借金して、商売を始めて、ほんで失敗しはって。結局破産ですわ。一家四人でこの玉村の家に身を寄せたんが十五年ほど前のことやそうです。双子の両親はこの十五年の間に亡くなりました」

「じゃ、玉村家がふたりを養っているのか。でも見たところ健康そうな女性だし、どうしてここを出て働かないんだろうな」

「舞《まい》さんは診療所で働いてますわ。萌さんの方は、外で働くのはちっと無理かも知れません」

「どうして?」

「座ってたらわからんのですが、右足が悪いんですわ。小さい頃に怪我したんが元で不自由になったゆう話ですが、右足の方がだいぶ短くて、膝も曲がらんようです。そやからゆっくりとしか歩けまへん。走るのも無理です」

「それでも事務仕事か何かは探せるんじゃないの?」

「ようわかりまへんがまあ、探したら探せないことはないですやろなぁ。そやけど、妹さんの舞さんが、萌さんが外で働くなんてゆうたら大反対しはりますわ、きっと。萌さんはあんな感じのおっとりしたお人ですが、舞さんはきっついですねん。出戻りやゆうんでよけい、神経質になっとるのかもわかりまへんが、自分がいなくなったら玉村の家で萌さんが邪魔者にされて困ると思てるみたいなんです」

「そんなことしそうな人たちなのかい、玉村家の三人きょうだいは」

レオは髭を震わせて笑った。

「とんでもないですわ、三人とも、萌さんのことはものすご大事にしてはりますでぇ。まあ、舞さんはすこぉし、被害妄想なんとちゃいますか。そやけどま、それももう収まりますやろけどな。まだ表立った話にはなってまへんが、どうやら、舞さんは勝馬さんと再婚しはるようなんです。いとこ同士の結婚ゆうのは嫌う人もいますが、まあ周囲は特に反対してへんようですし、この秋にはまとまりますやろ。そしたら舞さんも玉村の家の長男の妻ですさかいに、大きい顔がでけます。愛子さんにも恋人がいはるみたいやから、舞さんが勝馬さんと結婚したらじきに自分も恋人のところへ行きますやろ、一馬さんは東京に家もあるし、まあ何もかも、収まるとこにするっと収まって、この家も平和が続くゆうわけですわ……ふははははは」

3

それからしばらく、レオと俺とは玉村家のゆったりとした邸内を部屋から部屋へと巡って歩いた。

レオはどの部屋の天井裏にネズミの巣があるか、事細かに説明してくれた。俺は狩の欲求で尾がむずむずするのを止められなかった。O市のマンションではどうやってもネズミ捕りだけは出来ない。最後にネズミを捕ったのはいつのことだったろう？　まだようやく二歳になるかならないかの時に同居人に貰われてしまったのだが、その前におやじさんのところにいた時には、何度か狩をした記憶があった。ネズミだけではない。カエルもセミも、小さなヘビまで。

もう一度、こんな田舎家に住んでみたい。同居人との生活はそれなりにぬくぬくとして、まんざら快適でないわけでもないのだが、やはり猫にはマンションヨン暮らしは向いていない。

ひとしきり邸内の探検が済むと、晩飯まで縁側で夕日を浴びながら、レオと世間話をした。レオはおかしな関西弁をつかうことだけが欠点だったが、気

のいい、なかなか面白い奴だ。レオ、という名前は今津萌が付けたものらしいが、いわれはわからないのだそうだ。

「いいところだな」

俺は、金色に染まってゆく西の空にぬっと突き出た杉の木のてっぺんあたりを眺めながら呟いた。黒いシルエットになったカラスの群が、山のねぐらへ急いでいる。

「ほんま、ええとこでっせ」レオも満足そうに喉を鳴らした。「人間社会から見たら、えらいド田舎でなーんもないとこやゆうことになるらしいですが、わてら猫にとっては、不足してるもんなんかひとっつもあらへん。風が吹いてお日様が照って虫が飛んでネズミがおる。冬になったら、家のもんのぬくい布団にこっそり潜りこんだらよろし。これ以上何か望むのんは罰《ばち》当たりですわ。あんさんもここが気に入ったんやったら、どうです、ここで暮らしまへんか。ちょいと歩けばご近所さんの植村《うえむら》のおっちゃんところには、四歳になる雉虎《きじとら》の雌もおります。ここんとこ毎年、三匹ずつ子供を産んでますわ」

「あんたの子も？」

「もちろん」レオは不敵に笑って、それからちょっと照れた。「わてにそっくりな茶虎が三匹、ちょこまかしてるのんを初めて見た時は、さすがに照れくさなりましたな。そやけどそいつらももう、近所に貰われて行きました。この村ではまだ、ネズミ捕りには猫なんです。そやから、子供らも生まれてすぐに土に埋められたりせんと、みんな貰われて行けるんですわ」

まるでユートピアだ、と俺は思った。都会では、雌猫は子供が産めないように手術され、雄は去勢される。それでも間違って生まれてしまった子猫はゴミの日に生きたまま捨てられる。

レオの誘いに応じて、ここに残ろうか。俺は、けっこう本気でそんなことを考えていた。

俺たち二匹のそばで、萌は飽きもせずに梅の実のヘタを取り続けている。爪楊枝を器用に動かして、丁寧に、辛抱強く。同居人なら五分で飽きて投げ出してしまいそうな単純作業なのに、萌は嬉しそうな顔で淡々と続けている。俺は、不思議な感動を覚えて萌を見つめていた。この忍耐強さ、頑強さはどうだ。見かけのおっとりとふわふわした感じからは想像も出来ないほど、この人間は強いのだ。


「あら、もうこんな時間やわ!」突然、萌が部屋の時計を振り返って見て、立ち上がった。立つと右足の不具合がはっきりとわかる。「レオ、そろそろみんなを呼んで来てちょうだい。晩御飯にしないと」

「はいな」レオはひょいっと縁側から庭に飛び降りた。「ちょいと行って、みなさんをお連れしますわ」

「俺も行くよ」

俺はレオと連れだって、博物館の方へと歩き出した。だが博物館まで歩く必要はなかった。丁度俺とレオとが庭を突っ切って、蔵に通じる小道に出た時、蔵の方から賑やかに歩いて来る一団と出くわした。オヤジさんと同居人、玉村一馬と愛子。

「お、レオたちが迎えに来た」

玉村一馬は嬉しそうに言って、レオを抱き上げる。同居人も真似して腕を出したので、俺はその中にぽんと飛び乗って抱かれてやった。

「ほんとごめんなさいね、桜川さん」同居人の横にいた愛子が、歩きながらさもすまなそうに謝っている。「ぜひ弁償させてください」

「ほんとにいいんです、弁償だなんて。どうせ安物ですから」

「でもそういうわけには」

「ほんと、気にしないで下さい」

同居人はなぜか必死で言って、左手首を俺のからだの下に隠すようにした。


一同が玉村邸の庭に入って行くと、土間から萌が顔を出して手を振った。

「お帰りなさーい。あ、いらっしゃいませ。あら、その黒猫ちゃん……」

「桜川と言います。お邪魔いたします。これ、あたしの猫なんです」

「そうやったんですか。まあ、気が付かなくてすみません。てっきりレオの友達の村の猫やとばっかり……あれ、勝馬さんは？」

「まだ少し整理したいもんがあるから、仕事するって」

一同は萌との挨拶を済ませて家の中に入った。愛子は萌と台所に立ち、夕飯の支度を始める。一馬は早くも、地酒らしい一升瓶を出して来て、座卓の真ん中にどんと置いた。

「これね、福井の地酒。なかなかイケますよ。午前中、小浜に魚を買いに出掛けて、途中の蔵元で買って来たんです。ちょっとやりましょう。浅間寺さん、つまみなんて、いらんでしょう」

「そりゃ、いらんが」

おやじさんは相好《そうごう》を崩している。

「あたし、コップ貰って来ますね」

同居人が機嫌良く立ち上がったその途端、邪魔が入った。

「おーい！」縁側で勝馬が呼んでいた。「誰かちょっと、トゲ抜き持って来てくれんか」

愛子が台所から飛び出して来る。

「どうしたん、兄さん」

「木箱を壊しててトゲが刺さった」

「ちょっと見せて……あらまあ」

「兄さん、中に入って明かりのとこでやったらどう？」

一馬に言われて、勝馬が縁側からあがって来る。愛子は兄の手をひくようにして居間の隅に行くと、小物箪笥《だんす》から懐中電灯を取り出してトゲが刺さっているらしい指先を照らした。それを一馬が心配そうに覗き込む。

「仲のええきょうだいやな」おやじさんが、ぽつりと言った。「今時、珍しいで。二親《ふたおや》に早く逝かれたせいやろけどなぁ」

「あ、いけない」愛子が突然大声で台所の方に叫んだ。「萌ちゃーん、テレビ、始まるよー」

「え、ほんまぁ」

萌ののんびりした声が聞こえた。

「ええわ、萌ちゃん。わたしつける。萌ちゃんお魚触ってるでしょう」

愛子が立ち上がり、台所に入って行った。すぐに、耳慣れたCMが聞こえて来た。

「台所にテレビ、置いてるんですか」

同居人が訊くと、愛子は頷いた。

「この家でテレビ見るのって、萌ちゃんだけやから。萌ちゃん、夕方にお料理とかしながらテレビ見るのが好きなんですよ。でもあんまりテレビ見てると、舞ちゃんが怒るんやけど……」

愛子は急に言葉を切った。

時報のような音がして、男性アリウンサーの声が聞こえて来る。

「あ、六時やわ」愛子は兄の指先を照らしながら、思い出したように時計を見た。「このニュース番組が、萌ちゃんのお気に入りなんです」愛子は聞こえて来るアナウンスに軽く顎をしゃくった。

「知ってます、この番組。キャスターは伊藤宏《いとうひろし》アナウンサーですよね。あたしもけっこう、この人好きなんですよぉ。でもハンサムだし声もいいけど、いっつも同じような服ばっかり着てますよね、色はいっつも、グレーで」

同居人の言葉に、愛子はわずかに笑った。

「お兄ちゃん、博物館はもう閉めたん？」

「まだや。トゲだけ抜いてすぐ戻るつもりやったし」

勝馬は一馬にトゲを抜いて貰いながら顔をしかめている。

「よし、抜けた！」一馬がトゲ抜きを嬉しそうに高く上げた。「でっかいトゲだ。愛子、消毒したってくれるか。兄さん、鍵貸して。僕、閉めて来てやるから」

「わかるか?」

「昨日もやったやんか。えっと」一馬は辛抱強くおあずけされている客二人を見て、すまなそうに頭をかいた。「どうぞ先にやってて下さい。僕、これから博物館を施錠して来ますんで」

「ほんまにどうぞどうぞ。わたしもさっそくやります」

勝馬が愛子に指の手当をして貰いながら言う。

「ほんならお先に失礼させて貰おうか」

おやじさんも地酒の誘惑には勝てないらしい。ただ同居人はなぜか立ち上がり、一馬と共に縁側に向かった。

「あの、あたし、ご一緒させて貰っていいですか」

「え? ああ、もちろんどうぞ」

俺は慌てて同居人の後を追った。

庭を突っ切って蔵へと向かう道は、ようやく夕方らしい金色の空気に包まれ始めていた。この季節、日没は七時を過ぎるだろうから、まだそれでも一時間はあるわけだ。

「すみません、くっついて来ちゃって」

「いや、そんなことはぜんぜん。でも、あの蔵に鍵を掛けるだけなんで、小説のネタは拾えないと思いますよ」

笑いながら言った一馬の言葉に、同居人は肩をすくめた。

「あ、知ってたんですか、密室特集で頭痛いって話……」

「浅間寺さんから電話で聞きました」

「……へへへ。だけど七億円もの骨董だの古美術を収めた博物館でしょう、どんな鍵なのか見てみたいなって」

一馬は、同居人を見ながら楽しそうに笑った。

「やっぱりあなたも作家だなあ。好奇心と言うよりも野次馬根性が強くないと、作家なんてつとまりませんよね。でもね、七億円と言ってもね、それはあくまで、総額の話なんですよ。実はね、蔵にあったもので本当に値打ちの高いものは、村ではなくて福井県の方に寄贈したんです。だからあそこにはないんですよ」

「……じゃ、どこに?」

「県で保管して貰っていますが、いずれどこかの文化資料館か博物館に展示されることになるんじゃないかな。今、あの博物館に残っているものはほとんど、骨董品の価値としてはまあ、数万からせいぜい、高くても百万をちょっと超える程度までの物が中心です。そうですね、あの蔵全部まとめて売り払っても、一億はいかないでしょうね。でもお金に換えることを考えなければ、どれもN村の歴史と縁の深いなかなかの逸品なんですよ。要するに、古美術としての金銭的価値と、民俗資料としての文化的価値というのは一致しないということなんです。だから僕は、あの小さな博物館に展示されている品物が好きですよ」

「でもやっぱり、盗まれる危険性ってあるわけですよね」

「まあ、ないとは言い切れないでしょうね。ただ、この村まで車で来る時に気付かれたと思うんですが、ここまで入って来る間には村の至るところを通り抜けて来ないとなりません。変な言い方なんですけど、よそ者が入り込めばすぐに噂になります。あなた方の車のことも、もうきっと村中の人達が知ってますよ。そんな環境ですから、下見に来るにしても顔を覚えられたり詮索されたりする可能性は高いわけです。かと言って、下見もせずに真夜中にやって来ては、盗みなんて上手く行かないでしょう?　それと、肝心なことなんですが」

一馬は大きな鍵束を歩きながら同居人に見せた。

「この鍵を使わないで蔵を開けようと思ったら、けっこう大変なんですよ。見ていただいた通り、入口はひとつしかありませんし、さっきは開いていたんでわからなかったと思いますが、扉は厚さが三十センチはある固い木材で作られていますから、バズーカ砲でも持って来ないとすぐに穴は開きません。鍵は全部で三重になっていて、太い横木を通してから、それがはずれないようにかけられます。錠を壊すにしても横木を折るにしても、大きな音をたてないわけには行かない。この辺りは夜中になるとね、ミミズクの鳴き声とか虫の声、蛙の声くらいしか聞こえないんですよ。もし誰かが人工的な音をたてれば、この辺り一帯の七軒の家が一斉に目を覚ますでしょうね」

同居人と一馬が蔵の前に着いた時、もうその辺りに人の気配はなかった。蔵の戸は開けられたままだったが、博物館の入口としてのガラス戸は閉められている。一馬はガラス戸を開けて中に入った。

「どなたか中にいらっしゃいますか？　もう閉館しまーす」

しんとして、応える声はない。見回した限りでは、蔵の中に人はいなかった。耳を澄ませてみたが、ネズミの音も聞こえない。照明も消えている。

「よし、と」

一馬は外に出てまたガラス戸を閉め、鍵束の中から小さな鍵を取り出してガラス戸に施錠した。

「こいつだけはいちおう、電子ロックなんですよ」

同居人は一馬の手元を好奇心、いや、野次馬根性そのものの目つきで熱心に見つめている。一馬はそれから壁の方に向いて、何かパネルのようなものをいじった。

「これが泥棒センサー。閉館してから万一ここを通り抜ける者がいても、これにひっかかって母屋《おもや》の方の警報が鳴ります。同時に警備会社にも連絡が行くシステムです。セットは簡単なんですけど、解除は暗証番号がないと出来ません。実は、僕も番号は知らないんですよ。知ってるのは兄だけです」

ガラス戸の外側に置かれたパンフレットの棚の位置をなおし、乱れたパンフレットを整頓してから、一馬は目で同居人と俺に合図して全員が蔵の外に出た。それから、重い蔵の扉が閉められる。一馬の言葉通り、黒く塗られた扉は圧巻の重量感があった。化粧直しされてすっかり新しい感じになっているが、二百年は経ているという貫禄は、塗られた塗料の下から滲み出ている。観音開きの扉が合わさると、最初の鍵は鉄の棒を横渡しして二枚の扉をひとつにするものだった。それから、片方の扉に寄せられていた横木が渡される。ちょっとした材木ぐらいはある巨大な横木だった。横木に絡ませてあった鎖が一度はずされ、また横木に絡められる。そこに巨大な錠が付いていた。こんなに大きくては、泥棒がコピーするにしても鍵穴に歯科治療で型をとる時に使うプラスチックを詰めたりするだけで、大騒ぎだろう。

一馬が束の中から選んだ鍵も本当に巨大だった。

「よし、終わり。ね、けっこう厳重でしょ」

「ほんと……これを全部突破しようと思ったら一騒動ですね」

「そう思いますよ。この村で、誰にも知られずにそれをするのは不可能に近いと思いますね」

一馬は腕時計を見た。

「あれ、もうこんな時間か。舞ちゃん、ちょっと遅いな」

「舞さんって萌さんの妹さんですよね」

「ええ。村にひとつしかない診療所で看護婦してるんです。一昨年までは舞鶴に住んでたんですけどね、結婚に失敗しちゃって戻って来て。看護婦の資格を持っている若い女性ですから、村では大歓迎でしたけど。五時半に診療所が閉まるんで、いつもなら六時前には帰って来るんですけどね。自転車で十分くらいの距離だから」

「萌さんに似てらっしゃるんですか」

「うーん、双子でも二卵性はね、むしろ普通の姉妹より似てないことも多いらしいですね。彼女たちも、正反対って感じかなあ。萌ちゃんはほら、大柄でおっとりしてるでしょ。舞ちゃんは山椒タイプ」

「小粒でぴりりと？」

「そう。ちょっと、この村のリズムからしたらその……きつい感じはします。都会的と言うか。彼女なりに萌ちゃんを守ろうと一所懸命なんだろうけど、萌ちゃんの人生の為にはどうなのかな……萌ちゃんだって、もっと広い世間を知って、恋愛なんかも」

一馬はここで言葉を切って、視線を遠くの山並みに向けた。足下を歩く俺から見上げると、一馬が照れているのがよくわかった。同居人もたぶん、そんなデリケートな一馬の心情に気付いてか、ふんふん、と鼻歌を歌い出す。俺は、そんな同居人の足に歩きながらぐりん、と顎をこすり付けてやった。同居人が嬉しがっているのがわかる。

「実はもうじき、兄と舞ちゃんは結婚することになってるんです。舞ちゃんが玉村の家にずっといることになると、萌ちゃんは外に出て行く機会を失う……」

「連れ出してあげたら、どうですか」同居人は優しい声で言った。「東京に、呼んであげれば」

一馬は、下を向いている。だが笑顔になっていた。

「……そうですね……僕にその資格があるのかどうかわからないけど……僕も遊んじゃいましたからね……正直な話」

世界は今、日没に向かって何もかも金色だった。ここは二十世紀が忘れ物として残して行く奇跡の場所なのかも知れない。俺はふと、そんなことを思っていた。

4

母屋に近づいた時、母屋の明かりが消えているのがわかった。そろそろ日没も近いのか、明かりのない家は黒々と見える。どうして明かりをつけないのだろう？

「愛子のやつ、またやったな」

一馬が早足になった。縁側ではなく土間の方から入ると、愛子が踏み台の上にのって、台所の壁に取り付けられたブレーカーに手を伸ばしているところだった。明かりはまたついた。

「ごめんなさい、またやっちゃった。電子レンジとオーブントースターと炊飯器だとあかんねぇ」

「紙に書いて貼っとけよ。この家、もともと電気なんかない頃に建てられたでしょ」一馬が不安そうに見ていた同居人に言った。「それで後から少しずつ電化に合わせていろいろ付け足したから、不便なとこが多いんですよ。部屋の電気容量も小さいですしね。僕がこっちにいる間に、大きい容量に換えて貰おうとは思ってるんですが」

萌はころころと笑っている。愛子は踏み台から降りて左手に握っていたテレビのリモコンを構えた。グレーの服を着たキャスターが再びにこにこと喋り始めた。

「遅くなりました」


一馬と同居人が卓につくと、コップが突き出され、酒がなみなみと注がれた。

宴会は盛り上がった。と言うよりも、最初から盛り上がっていた。俺たち二人と一匹が戻った時にはもう、ご馳走がいっぱいに並べられ、オヤジさんは上機嫌で、勝馬と山菜採りで熊と出逢った時の武勇談比べをやっていたのだ。萌はまだ台所で何か作りたそうにしていたが、勝馬に呼ばれてテレビを消し、やっと卓に混ざった。

「阪神、昼間勝ったん、知ってます？　今、テレビで結果だけ」

「わお！」一馬が万歳する。

「デーゲームやったんか、今日」

「今年は何とかなりますかね」

男たちが野球談議を始める横で、同居人は箸を持ったまま、何から食べようかと迷い始めた。レオはそんな同居人がいちばん自分に恵んでくれる可能性があると即座に見て取って、膝の近くで期待を込めた目で同居人を見上げる。俺はおやじさんの胡座《あぐら》の上にあがって蹲《うずくま》った。すぐに、あちこちから箸につままれてぶら下がった刺身が現れ、頭上で揺れ始める。まさにここは天国である。

「要するにね、密室っていうのは、愛なんですよ」一馬の上擦った声が高らかに響いた。「謎解きに対する作家の愛情表現なんです。存在するだけでいい。密室が存在するだけで、その推理小説は、読者を感動させてやろうとか、誰かに評価されたいとか、そんなちっぽけな色気を捨てた作者の夢の世界に変わる。変わるべきなんだ！」

一升瓶はとっくに空《から》になり、二本目は俺でも名前を知っている福井の銘酒がどかんと卓の上に置かれている。

「だいたいね、現実の殺人事件に密室なんてものがありますか？　聞いたことありますか、浅間寺さん！　そう、ないんです！　だからいい。だから最高なんだ。現実の殺人事件を引き写してね、それで犯人あてなんてのは死に対する冒瀆《ぼうとく》だ。それやっちゃあ、いけないんですよ、ね……」

一馬は酒乱というよりも説教魔の類なのだろう。素面《しらふ》の時の爽やかで理知的なイメージはどこかに吹き飛んで、しまいにはひとりで機嫌良く何か歌い始めてしまった。一方おやじさんは、共に田舎暮らしの愛好者としての連帯感からか、勝馬と気が合っているようだ。同居人は萌や愛子ととりとめもないことを喋り散らしながら、せっせと料理を腹に収めている。一馬から密室殺人のヒントを得るという当初の目的など、完全にどうでも良くなっているようだった。まあそれも無理はない。卓の上に並んでいたのは、若狭湾直送の新鮮な魚料理の数々と、無農薬で育てられた健康な野菜を愛子と萌とが丁寧に料理した逸品ばかりで、同居人の普段の食生活からしたら、まさに一夜の夢のごとき豪華さだったのだ。そして俺も、はっきり言って、こんなに旨い刺身をこんなにたくさん食べたのは、生まれて初めての経験だった。

ただ、愛子は時折席を立っては、料理を足したりコップを換えたりと働きながら、さかんに時計を見て、途中で二度どこかに電話もしていた。俺は時計の読み方を知らないのだが、縁側の外がすっかり暗くなっているところからして、日没から一時間は経っているだろう。

「あかん、やっぱり心配やわ」

愛子が不意に言った。

「舞か」勝馬が訊いて、それから時計を見て頷く。「もう八時前か」

「さっき診療所に電話したら、五時半に出たけど、農協前に買い物に寄るかもて言うてたらしいん。でもいくら買い物してても、ちょっと……」

「友達の家と違うか？　松谷《まったに》さんとこに電話してみたか」

「してみた。知らないって」

「他はどうや」

「他って……舞ちゃん、この村にそんな親しい友達は」

「そうかて、舞も中学からこの村におるんやから。ええわ、ちょっと探そう」勝馬が立ち上がった。「愛子はあちこちに電話してみてくれ。俺は診療所まで行って、そこから探しながら戻ってみる」

「何か手伝いましょうか」

おやじさんも心配そうに中腰になった。

「いや、大丈夫です。たぶんどこかの家にあがり込んでるんですわ。この辺りだとね、夕飯時に訪ねて来た人間をすぐに帰したりはしないですから」

勝馬が土間から自転車を出して闇の中に消えて行くのが、縁側から見えた。

さすがに宴の熱は冷めたが、一馬はおやじさんのコップに酒を注ぎ足した。愛子があちらこちらと電話をする声が聞こえてしまうので、会話も盛り上がらない。萌は座ったまま、ぼんやりした顔つきをしている。鷹揚な性格は裏返せば少し鈍いということなのか、それとも、彼女は彼女なりに忙しく考えを巡らせているのか。一馬が時折、そんな萌をちらちらと見ていた。

気まずい時間が流れた。愛子は心当たりにすべて電話をし終えたのか、頭を振りながら卓に戻った。もう誰も笑わなかった。一馬が小声で、大丈夫だよ、と囁いた。

「この村では携帯、通じないんですよ。きっと町に出て買い物してるんだけど、連絡出来ないでいるんだ」

気休めに過ぎないことは俺にもわかった。町に出ているならば、携帯は使えなくてもどこかで電話は借りられるはずだ。

レオがいつの間にか縁側に出て闇を見つめている。俺もその横に座った。レオは無言だった。

どのくらい経ってからだったろうか。不意に鳴り出した電話のベルに、一同は身をすくめた。

「も、もしもし?」愛子の期待を込めた声が、当惑に変わった。「蔵の鍵? 兄さん、どうして今頃蔵なんか……え? はい……はい」受話器を置いた愛子が一馬に言った。「すぐに蔵の鍵を持って来てくれって、兄さんが」

「蔵の? どうして今頃?」

「よくわからないんだけど、駐在所から電話して来たのよ。蔵の前で待っててくれって」

一馬は間髪入れずに立ち上がると、仏壇の小引き出しに入れてあった鍵を摑んで縁側から飛び出した。誰も後は追わなかったが、レオだけが、俺にちらっと目配せすると素早い動きで闇の中に消えて行った。

その時になって俺は、少し前までうるさいほど聞こえていた蛙の声が、ぴたりと止んでいることに気付いた。この静寂のもたらす意味はひとつだ。

死神が今、この家の近くを通ったのだ……

今津舞は発見された。蔵博物館の展示室の奥で、絞殺死体となって。

＊

舞の亡骸《なきがら》はすぐには玉村家に戻されず、県警本部の指示とかでどこかに運ばれて行ったらしい。解剖されたら可哀想だわ、と萌が泣いていた。愛子は知らせを聞いて気絶した。おやじさんが愛子を彼女の部屋へと運び、同居人がそれぞれにあてがわれた部屋に布団を敷いたが、誰も眠ろうとはしなかった。泣き疲れた萌がそれぞれの部屋に蚊帳《かや》をつってくれた。俺は蚊帳を見るのはとても久しぶりだったので興奮し、思わず本能のままに飛び込んで一度は布団の上で転げ回ったのだが、すぐに状況を思い出して蚊帳から出た。レオが戻って来たのは、舞の死の知らせがあってからかなり経ってからだった。

「死体を見たのか」

俺が訊くと、レオはふうっと溜め息を漏らした。

「綺麗でしたで……紐か縄で首を絞められたらしいですけどな、その割には、ひどく苦しんだ感じやなかったな……一気にぐっとやられたんでっしゃろ」

「どこにあったんだ」

「ネズミの穴、ありましたやろ。あの手前んとこですわ。後ろから絞められてるゆう話で、壺の展示のとこにある説明書きを読んでるとこをやられたんやないかて」

「なんでそんなもんをこの家の人が今さら、読む？」

「舞さんが書かはったもんなんです……自分の書いたもんゆうのは、中身がわかってても、しばらくしたら読みたなるもんと違いますか」

「わざわざ仕事帰りに寄ってまで、かい？」

レオは首をゆっくりと横に振った。

「死んだ人の考えてたことなんか、誰にもわかりまへん」

「死亡推定時刻は出たのかな」

「あんさん、刑事みたいな言葉つかわはりますなぁ」

レオはほんの少し、鼻に皺《しわ》を寄せた。これも猫族の笑いのひとつだった。「まだ解剖が終わったわけやないですけど、目安はついてるらしいですわ。警察官と一緒におったあの、ほれ」

「検視官？」

「ゆうんですか、その人の言うには午後六時半から前後三十分内外やろゆう話です。そもそも、なんであの蔵を開けようゆう話になったか言いますとな、ほら、あの雉虎の雌猫のいる家、あそこには小浜まで車で通勤しとる若い兄さんがおるんですが、その人が七時過ぎに自分とこ戻る途中で蔵の前を通りかかったら、明かりがついてた。あの鎧戸のついた小窓から光が漏れとったらしいです。一馬さんが蔵を閉める時、鎧戸を閉めるのを忘れはったんですな」

確かに、一馬は小窓の確認をしていなかったな、と俺は思った。だがあの時、照明は消えていたはずだ。

「ところが、丁度車が通り過ぎようとした時に、その明かりがパッと消えたそうです。それでその兄さんは、中で玉村の誰かが仕事しとって、今終わったとこなんやな、と思ったそうですわ。勝馬さんが舞さんの行方を探して、巡査さんと診療所から玉村家までの道筋にある家に一軒ずつ寄っていて、その話を聞いた。それで、そら変やゆうことになって蔵を開けようゆうことになったようですわ」

「ちょっと待ってくれ。それじゃ舞さんが殺されたのは……」

「その明かりが消えた時か、消える直前やないか、と。その時刻、展示室で舞さんは説明書きを読んでいる。そこに犯人が忍び寄り、舞さんを一気に絞殺し、明かりを消して逃げた。しかもちゃんと扉には鍵を閉めて」

「なんだって！　鍵は閉まっていたのか！」

「そやから一馬さんに鍵を持って来てくれるよう、

いったん駐在に戻って電話しはったんですわ、勝馬さんは。錠はしっかり、全部、かかっていたそうです」

「そんな馬鹿な……だって、鍵はずっと母屋の仏壇にあっただろう?」

「勝馬さんも一馬さんも、そう言って巡査さんに説明してはりましたけどな、警察は納得してまへん。それで二人とも、分署の方へ連れて行かれました。警察は、誰かが前もって鍵を盗んでおいたんやろゆうてます。もちろん、そんなことはないと思いますけどなぁ……そりゃ前もって鍵をコピーしておいたゆうことも考えられますけど、展示室の前には泥棒よけのセンサーがついてますやろ。あれを解除する暗証番号は、勝馬さんしか知らないはずです。勝馬さんがそんなもん、やたらと他人に教えるわけはない。それにあのセンサーは警備会社の防犯システムに直結しとります。いつもと違う時間に勝手に解除されたら、すぐに警備会社から母屋に電話が入ったはずです」

「でも……それならどうやって犯人と舞さんは中に入ったんだ?」

「中へは入れたんですわ」レオは、あっさりと言った。「二人が入った時間にはまだ、鍵は閉まってへんかったですから」

俺にはさっぱり理解出来なかった。

「馬鹿なことを言うなよ、俺は確かに、一馬さんが蔵に鍵を掛けるのを見ていたんだぜ」

「そやから、二人はその前に中に入ってるんですわ。ほれ、あの銀色の棒、覚えてはりますか? 展示室に入館する人の数と時間を記録してカードにする機械ですわ。あれによれば、六時一分に続けて二人、展示室の中に入ってるんです」

「……六時一分……」

「わてらが母屋にいた時、勝馬さんが戻って来て、それからテレビのニュースが始まりましたやろ? 萌さんが楽しみにしとるやつですわ。その後で一馬さんとあんさんらが鍵を閉めに蔵に向かった。つまり、まさにあんさんらが蔵に向かい始めた時に、二人は蔵の中に入った」

「しかし蔵の中には誰もいなかったぜ」

「隅々まで探さはりましたか？　ちらっと見ただけやおまへんか？」

俺は思い出した。確かにそうだ……一馬は、中に向かって一度呼びかけただけだった。

「二人はたぶん、あんさんらが来たんで咄嗟《とっさ》にどこかに隠れはったんでっしゃろな。あんなにごちゃごちゃしたとこです、ちょっとの間やったら隠れるとこはどこにでもあります。で、あんさんらがいなくなってから出て来て……」

レオは嫌悪に顔をしかめた。つまり、舞と舞を殺した人間とが、誰も来る心配のなくなった蔵の中で、不道徳な行いにふけっていたとレオは思っているのだ。

「……そんな相手が舞さんにはいたのか？」

「まあ……いたゆうたらいましたやろ。前の亭主ですわ。もともとそいつの浮気で別れたらしいんですが、そいつは舞さんに未練たらたらで、何度も玉村の家まで押し掛けてるんです。そやけど舞さんはぜったいにそいつのとこには戻らんゆうてたんですけどなぁ……女心ゆうのはわかりまへん」

「なるほど」俺は髭を一度ぶるっと震わせた。「だがしかし、それでそいつが舞さんを殺したとして、どうやって鍵を開けて逃げたんだ？」

「そやから合い鍵で……」

「なあレオ。現代的な鍵なら確かに、内側からは簡単に開くだろうさ。合い鍵なんて普通は必要ないよ、きっと。でも、丸太みたいな横棒を外側に通して鎖を巻き付けた江戸時代の錠はね、内側からは開かないんだよ……合い錠があろうとなかろうと」

レオの目が大きく見開かれた。俺は意味もなく喉を鳴らした。猫が喉を鳴らすのは気分のいい時ばかりではない。ひどく動揺していて気持ちを鎮めたい時にも鳴らすのだ。

5

現実の密室殺人など、もちろん俺は大嫌いだった。それはさすがの玉村一馬も同じだったらしく、明け方にようやく警察から戻った一馬は、そのまま居間に座り込んだきり黙っていた。勝馬は警察から舞が運ばれた病院へと回り、解剖の終わった舞の遺体を引き取って戻って来ることになっていた。同居人は自分の為に用意された部屋で、蚊帳の中に座ったまままからだを丸めていた。そのままの姿勢で眠っているることがわかって、俺は起こさないように気をつかいながら、彼女のそばで丸くなった。

目が覚めた時にはもう、空気がむっとして暑かった。同居人はいつの間にか横倒しになってすやすやと寝息をたてている。居間に行ってみると、一馬は真っ赤な目をしたまま襖にもたれるようにしてぼんやりと縁側から庭を眺め、おやじさんは卓の前に座ってレオを撫でていた。

「正太郎」おやじさんは元気のない笑顔になった。「ひとみちゃんはまだ寝てるのか。起こさないようにしてやろう……あと一時間もしたら、舞さんの遺体が戻って来るらしい」

姿は見えなかったが、台所に萌がいる気配はした。萌は歩く時にからだの重心を傾けているので、独特の足音がする。

「とんだことになったな……まったく。密室殺人とはな」

「警察は密室殺人だなんて思ってませんよ……僕らの中の誰かが犯人にあらかじめ鍵を渡していたと決めてかかってます」

「その可能性があったとしたら舞さんだけやろう……まさか殺されるなんて思ってもみず、元の亭主に鍵を貸してコピーさせていた。しかし、一馬くんが施錠する前に蔵に入り込んでいたんだとしたら、どうやったって犯人はあの蔵から出られない……もう一度訊くが、君たちが舞さんの遺体を発見して騒いでいた時、誰かがその隙に蔵から逃げ出すことが出来た可能性は、ないんやね？」

「絶対にないです」一馬は絞り出すように言った。「僕と兄さん、それに駐在所の巡査の他に、明かりがついていたと証言した植村さんとこの長男もいたし、外には植村さんとこの次男と親父さんも来ていた。田舎のことですからね、何か起こったら出来るだけのことをしようと待ちかまえているってのは常識なんです。それだけの人間の目をかすめて誰かがこっそり逃げ出しただなんて、そんな馬鹿げたこと」

「そうなると可能性はひとつやな。舞さんと犯人が蔵に入った時間が間違ってるゆうことや。つまり、二人はあらかじめ閉まっていた蔵を開けて中に入ったんやな。それやったら、犯人が逃げ出した時には鍵は開いているわけやから、問題はない。元通り閉めて逃げればしまいや」

「ゲートのタイムはどうやって細工するんです？」

「だからあれは、誰かが入って記録されたもんやないんや。あんな棒を倒すだけやったら、猫でもでける。なあ、レオくん？　おまえさん、昨日やっとったな？　猫かイタチでも入り込んで、鬼ごっこか何かしてる拍子に偶然、棒が倒れたのかも知れん」

親父さんはあの場面を後ろから見ていたのだろう。

「棒を乗り越えれば記録はされんやろ？　だいたい、中で秘密の逢い引きしようとしたもんがわざわざ記録を残すようなことをするか？　二人は棒を乗り越えたんや」

「ゲートのバーは、小動物が触れたくらいでは倒れませんよ。しかも同じ時刻、というよりも一分以内に二回ですよ」

「誤動作か故障ゆう線もあるやろ」

「それはあるかも知れませんが……でも、仮に合い鍵を持ち、暗証番号もうっかり兄が漏らしたのを舞ちゃんが聞いていて犯人に教えていたとしてもですね、センサーを解除したら当然、警備会社が異常を察知します。朝になってからならともかく、閉館時間のわずか一時間後にセンサーが解除されるなんてことは、普通ではないことです。そういう特別なことをする時には、兄から先に警備会社に連絡を入れることになっていましたからね。ゆうべは警備会社から連絡なんてなかった。警察が警備会社には調べに行くと思いますが、たぶん、何も異常はなかったと返答があると思いますよ。センサーは解除されていないんですよ、浅間寺さん」

「矛盾だらけやな……しかし、一馬くん。あんた言うてたな、現実の殺人事件に密室なんてものはないと」

「百パーセントないとは言い切れませんが、ダイイングメッセージと同じくらい、現実の殺人事件でお目に掛かる確率は低いと思いますね。完全犯罪をもくろむ人間がいたとして、完全犯罪とは何かと言えば、自分が逮捕されないということですよね？　だったらもっとも安全な方法は、他の誰かが代わりに逮捕されることだと思いますか？」

「いや」おやじさんは首を振った。「違うな。特定の誰かが逮捕されれば、それに繋《つな》がる人物はそこから伸びる糸をたぐられれば逮捕されてしまう可能性が出て来る」

「その通りです。では何が最も安全なのか。それは、誰も逮捕されずに迷宮入りしてしまうことなんですよ。容疑者が絞れないのがいちばんなんです。実際、自動販売機に毒入り缶ジュースを放置した、なんて事件が最も解決し難いんです。つまり、誰でもが行える犯罪であるからこそ、容疑者を絞ることができなくなるわけです。ところが、どんな理由であれ密室なんてものを作り出してしまうと、そもそもそれを作り出せる人間というのは自ずと限られてしまう。そこを突破口にされれば、一度は間違った方向に警察を誘導することに成功しても、やがて自分の方へと捜査の手は伸びてしまいます。誰かに恨みがあってそいつを殺人犯に仕立ててやりたい、というような屈折した動機でもない限りは、わざわざ殺人現場を密室にして、逃走経路を隠す必然性なんてないんです。むしろ、完全に開放された空間での殺人の方が、よほど解決困難ですからね」

「しかし舞さんを殺した犯人の逃走経路は隠されてしまった……センサーが解除されなかったとすれば、犯人の入館は六時一分。その直後に鍵は閉まり、七時に明かりが消えた……そして犯人は姿を消している。そのセンサーは赤外線装置かな」

「そうですが、一本ではありませんからくぐれませんよ」一馬は苦笑いした。「ほとんどガラス戸の全面に、縦・横・斜めにセンサーが張り巡らされています。人間はおろか、ネズミだって感知されずに通り抜けは無理です」

おやじさんはレオの顎から指を離すと、腕組みして目を閉じた。そのままの姿勢でしばらくの間いてから、ふっと目を開けて立ち上がった。

「何かが間違ってるんやな」

「……間違ってる?」

「どこかにわしらの誤解がある……一馬くん、ちょっとひとりで考えて来る。おい、正太郎。散歩に行くが、付き合うか?」

俺は一声返事をして、縁側から降りて歩き出したおやじさんの後を走った。

「なあ正太郎。いったい、わしらはどこで間違ったんだろうな?」

独り言を言う時に聞き手を連れて歩くのは、おやじさんの昔からの癖だった。いつもならその役目はサスケのものなのだが、サスケがいない今は、俺を聞き手にするつもりだろう。おやじさんは日頃言っている。ホームズいうんはワトソンがいて初めて成立するキャラクターやった。あの世界はすべてワトソンの視点で書かれている以上、何もかも「わかって」いたのは実は、ワトソンなんやで。サスケはこんな時、何もかも「わかって」ついて歩いていたのだろうか。悲しいことに、俺は今、何にもわかってはいなかった。

「舞さんを殺した犯人は、なんで密室なんて面倒なもの、しかもあれほど強固なものを作り上げてまで、逃走経路を隠したかったんや？　それがわかれば犯人が誰かもわかるんか？　どうも違う……それだと辻褄が合わん。舞さんを殺したんは元の亭主やと、みんなが思うてるのはなんでや？　他に舞さんが秘密の逢い引きをするような男はおらんからや。もし犯人がほんまにその亭主やったとしたら、逃走経路なんか隠してもまったく無駄や。どんなアリバイがあったって、警察はしつこくその元亭主が犯人やないかとつきまとい、徹底的に調べ上げる。そうなればアリバイトリックなんてもんは、じきに見破られてしまう……だったら他の奴が犯人か？　それやったら、密室なんてややこしいもん作らんと、そのまま逃げた方がなんぼ良かったか。それやったら何も問題なく、元亭主がすぐに犯人と疑われて逮捕されるもんな……いずれにしても」オヤジさんは立ち止まり、俺を見下ろした。「犯人は密室なんか作って、いったい何の得があったんか。そこが問題やな」

蔵の前には警官が立って厳重に見張りをしているのかと思ったが、意外なことに、もうすっかり検証は終わっているらしい。蔵の扉は開いていたが、ガラス戸は閉まっているようだった。オヤジさんはゆっくりと蔵の周囲を二周した。それから窓を見上げた。

「おまえさんなら入れるか、正太郎？」

俺は否定の鳴き声をあげた。猫は忍者ではない。何の足掛かりもない垂直な壁を三メートルも登ることなど出来ない。

「あかんか、そうやろな」

オヤジさんは俺の言葉を正確に理解して頷いた。こういうところが現在の同居人とはだいぶ違う。

「いくら鎧戸が開けられていたとしても、桟の隙間はせいぜい、十センチ角。猫やイタチならともかく、人間では子供でも無理や。参ったな……」

オヤジさんはずっと腕組みしたままだった。

博物館の正面に戻った時、クラクションが鳴らされた。見ると、白いワゴン車の助手席から勝馬さんが顔を覗かせている。

「浅間寺先生」

「勝馬さん……舞さんの？」

勝馬は辛そうに頷いた。ワゴン車の後部には舞の遺体が入れられているのだ。

「犯人は拘束されたそうです」

勝馬が言ったので、オヤジさんは驚いた顔になった。

「今朝早く、小浜市内で舞の元の亭主が酔っぱらい運転で捕まったそうですわ……泥酔していてゆうべのことは何も覚えてないと言い張ってるそうですが、舞の自転車がここから国道に出る途中に山林の中で見つかってますから、あいつに間違いないでしょう。ゆうべ車を国道に停《と》めてこの蔵で舞と待ち合わせして殺し、舞の自転車で途中まで戻って乗り捨てて逃げた。辻褄は合います」

「いやしかし、密室はどうなったんです？」

「密室？」

勝馬が怪訝な顔をする。

「だって勝馬さん、蔵の明かりが消えたのは七時頃ですよ。その時には蔵の鍵はしっかり閉められていた。それもあの錠前は内側からは絶対に開かない。二人が七時まで蔵の中にいたとしたら、いったいどうやって蔵から逃げたんですかね、犯人は」

勝馬の表情は何とも奇妙なものだった。ゆうべ母屋に戻っていない勝馬は、オヤジさんや一馬と事件のことについて話し合わなかったので、今の今まで密室が存在することに気付いていなかったのだ。

「……それは」勝馬の声は掠《かす》れて聞こえた。「犯人が自白するでしょう……きっと警察が聞き出してくれますよ」

「そうでしょうね」

おやじさんが同意すると、勝馬が、ではお先に、と言って、車は走り去った。

「おじさま」

勝馬と入れ替わるように声がした。同居人が、げっそりとした顔のままおやじさんの後ろに立っていた。

「もう起きたんか、ひとみちゃん。無理せんと寝とったらええのに。今夜は舞さんのお通夜でまた遅くなるで」

「何かわかりました？」

「いや、考えれば考えるほどわからんようになる」

「今さっき、警備会社から母屋に電話が入ったの。警察から問い合わせがあったが、何かトラブルが起きたのかって。一馬さんが電話を受けてたけど、やっぱりゆうべ、一度セットされたセンサーシステムが解除されたということはなかったみたい。警備会社の記録によれば、まったく異常なし、ということでした。あのでも、ひとつだけ変なことはあったの。警備会社の記録によると、昨日、センサーがセットされたのは午後六時二十三分になっているんですって。一馬さんがそんなはずはないから、おたくタイマーが故障したんじゃないかって電話で言ってたけど」

「なんやて？」

おやじさんの顔色が変わった。

「向こうの間違いですよ、おじさま。だってあたし、昨日一馬さんと一緒にいて鍵を閉めるのを見学させて貰ったでしょ？　あたしたち、間違いなく六時少し過ぎに母屋を出て、どこにも寄り道しないでここに来て、すぐに戸締まりしたんですもの」

おやじさんはじっと宙を睨んでいる。その頭の中にどんな流れが渦を巻いているのか。俺も息をひそめて待った。

「正太郎」おやじさんはひどく静かに言った。「ひとつ教えてくれ。あの蔵の中に、ネズミはいるんか?」

いる、と俺は鳴いた。そして博物館の中に向かって駆け出した。おやじさんも後に続いた。

「すみません」おやじさんはドアの前に立っていた警官に言った。「昨日ここを見学させてもろた時に、中に財布を忘れたようで」

「悪いんやが、中には入れん」

「一緒に来て下さってもいいですから、探させて下さい」

「後で探しといたる」

「今ないと困るんですよ。次のバスで小浜に出ないと、お袋が病院で危篤なんです!」

警官はどうやら地元の男らしい。人の良さそうな顔を困惑させ、それから小さく頷いた。

「ほんなら、一緒に入る。すぐに済ませてや」

だがおやじさんは警官のことはもう気にしていなかった。俺は真直ぐにレオに教わったネズミの巣穴まで駆けた。おやじさんも大股で俺を追う。

「これか!」

おやじさんが、割れたコンクリートの隙間に覗いている穴を見て大声で叫んだ。そして、天井を見た。俺もつられて首を上に向けた。電灯は蛍光灯だった。いきなりおやじさんは展示品が載っている机に飛び載った。俺もはずみで後に続く。

「あ、こら、何をする!」

警官が怒鳴ったがおやじさんの耳には入っていない。おやじさんは机の上に載ったまま、蛍光灯をじっと見つめていた。それから、何といきなり、ジャンプした。つられて俺も、その場で飛び上がった。

「危ないおじさま、壺が割れたら大変っ!」

一瞬、おやじさんの手が天井についた。辺りの光景がゆらいだように見えたのは、明かりがほんの瞬間消えたからだとわかった。おやじさんは無事に床に着地していた。

「あんたら、いったい何を……」

「財布、ありました」おやじさんは胸のポケットから財布を取り出して振りながら大声で言うと、すたすたと玄関に向かった。「ご親切にありがとうございました」

　俺と同居人は慌てておやじさんの後を追った。

「いったいどうしたの、おじさま」

　同居人が小走りにおやじさんと並んで訊いた。だがおやじさんは意外なことを言った。

「ひとみちゃん、あんた、いつもしてるスイッチの時計、どないしたんや」

「やだぁ」同居人が笑い出す。「スイッチじゃなくてスウォッチですぅ。ちゃんとして来たんですけどね、昨日、博物館の中で愛子さんの手とあたしの手がぶつかって、愛子さんのしてた時計の金属バンドにぶつかってヒビが入っちゃったんです。それであたしがいいって言うのに、愛子さんが弁償するって。なんだかそのままししてると愛子さんが気にしそうだから、はずしたの」

「そうか」おやじさんはなぜか、歩きながら大きな溜め息をついた。「ひとみちゃん、頼みがあるんや」

「なんですか？」

「母屋に着いたらな、萌さんも愛子さんも、十分でいいから台所に入って来ないように引き留めて貰えんかな。方法は任せる。あんたも推理作家なら、適当な口実を考えるのはうまいやろ」

「おじさま、何かわかったのね！」同居人はおやじさんの腕を摑んだ。「いったいどういうことなの？教えて、おじさま！」

　だがおやじさんは黙ったままだった。ひどく早足で母屋に向かっている。同居人は、おやじさんの沈黙でこれから起ころうとしていることの重大さに気付いたのか、足を停めた。俺は迷ったが、そのまま同居人の足下にいた。同居人が俺を抱き上げた。

「正太郎……ちょっと、恐いね。あまり楽しいことは起こらない気がする」

同居人は俺に頬ずりした。

同居人の嘘はさすがに巧みだった。女性にしかわからない肉体的な痛みを愛子に訴えて二人で自分の部屋に引っ込む。萌の方は特に引き留める必要はないようだった。萌は、舞の遺体が安置されたいちばん奥の和室に座ったまま動くつもりはないようで、啜《すす》り泣きながらレオのからだを撫でている。レオは決して最高に気持ちいいわけではないだろうに、盛大に喉を鳴らしながらじっとしていた。俺たち、人間と暮らし、同居する人間のことをそれなりに嫌いじゃない猫はすべからく、自分たちが時には同居人の精神安定剤の役割を果たすことを知っていて、それが必要だと感じればトイレに行くのも少しは我慢して膝の上にじっとしているものなのだ。

俺は遺体のそばにいる人々の注意が他にそれた隙に、棺《ひつぎ》にちょっとだけ失礼して前足を置かせて貰い、舞の顔を見た。棺には蓋がされていたが、遺体の顔の部分だけ小窓のようになって開けてあり、舞の顔が見えている。美人なのかどうかは俺の基準では判断出来ないが、決して不快な顔ではなかった。たぶん、美人なのだろう。だがきりっとして厳しい顔だ。本当に、萌とは似ていない。

忍び足で台所に入って行くと、おやじさんはもう探索を開始していた。おやじさんがいったい何を探しているのかはわからないが、ともかくそれが見つかれば今度の事件は解決する、ということは俺にもわかっている。手伝ってやろうか。俺がそう鳴くと、おやじさんは頷いた。

「一緒に探してくれるか。このくらいの大きさでこんな形で、おまえさんと同じ色のもんや」

俺は承知して探し始めた。おやじさんはごみ箱に狙いを定めているらしい。愛子か萌がそれを捨てたと思っているのだろう。俺はそうは思わなかった。ずっと以前に、同居人が教えてくれたことがある。木を隠すなら森。ミステリの基本だ。俺は、おやじさんが指定したのと同じ大ささと形のものがたくさん入っている棚を見つけた。小さな棚だった。どの物にもラベルが貼ってあって字が書いてある。字は読めなかったが、慎重に鼻を押しあてていくとおやじさん以外の人間の指先の匂いのついたものがひとつあった。匂いはそんなに古くはなかった。俺は前足でそいつを棚から引っ張り出した。そいつが床に落ちた。

「それは違うやろ。NHKの園芸講座の録画や」

だが、俺の目とオヤジさんの目が合った途端、おやじさんは顔色を変えた。

「ほんまか！　ほんまにそれなんか！」

おやじさんはそれを摑み、機械の中に入れた。音は消してあった。だが、見たことのある絵が動き出した。おやじさんはすぐにそいつを機械から取り出すと、俺に言った。

「ひとみちゃんを呼んで来てくれ。一馬さんと散歩に出る」

＊

「すみませんでした、浅間寺さん。せっかく遊びに来て貰ったのに、こんなことになってしまって」

「そんなことは、一馬くんの気にすることやないで……あんたの方こそ大変やな。どうするんや、しばらくこっちにおるんか？」

「そのつもりです。萌ちゃんのことが心配ですし」

「そうした方がええと思う……あんたが萌さんをしっかり守らんとな、これからは」

「浅間寺さん……？」

「見当は付いとるんやろ、一馬くん……あんたは密室殺人のオーソリティだ」

おやじさんが微《かす》かに笑った。同居人は俺を抱いたまま、はっきりと震えた。

「検討はしてみました」一馬の声は挑むように尖っていた。「でも、その線はないと確信しました。時計だけなら何とかなるかも知れないが、テレビがある。六時のニュースはちゃんと始まっていた。そして、ちゃんと……」

「ビデオなら出来る」

「いいや」一馬は強く言った。「浅間寺さんだって聞いてらしたじゃないですか。あの時、萌ちゃんは野球のデーゲームの結果を僕らに伝えた。数日前に録画していたビデオでどうしてそんなことまでわかりますか？　不可能です。同じテレビとひとつのビデオデッキで、時間差で録画と再生なんか出来ません。少なくとも、うちにある機種ではね」

「もしこれが小説なら、あんたは簡単にトリックを見破っていたやろな」おやじさんはまた、少しだけ笑った。「だがさすがのあんたも、自分の身内が絡んで来ると突っ込めなくなったんやな。それはまあ、人間として当然のことや。あんたが出来れば疑いたくなかったというのは……」

「浅間寺さん」一馬は怒っている。だがおやじさんに対してというよりも、やり場のない怒りに囚われているようだった。「はっきりさせましょう。浅間寺さんは、舞ちゃんを殺したのは誰だと言いたいんですか」

　おやじさんは、淡々と言った。

「勝馬さんや。そして、愛子さんも共犯やな」

6

　同居人が息を呑んだ。声にならない叫びが喉から漏れているのが、熱い空気の流れでわかった。

「あんたは言ったな、開かれた、誰でもが可能な条件で行われた殺人事件が、実はいちばん解決し難いのだと。それは事実や。たぶん、舞さんを殺さなくてはと追いつめられた時、勝馬さんも同じことを考えたやろ。けど、この村でそれは不可能やったんや。この村にはよそ者は簡単に入って来《こ》れんし、仮に入って来たとしても、みんなが注目して見張っている。行きずりの見知らぬ人間の犯行にすることが出来ないとすれば、どうしたって、誰に罪を擦《なす》り付けたにしたって、自分たちのところに捜査の手は伸びて来る。だとしたら次に取るべき道は何か。自分たちのアリバイを強固なものにして、どれほど疑いが濃厚でも起訴されることのないようにする。それしかない。それには、客観的な証人が必要やった。あんたや萌さんでは駄目や、身内やもんな。そんな時、わしが遊びに来るという話が持ち上がる。あんたはわしについての情報を、それと知らずに勝馬さんに漏らした。わしが大雑把な性格で酒のみで、ついでに、決して時計を持ち歩かない人間やゆうことを。アリバイの証人にはまさに、うってつけやったわけや」

「そのアリバイトリックって奴を訊かせて下さい」

「わかってるんやろ?」

「穴があるんですよ。不可能だって言ってるでしょう?　可能だと言うなら最初から説明して下さいよ」

おやじさんの歩みがのろくなった。一行は玉村邸の周囲をめぐって、林間の道に入って行く。初夏の陽射しが杉木立にはばまれて涼しかった。

「トリック自体は実に他愛ないもんや。時計を十五分遅らせておく。それだけや。母屋の時計も、一馬くん、あんたの腕時計も、ついでに博物館の玄関にあった時計もな。ただひとつ、入館者をカウントする機械のタイマーだけは、正常なままにしておく。萌さんはおっとりした性格やったから、頻繁に時計を見たりはしない。ただひとつだけ困ったことがあった。萌さんは毎日、六時のニュース番組を台所で見る習慣がある。テレビだけはどうしようもない。それで、ビデオが使われた」

「だからそれがおかしい。萌ちゃんは昨日のニュースを……」

「使われたのは全部やない。最初の部分だけなんや」

「最初の部分……だけ?」

「そう。あのニュースキャスターは、毎日似たような服を着ている。そうやったな、ひとみちゃん」

「は、はい」

「愛子さんと勝馬さんは、あらかじめ数日前の番組の冒頭部分だけを録画しておいた。わしはそのビデオをさっき台所で見つけたよ。もしこのビデオがなかったら、今度の事件は萌さんも共犯ゆうことになる。萌さんも共犯なら、わざわざビデオのトリックを仕掛ける必要はないもんな。ビデオがあって正直、ホッとしとる……ええか、こっからが分刻みやで。わしらを博物館に案内して、愛子さんは巧みに、舞さんが博物館に現れる前にわしらを母屋に向かわせた。舞さんが来る予定は六時、母屋の時計で言えば五時四十五分や。そやから、わしらが愛子さんにそれとなくせかされて母屋に向かったのは、偽の時刻で五時四十分頃やったやろな。勝馬さんはそのまま残る。五分後、勝馬さんと約束していた舞さんが、仕事先から家に寄らずに博物館にやって来る。正しい時刻で六時一分に、二人はあの金属バーを倒して展示室に入った。もちろん、バーを倒すよう仕向けたのは勝馬さんや。ひとりでも入館者数を増やさないと、とか何とか言うたら舞さんは疑わない」

「家のもんは必ずそうしてました。カウントを増やす為に」

「勝馬さんは、壺の説明書を確認して欲しいと舞さんに言い、舞さんが後ろを向いた途端に絞殺した。その場なら遺体は玄関から見えない。勝馬さんは外に出て、わざとささくれだった木材を逆撫でしてトゲを指にさし、母屋に急ぐ。勝馬さんが母屋に着いた時、あんたの腕時計も母屋の時計も、まだ六時になっていない」

「あっ」同居人が声をあげた。「それで愛子さんはわざと……」

「そうや」おやじさんは頷いた。「ひとみちゃんのことは、勝馬さんと愛子さんの計画からすると不測の事態やったんや。一馬さんの腕時計に細工するのは簡単やったやろ、そやけどひとみちゃんの腕時計に何かすることは簡単には出来ない。それで愛子さんは、わざとひとみちゃんの時計を壊そうとしたんやな」

「でも壊れはしなかった……カバーが割れただけで」

「それでも良かった。しつこく弁償すると言い続ければひとみちゃんが遠慮して時計をはずしてしまうことは予想出来たし、そうでなくても何か口実をつけて割れた時計を預かることは出来たやろ。ともかく、みんなが六時前だと思い込んでいた時刻に勝馬さんは母屋に戻った。これで勝馬さんのアリバイは完成や。そこからが駄目押しになる。愛子さんは六時になったとみんなに聞こえるように言って、テレビをつけた。萌さんは魚をさばいていてスイッチに触れないから自分がつけると言ってな。居間からは台所の様子は見えない。萌さんはたぶん、愛子さんに背中を向けていた。この時、愛子さんはテレビ放映ではなく、あらかじめセットしてあったビデオをスタートさせたんや。数日前のニュース番組の冒頭が流れ出した。同時に博物館に施錠しないとという話になり、一馬さんが代わりに行くと立ち上がる。これも一馬さんの性格を読んだ上で予想してたことやろ。ここでひとみちゃんが一緒に行ってくれたんは、彼等にとっては願ってもないことやった。客観的な目撃者を作ることで、一馬さんが計画に荷担した可能性も否定されることになるもんな。本当のところ、わしはこのことがあったんで、一馬さん、あんたも計画に荷担しているんやないかと疑っていた」

「どうして僕の疑いが晴れたんです？」

「そのことは後で話す。ともかく愛子さんは萌さんが変だと気付かないように、萌さんの意識を料理に集中させた。古いニュースが流れていても、音声を低くして他のことに集中させていれば、すぐには気付かない。数分後、愛子さんはわざと電気容量をオーバーさせてブレーカーを落とす。これで一度テレビは消える。愛子さんは踏み台が見つからない振りでもして数分を稼ぎ、それからリモコンを握ったまま踏み台にあがり、ブレーカーを入れたと同時にリモコンでビデオの電源を落とす。部屋が明るくなってから、もう一度ゆっくりとリモコンを操作して、今度はビデオではなく、テレビ放送をスタートさせたんや。十五分だけ先に進んでいる本物の放送が流れ出す。もちろん、当日の生のニュースも野球の結果も放映する。萌さんは気付かない。戻って来たあんたたちも、わしも気付かない。キャスターの服はいつも同じ様な灰色や。一度画面が消えて数分のブランクがあるから、始まった画面のニュースと前に見ていたニュースとが連続していなくても誰もおかしいとは思わないやろ？　後は、番組が終了する時間をごまかせばいい。これは簡単や。宴会が始まってしまえばテレビは消すことになるから、キャスターの終わりの挨拶の前に消してしまえば、番組がいつ終わったのかなんてわからなくなる。母屋の時計と番組終了時間が十五分ずれたことなんか誰にもわからない。こうしてテレビ放送が証人になる。それから頃合を見計らって家の時計を元に戻す。一馬さんの腕時計はそのままにしておいてもいい。一馬さんが後で遅れていることに気付いても、ただの故障だと思うだろう」

一馬の左手首に腕時計はなかった。おやじさんはそれをチラッと見た。

「だが警備会社にセキュリティセットの時間記録が残っていることまでは考えなかったのか……いや、考えはしたやろ。けど、テレビ放映が味方に付いていたら大丈夫やと思ったんやな。なにしろ普通の状況であれば、センサーが解除されたかどうかなんて誰も問い合わせたはずはないんや。犯人は、開いていたドアから入って開いていたドアから出た、それで何の矛盾もないはずやった。萌さんと一馬さん、それにわしさえ騙して証人に仕立てれば、それでスムーズにことは運ぶはずやったんや……密室なんてものが現れることは、二人とも予想もしてへんかったわけやな」

「偶然の密室」

一馬の言葉におやじさんは頷いた。

「或いは、不作為の密室。……今回の事件では、どう考えても犯人に密室を作って得をすることはなかった。そうなると密室は偶然に出来上がったものということになる。しかしあの蔵の鍵は偶然にかかったりはしない。残りの可能性はひとつや。密室の中に犯人がいた、という事実がまやかし、錯覚やった。密室殺人なんてもんは最初からなかったんや。犯人が脱出した時はまだ、そこは密室ではなかった……明かりが消えた原因は」

「……断線ですか」

「たぶんな……犯人はネズミやろ。どこかで線を中途半端にかじりよったんやな」

一馬が、長く、長く息を吐いた。

「僕が博物館を施錠しに行った時、明かりが消えていた。僕はてっきり、兄さんが消して来たんだと思って、スイッチには触らなかった……でもあの時、本当は明かりはついていなければならなかったわけですね。どこかで断線しかかっていて接触が悪くなっていたから、勝手に消えたんだ。それがしばらくして、また勝手についてしまった」

「ネズミがどたばた走り回った振動のせいかもな。たまたま外に目撃者がいた時にそれがまた消えた」

「もともと電気設備なんてない、ただの蔵でしたから……天井に簡単な化粧板を貼って、その中にコードを通してあるんです」

「触ってみてわかったよ。手で突いただけで、明かりが消えた。皮肉なもんやな。いや、やっぱり神様はおるゆうことなんか……もし七時過ぎについていた明かりが消えたりしなければ、犯人がどうやって逃げたかなんてことはまったく問題にならんかった。密室なんてものが現れなければ、誰も今度の事件を細工されたものだとは考えんかったやろ……あんたも、わしも。勝馬さんが母屋に行っている隙に、舞さんと、彼女を追いかけて来た元の亭主が展示室に入り、いさかいになって舞さんが殺された、それだけの事件でカタがついていたはずや。それが不可解な密室のおかげで、わしもあんたも事件をとことん考え直してしまった。密室の謎はネズミで解ける。そやけど、ひとみちゃんの時計が壊された事実、警備会社の記録と施錠時間とのずれ、それに、あまりにもタイミングよく、勝馬さんがいなくなって一馬さんが蔵に行くまでの数分間で起こってしまった殺人、これを重ね合わせてみると、まったく別の意図が見えて来る」

一馬は歩みを止め、その場にしゃがみ込んだ。嗚《お》咽《えつ》が薄暗い杉林の中に流れて行く。

「なんで二人が舞さんを殺さんとあかんかったんか……わしは動機は一切、知らない。特に知りたくもない。どのみち、わしが今、話したことは全部、ただの状況証拠に過ぎない。例のビデオはここにあるが」オヤジさんは、脇に抱えていた紙袋を一馬さんに差し出した。「これかて、殺人の証拠にはとても使えない。……あんたは、どうしたいんや、一馬さん。わしはあんたがしたいと思うようにする。警察がわしに何も訊かなければ、わしは何も答えるつもりはない」

「……少しだけ、考えさせて下さい」

一馬はやっとそれだけ言った。

「そうやな……ゆっくり考え。あんたらは仲の良いきょうだいや……どうしたらいいんか、三人でよう、相談し」

おやじさんは方向転換して、元来た道を戻り始めた。だが一度立ち止まって、一馬に背を向けたままで言った。

「あんたが共犯やないと確信した理由はな、あんたが腕時計をしてないのに気付いたからや。今朝は確かにしとったのに、今はしてない。あんたは自分の時計が十五分遅れたままなのに気付いて、アリバイトリックを見破った。なのに、黙って時計をはずした。共犯者やったら、時計なんて遅れてへんと言い張ればいい……あんたが悩んでるんやとわしにはわかった」

おやじさんは黙って山道を戻った。同居人もそれに従った。黙ったままで。だが俺の背中にはさっきから、冷たいものがぽとん、ぽとんと落ちていた。本当はひどく気分が悪い。早く毛繕《けづくろ》いをしたい。だが俺はじっとして、そして喉を派手にならしていた。今の俺の役割は、同居人の精神安定剤になることだ。それだけがたったひとつの俺の義務だと、俺は思っている。

＊　＊　＊

「それで、動機は何だったんだ？」

俺は、同居人のお気に入りのソファに上がり込んで寝そべっているサスケに訊いた。サスケはゆうべからおやじさんと共にこのO市のマンションに遊びに来ている。おやじさんが玉村一馬から長い手紙を貰ったので、その中身を報告に来たのだ。

「なんやけっこう、生臭い話やねん。あの殺された今津舞はな、玉村きょうだいの一昨年死んだ父親の愛人をやっとったんや、結婚前に」

「だって、姪だろう？」

「血の繋がりはないやんか。わてらかて、姪ぐらいやったら気にせえへんで。まあともかく、舞としてはや、当然、玉村が死んだ時にたっぷり遺産の分け前に与《あずか》れる思っとった。そやなのに、実際には遺言で現金をいくらか遺されただけやった。二人の関係の始まりはその……無理矢理やったと舞は言うてたらしい。それがほんまのことやとしたら、舞は玉村家を憎んどったんやな。困ってる孤児をひきとって無理に愛人にするゆうのは、そりゃちょっとえぐいわなぁ。舞は玉村の財産を奪うことを考え、あんたらの親父がアタシをてごめにして弄《もてあそ》んでた事実を世間にばらすと脅した。愛子には将来を誓った相手がおったが、厳格な家柄やとかで、そんな話が漏れたら破談や。勝馬にも恋人がいたんやが、舞は勝馬に自分と結婚しろと命じた。勝馬は愛子の為に承知して泣く泣く恋人と別れた。しかし舞はそれで満足せず、愛子と一馬に残りの遺産の相続を放棄させろと迫る。玉村家の遺産相続はまだ完了してなくて、山林や家、その他の動産の始末はこれからやったらしい。舞はそれらの残りを全部勝馬に相続させ、さらに名義の書き替えを進めさせて、最終的には全部自分のものにする計画やったんや。愛子も勝馬も、自分らの分はいいから、一馬だけにはいくらか残してくれと頼んでいた。いくら作家としてそこそこ売れているとは言っても、明日の保証のない商売をしている弟が気掛かりやったんやな。それに、一馬は萌のことを好いていて、結婚を考えていた。勝馬も愛子も、二人が結婚して幸せになってくれればと願っていた。その為に、一馬の相続分は確保したかったんや」

「だが舞は拒否したわけか」

「うん。それどころか、舞は萌を東京になど絶対にやらない。ずっと自分のそばにおいておくと言ったそうや。それを聞いて、勝馬も愛子ももうあかんて思うたんやな。舞がいる限り、勝馬は一生舞に支配され、一馬の財産も奪われ、萌すら自由にはなれない。……姉妹ゆうのは複雑な感情で繋がっとるもんなんやろなぁ。舞は舞なりに、足の悪い姉が不憫《ふびん》でそばで面倒をみたかったゆうのは本当のことやろて、おやじも言うとる。そやけどその一方、自分と違ってみんなに好かれるおっとりした姉の性格を妬《ねた》んでいたゆう面もあったんやないかて……そして何より、舞は、姉と離れたくなかったんやろて」

最近、俺もだいぶ人間の感情というものに対して免疫が出来て来た。だから少しは、わかるような気もするのだ。そんな複雑な姉妹感情も、そして、食べさせて貰っているという負い目の中で必死に我慢して叔父に抱かれていたのに、そばにいて何もしてくれなかった姉に対しての、密かな憎悪も。萌は、強い女だった。妹と叔父との関係に気付いていたとしても、そのことを声高に口にすれば、自分も妹も出て行かなくてはならなくなることを知っていた。姉妹はそれぞれに、お互いの固い殻の中で苦しい時代を過ごしていたのだ。そして憎み合いながら、愛し合っていた。誰よりも、強く、深く。

俺は思い出した。舞の棺のそばでレオを撫でていた萌の姿を。俺にはわかる……萌は決して、一馬と結婚して幸せになろうなどとはしないだろう。少なくとも、東京に出て行くことはないはずだ。あのままの姿であの家で、生涯、レオを撫でて生きて行くのだろう……

「あんさん、ここに残らはりまへんか」

別れる時、レオは言った。

「ここはええとこでっせ」

「うん」俺は頷いた。「いいとこだ、ほんとに。いつか気が向いたら、ふらっと来るかも知れないよ。でも、俺にも同居人がいるから、さ」

「待ってますわ」レオはニヤッとした。「楽しみに、待ってます。あんさんがハードボイルドを引退しはったら一緒に老後をのんびりやりまひょ。わても萌さんがここにおる限り、ここにおります」

「なあサスケ」

俺は、大欠伸したサスケに言った。

「あんた、ネズミ捕りしたことあるか」

「なんでわしがネズミを捕らなあかんねん。わしは犬やで、犬」

「犬がネズミ捕って悪いと法律で決まったわけじゃないだろう」

「屁理屈言いなさんな、大将。犬はネズミは捕りまへん。そんなことしたらあんたらの立場がのうなるやろ」

「でもなあ、おやじさんとこもネズミが出るだろ?」

「出てるみたいやで」

「電気、断線するよ、ほっとくと。コードをかじられて」

「するやろな。けど、直したらええやんか、断線ぐらい」

「そりゃそうだな」

俺は納得して、丸くなった。


同居人は結局、せっかく書いた密室殺人小説を採用して貰えなかったらしい。ひとつには盲腸で入院していた何とかいう作家が、病室で健気《けなげ》に書いた原稿が間に合ってしまったこと、そしてもうひとつの理由が、今時のミステリで田舎の蔵の密室だなどとベタなネタはウケません、ということのようだった。どうせ書くなら、もっとお洒落で気の利いた密室を。そう断りが書かれたFAXを受け取った晩、同居人は深酒して翌日は二日酔いで起きあがれず、俺は仕方なく、自分でドライフードの紙箱に爪を立てて破り、飢えを満たした。

俺は考える。もしこの、ドジで稼ぎの少ない、おっちょこちょいの同居人さえいなかったら、俺はあのままN村に残っていただろう。だがこの同居人がいない生活など、今の俺にはもう、想像出来ない。

やっぱり俺は、要するに、なんだかんだ言っても、この人が好きなのだろう。たぶん。

あとがき

正太郎は猫なのかそれとも、化け猫なのか。

その疑問に、本書はおこたえいたします。


ねこまた。生後九年だったか十年だったかを過ぎると、猫の尻尾が数本にわかれ、人語を解するようになり、いろいろと悪さをはたらくようになる、と言われ、江戸時代にはねこまたにならないよう、生まれた仔猫の尻尾を糸で結んで切り落としてしまった、などという話も伝わっていますね。そう、人語を解する猫は、化け猫なのです。

だったらやっぱり、正太郎は化け猫でしょうか。正太郎は少なくとも、日本語をほぼ正確に解することが出来ます。文字だって、一部なら読めたりもします。人間のやっていることならたいていは、その意味もわかっています。

化け猫ですよね、どう考えても（涙）

でも。

もし人間の側から見て、正太郎が人語を解したりいろんなことを理解したりしているように見えなかったとしたら？

そう……知らぬが仏。


この作品集では、従来から皆様に角川文庫や季刊誌「ジャーロ」（光文社）誌上などで親しんでいただいております、本格推理小説としての正太郎シリーズ作品の他に、人間の側に視点を移して「ふつうの猫としての正太郎」を眺めている、そんな作品を取り混ぜて収録してみました。

はたして、人間の目で見る正太郎って、どんな猫なんでしょうか。

正太郎は化け猫に見えているんでしょうか？

疑問の答えは、お読みいただけるとわかるかも、です。

ところで、人間の視点から見た作品は、対照的に、サスペンス・タッチで描いてみました。本格推理作品とサスペンス・ミステリー作品の読後感や緊張感の違いなども楽しんでいただけると嬉しいな、と思っています。
どの作品も、こだわりや仕掛け、企みやいたずらをちりばめた、山椒は小粒でもピリリと辛いよ、という作品に仕上がったかな、と、ちょっぴり自画自賛しています（笑）
もちろん猫に対するこだわりもいっぱいです。猫好きな方、猫を飼われている方でしたたら、「あるあるあるあるあるっ」「そうそう、そうなのよ〜」という描写がたくさん出て来て、それだけでも楽しいはず。でもそれ以上に、この作品集にはあらゆる形での「ミステリの楽しさ」を詰め込んだつもりです。

ミステリって、やっぱりすごく面白い小説なんだよね、と、読み終わった後で感じていただければ、それが何より嬉しいです。

猫の正太郎の物語は、まだまだまだまだ、続きます。わたしも正太郎が大好きで、作家をやめちゃうまで書き続けていたいと思っているのです。

今現在、正太郎をお好きな皆様、そして、この本で正太郎を気に入ってくださった皆様、どうか、末永く、いつまでも、正太郎とその仲間たちの冒険を応援してくださいね。

二〇〇一年　十二月

柴田よしき

《読者代表より》

正太郎クンへの手紙

川《かわ》口《ぐち》眞《まこと》

拝啓、正太郎様

こんにちは。初めてお便りします。

あ、キミは字が読めないんでしたっけ？　でも、「まぐろ」とか「グルメ」とか、それに勿論《もちろん》自分の名前の「正太郎」などいくつか読める字があるのですから、少し勉強すれば読めるようになりますよ。それに、写真の日付とか車のナンバーもわかるんですから、数字には強いんですよね。

まあ、とりあえず今日のところは、キミの「同居人」こと桜川ひとみさんに読み聞かせてもらってください。

僕がキミを初めて知ったのは、『柚木野《ゆきの》山荘の惨劇』でしたから、もうかれこれ三年になります。人間の言葉を理解する猫や犬たちに、「ウソでしょ」と思いつつも、しっかりと構築された世界に、ただのユーモア小説でないものを感じたものでした。

人間たちが文字どおり「猫の手」を借りて事件を解決するのですが、事件の真実の姿は結局、キミたちにしか見えなかったのです。人間の世界は不完全であり、その見ているものは一面でしかないのですね。しかし、それだけではありません。猫たちの世界が同時に描かれたことで、その不完全さが補完できることをも教えてくれました。それは、人間と動物（自然）とが互いに助け合うことの大切さにつながるのかな、とも思うのです。全ての生き物が、同じ地球に生まれた兄弟なのですものね。完全な世界、ユートピアがあるとしたら、それはお互いの不完全さを補完しあう関係の中にこそ存在するのかもしれません。

理屈っぽいですか？　キミの親友のサスケならさしずめ、「なんや、ややこしゅうてあかんわ」と言うところでしょうね。でも、キミは結構こういうのが好きなんじゃないかな？　本書の「正太郎とグルメな午後の事件」でも、ちょっとした手がかりから、推理を滔々《とうとう》と語っていましたものね。しかも、それがビンゴ！　お見事でした。

話は変わりますが、キミは『消える密室の殺人』まで、自分の名前の由来を知らなかったんですね。でも僕は、名前を聞いたとたんにピーンときましたよ。「正太郎」「サスケ」といえば、僕らの世代だったら誰でも知っているアニメの主人公の名前なのですから。「正太郎」は横山光輝《よこやまみつてる》の『鉄人28号』に出てくる大型ロボットを操縦する少年、「サスケ」の方は、そのままズバリ！　白土三平《しらとさんぺい》の『サスケ』の主人公の少年忍者です。

あははは、そんなにがっかりすることはありませんよ。『消える密室の殺人』で赤虎猫のケメコは、アニメの正太郎を「小生意気なガキ」なんて言ってましたが、彼は僕の子供の頃《ころ》の憧《あこが》れであり、ヒーローでした。

ですから、キミたちの名付け親であり、キミが絶対の信頼をおく「おやじさん」こと浅間寺先生も、きっと僕らと同世代に違いないと思っています。年齢的に言うと四十代。それも、キミの同居人殿から「おじさま」と呼ばれているところをみると、後半あたりでしょうか?

いつか機会があったら、おやじさんに聞いてみてください。実は、キミたちの産みの親である柴田よしきさんも、「本当のところは、浅間寺先生に聞いてみないとわからない」とおっしゃっていましたからね。作者でもわからないことですから、僕の想像が当たっているかどうかは、本人に聞くしかないのです。

さて、僕は今まで、キミ自身が語る物語ばかりを読んできたので、キミのことを、「猫ばなれしているなあ」と思っていたんですよ。怒らないでね。「人間ばなれしている」っていう言い方があるじゃないですか。あまり良い意味じゃないですけど、「普通じゃない」って感じ。ひょっとして、どこか遠い宇宙から来た宇宙人が猫に化けているのではないの? 手塚治虫のアニメ『W3(ワンダースリー)』みたいに……(『W3』では、三人の宇宙人が、兎《うさぎ》、鴨《かも》、馬に化けて、地球人のことを探るのです)。だって、普通の猫が人間の言葉を理解します？　仲間と相談します？　事件を推理して解決しようとします？　勿論それは、かっこよくて、面白くって、文句などありようもないのですが、僕の持っている一般的な猫のイメージとは、ちょっと違うのです（例えば、車のボンネットの上で、日光浴をしながら目を細めている猫、を想像してみてください）。

でも、本書を読んで、僕は「なるほど！」と思ったのです。本書では、人間の視点の物語と、今までどおりのキミの視点の物語が、交互に収められています。僕には人間の視点のお話がすごく新鮮でした。ストーカーが、嫉妬する女が、そして寂しい女が見るキミの姿は、僕が街角で見かけるごく普通の猫と同じように思えたのです。しかもそれは、それぞれがまったく同一ではないのですね。ここが、作者である柴田さんの凄いところです。キミは、ストーカーには悪魔の手先、嫉妬する女には愛する男を奪い取る象徴、寂しい女にはその心に語りかける存在として登場してくる。僕ら人間は、はじめに書いたように、所詮《しょせん》それぞれの立場でしか、猫も物事も見ていないのかもしれません。いえ、大人は、と言い換えましょう。子供には、例えば本書の「正太郎と花柄死紋の冒険」に出てくる江見ちゃんには、真実がちゃんと見えるのですから。それから、子供の心を失っていない大人も付け加えておきましょうね。そう、おやじさんのことです。

長くなってしまいました。そろそろ、この便りも終りにしたいと思います。

今日は、ここ二、三日続いた雨もあがり、雲ひとつない爽やかな青空の日になりました。そちらはどうですか？　いつの日か、キミから聞いた琵琶湖にかかる三重の虹を見てみたいです。
そうだ！　ぜひ今度、うちにも遊びに来てください。キミのことだから、同居人殿をうまく乗せて上京させるくらい朝飯前でしょう？　うちには、レディという名前の犬がいるのですが、仲良くしてくれると嬉しいです。

では、お元気で。次の活躍を待っています。

敬具

＊　＊　＊

※編集部による付記
この手紙は、当編集部気付で投函されたものです。差出人の住所は書かれていませんでしたが、桜川ひとみ先生の担当が、責任を持ってお届けしました。先生は、「また、創作風の手紙が届いたわ。この間の赤い字の人とは違うようだけど……。悪いけど、作家志望の人なら送る先を間違えているわね」とおっしゃって、机の奥深くにしまわれてしまった

そうです。なお、愛猫の正太郎君がこの手紙に気づいたかどうかについては、残念ながらご報告することはできません。あしからず、ご了承ください。

《解　説》

解説というより、お説解？

池《いけ》波《なみ》志《し》乃《の》
（女　優）

「猫」という文字に心惹《ひ》かれてこの本を手に取ったあなた。

「柴田よしき」の作品だから、というあなた。

「本格推理」が好きなあなた。

「サスペンス」も好きなあなた。

「カッパ・ノベルス」は一応チェックするというあなた。

もちろん、ご期待は裏切りません。

「彼（彼女）へのプレゼントに」と思っているあなた。

正太郎が、たくさんのものを運んでくれます。笑い、微笑《ほほえ》み、感動、さまざまな愛、スリルに謎解きｅｔｃ．……そこから二人の会話が生まれるでしょう。

そういえば、亭主からの初めてのプレゼントは本でした……あ、すみません。私の昔話はさておいて、今はフリーというあなた、倦怠気味のあなたにはカンフル剤となるでしょう。

この短編集は、一冊で二つの味が楽しめる、という柴田よしきさんから読者へのプレゼントなのです。

では、少々お時間をいただいてご案内を務めさせていただきます。

*

二つの味とは——

まず一つは、「正太郎シリーズ」として現在も進行中の長編『ゆきの山荘の惨劇』『消える密室の殺人』と同様、猫探偵正太郎の視点で描かれるもので、同居人——と正太郎が呼ぶ、飼い主の女流作家桜川ひとみ——とのコンビが活躍（？）する本格ミステリーの三篇。もう一つは人の視点で描かれるもので、語り手の人間から見れば正太郎はただの猫である。だが、しかし……。一人称の「私」は作品ごとに別の人物で、全く違う形で正太郎と桜川ひとみに係わってくる、というサスペンスタッチの三篇。

柴田よしきは、単に人と猫の視点が入れ替わっただけで主演も内容も同じようなもの、などという安易なことはしないのだ。

猫小説と聞いて、まず浮かぶのはアノ超有名な文学作品だろう。パロディやパスティーシュも多い。この「我輩系」の場合、猫の手、じゃない猫の目を借りた「作者の視点」という感じが強い。登場人物達が「目」を意識せずに行動できるし、同じ身近な動物でも犬より自由に動き回れる。時と場合によっては、いきなり動物らしい行動を起して混乱に一役買う。ご存知の仕草や風情で季節感が出しやすく、舞台設定の説明にも奥行きが出る。とても便利で都合の良い設定だ。けれど、読み進むうちに「猫の着ぐるみを着た作者」と「動物としての猫」が意識の中で分離してしまうのは、私だけだろうか？

　何にしても、正太郎にはその違和感がない。きっちり「猫が描けている」し「人間が描けている」からだ。


　正太郎は語り手というだけではなく、本格ミステリーの探偵役、もちろん主役である。そういう意味ではアキフ・ピリンチ『猫たちの聖夜』（ハヤカワ文庫）が近いかもしれない。しかし、ここで語られるのは「猫社会」であり、一種パラレル・ワールドといってもいいだろう。猫の生態についての原注を巻末に付けて詳しく解説がなされ、メッセージ性の強い作品になっている。「正太郎シリーズ」では、この辺《あた》りの事はごく自然に文中に組み込まれているし、メッセージ的なものも楽しい物語の中にフワッと包まれている。何より違うのは、人との係わり方である。探偵正太郎が解決するのは、「日常の人社会」で起きる事件である。同じような設定でありながら、方向、目的、描き方、全てが違うのだ。

　もう一作品よく引き合いに出されるのがリリアン・J・ブラウン「シャム猫ココシリーズ」だ。日本では八八年に第一作『猫は殺しをかぎつける』（ハヤカワ文庫）が出版されて以来現在まで二十作品が刊行されている（本国では『猫は手がかりを読む』が六六年に刊行されたが当時は話題にならず、四作目である『猫は殺しをかぎつける』が八六年に再出版され人気を博した）猫を愛する女流作家が描くコージー・ミステリーである。こちらは飼い主の新聞記者と共に「人社会」の事件解決に活躍するが、基本的に「優れた飼い猫ココ」が相棒として描かれていて、どちらかというと名犬物に多いパターンだ。

因《ちな》みにコージーというのは「くつろいだ」とか「居心地の良い」というような意味である。たとえどんな事件が起こったとしても、最終的には平和で居心地の良い日常に戻っていけるという安心感のある作品をコージー・ミステリーと呼ぶ。したがって本格ミステリーや冒険小説と相対して使うものではない。

言うなれば「正太郎シリーズ」は、キッチリとした本格ミステリーをコージー風味でソフトに仕上げた独自の「猫小説」なのだ。

＊

「愛するＳへの鎮魂歌《レクイエム》」

正太郎シリーズの読者には多少違和感があるかもしれない。

「人の視点」で書かれた怖くて哀しいこの作品に関しては、余分なコメントを控えたい。

書評家に倣《なら》って「○○を思わせる」といった事も止《や》めておく。何故《なぜ》ならスタイル的には同じでも、心理描写の巧みさ、神経の繊細さによってその結果の違いは歴然だからである。映像では味わえない筆さばきを堪能《たんのう》しつつ、ゾクゾクするようなサスペンスを楽しんでいただきたい。

「正太郎とグルメな午後の事件」

柴田作品のジャンルの広さは並ではない。本格、サスペンス、SF、官能、青春、ホラー……なんでもござれ（死語？）、描かれるテーマもバラエティに富んでいて然《しか》も深い。それらが資料の継《つ》ぎ接《は》ぎではない事は読めば瞭然である。

柴田よしきは、心の扉も窓も全開にし、身体中をアンテナにして情報とその精神を取り込んでいるのだろう。もちろん京都在住、ということも無駄にはしない。これは「京都ありきたりじゃない美味しいもの案内」と本格ミステリーの融合という、正に垂涎《すいぜん》の一品である。

加えて嬉しいのは、我が愛しの「サスケ」が活躍することだ。シリーズではお馴染のチャウチャウ系の雑種犬で、正太郎の「マブダチ」である。サスケの犬ならではの探偵ぶり、関西弁が活かされた正太郎との掛け合いも楽しい。

白状すれば私はギンギンの犬派である。犬は家族、猫は……近所のノラは困ったものだ……くらいの認識しか無かった。ところが正太郎を知ってからはなんとなく気になって、いつも家の庭で寝泊りしているクロ（ホントに真っ黒なので）に話しかけてみた。ナント！　話が通じるではないか！（と思う）。今では同居人ではないが、義理の叔母のように思われている（と思う）。狩が巧くて、時々ネズミやスズメをプレゼントとして（と思う）持ってきてくれるのには参るが。

「光る爪」

柴田よしきらしい作品は？　と聞けば何通りもの答えが返ってくるだろう。それほど違うタイプ、タッチの作品それぞれが秀作揃いということだろう。

これは私にとっての柴田らしい作品だ。

女の息づかいが聞こえてくる。感情の昂《たか》ぶりが、手の震えが伝わってくる。そんな心の動きは説明など出来ない。けれど、柴田の筆にかかれば解かるのだ、痛いほどの女の性《さが》が。

「正太郎と花柄死紋の冒険」

何とも意味深でそそられる題名である。

猫好き、というより真の愛情を持って猫とくらし、知り尽くした柴田ならではの作品だ。日常の中でもこんな魅力的な本格物が書けるんだ、と思わず膝を打つ。その気配りに感動すら覚える。

しかし――動物の方が人間よりも……うーん……そうだよなあ、まったく……

「ジングルベル」

イブの夜、闇に光る二つの瞳にはきっと映っている――

優しい彼にうっとりと寄添う彼女の心の中を吹き抜ける冷たい風が。

華やかに装う彼女の背中に張り付いたむなしさが。

暖かい灯りの中でじっと待つ彼女の前で冷えていくチキンと乾いてしまったレタスが。


サンタの袋には穴が開いている、かも……

トナカイの角はプラスチック、かも……

橇《そり》に積もったパウダースノーは発泡スチロール、かも……


瞳を閉じて、まあるくなって寝てしまおう。

もうすぐ暖かなお日様が抱いてくれる。

さあ、おもいっきりノビをしよう！　それで終わり、それだけのこと。

ねっ、正太郎！


「正太郎と田舎の事件」

最もこのシリーズらしい本格作品である。なんたって密室物、そして旧家の蔵とくれば、本格ファンにとってはマタタビとカツオ節が揃ったようなものだろう。猫好きにとってはこれまた堪《たま》らなく魅力的なイイ味のゲスト猫が登場する。

小さな足跡、じゃない手がかりをさり気なく残していく技は天下一品だ。このさり気なさは単に語句の間に隠されたものだけではない。しっかりと描かれた日常生活の中にポンと置かれていたりする。

女の手仕事や家事の手際から、性格や感情をさり気なく浮かび上がらせる。誰もが実感できる、ごまかしの利かない日常にトリックを隠すのは難しい。

謎が解かれたとき、人の心も解かれていく。そして猫の心も……さり気なく。

＊

さて、私はこの辺で引っ込みましょう。

早い話が、軽い読み心地、深い内容、巧い文章の最高に面白い短編集です（これで済むじゃないか！）。

読み終えた時、きっと暖かい――ふわふわの子猫を両手でそっと抱き上げたような――優しい気持ちになれる筈です。

切なさを、穏やかさを読み取るのは、あなた自身。

不幸は富鉱……至福の時を！

【初出一覧】

愛するSへの鎮魂歌《レクイエム》　「小説すばる」二〇〇〇年七月号
正太郎とグルメな午後の事件　「ジャーロ」二〇〇一年春号
光る爪　「小説宝石」二〇〇一年二月号
正太郎と花柄死紋の冒険　「ジャーロ」二〇〇一年秋号
ジングルベル　「小説宝石」二〇〇一年十一月号
正太郎と田舎の事件　『密室殺人大百科―下　時の結ぶ密室』（二〇〇〇年七月原書房）所収

本書刊行にあたり、著者により加筆しました。（編集部）

柴田よしき著作リスト

○このリストは、2001年12月現在のものです。
○シリーズ別に分類し、作品名の前に表記した番号は、全著作の初版発行順です。
○各作品の内容については、柴田よしきホームページ（http://www.ceres.dti.ne.jp/~shibatay/）内でも紹介されています。

◆猫探偵正太郎シリーズ◆

7　柚木野山荘の惨劇　カドカワエンタテインメント　1998・4
角川文庫　2000・10
（『ゆきの山荘の惨劇』と改題）

22　消える密室の殺人―猫探偵正太郎上京（文庫書下ろし）
角川文庫　2001・2

32　猫探偵・正太郎の冒険Ⅰ　猫は密室でジャンプする（本書）
カッパ・ノベルス　2001・12

◆村上緑子シリーズ◆

1　RIKO―女神《ヴィーナス》の永遠―　角川書店　1995・5
角川文庫　1997・10

2　聖母《マドンナ》の深き淵　角川書店　1996・5
角川文庫　1998・3

6　月神《ダイアナ》の浅き夢　角川書店　1998・1
角川文庫　2000・5

◆炎都シリーズ◆

3　炎　都　トクマ・ノベルズ　1997・2
徳間文庫　2000・11

5　禍　都　トクマ・ノベルズ　1997・8
徳間文庫　2001・8

12	遙　都―渾沌出現―	トクマ・ノベルズ	1999・ 3
24	宙　都―第一之書―美しき民の伝説	トクマ・ノベルズ	2001・ 7

◆花咲慎一郎シリーズ◆

8	フォー・ディア・ライフ	講談社	1998・ 4
		講談社文庫	2001・10
19	フォー・ユア・プレジャー	講談社	2000・ 8

◆R-0（リアルゼロ）シリーズ◆

14	ゆ　び（文庫書下ろし）	祥伝社文庫	1999・ 7
21	0《ゼロ》（文庫書下ろし）	祥伝社文庫	2001・ 1
26	R-0 Amour《リアルゼロ アムール》（文庫書下ろし）	祥伝社文庫	2001・ 9

●その他の長編●

4	少女達がいた街	角川書店	1997・ 2
		角川文庫	1999・ 4
9	RED RAIN	ハルキノベルス	1998・ 6
		ハルキ文庫	1999・11
10	紫のアリス	廣済堂出版	1998・ 7
		文春文庫	2000・11
11	ラスト・レース―1986冬物語	実業之日本社	1998・11
		文春文庫	2001・ 5
13	Miss You	文藝春秋	1999・ 6
15	象牙色の眠り	廣済堂出版	2000・ 2
16	星の海を君と泳ごう　時の鐘を君と鳴らそう	アスキー（アスペクト）	2000・ 3
20	PINK	双葉社	2000・10
23	淑女の休日	実業之日本社	2001・ 5
25	風　精《ゼフィルス》の棲む場所	原書房	2001・ 8
29	Close to You	文藝春秋	2001・10
30	Vヴィレッジの殺人（文庫書下ろし）	祥伝社文庫	2001・11

●連作中・短編集●

18	桜さがし	集英社	2000・ 5
27	ふたたびの虹	祥伝社	2001・ 9
31	残　響	新潮社	2001・11

●短編集●

17	貴船菊の白	実業之日本社	2000・ 3
28	猫と魚、あたしと恋	イーストプレス	2001・10

カドカワエンタテインメント	角川書店
カッパ・ノベルス	光文社
トクマ・ノベルズ	徳間書店
ハルキノベルス	角川春樹事務所
ハルキ文庫	角川春樹事務所
文春文庫	文藝春秋

※アスキー(アスペクト)は現・エンターブレイン

お願い――

この本をお読みになって、どんな感想をもたれたでしょうか。「読後の感想」を左記あてにお送りいただけましたら、ありがたく存じます。

なお、「カッパ・ノベルス」にかぎらず、最近、どんな小説を読まれたでしょうか。また、今後、どんな小説をお読みになりたいでしょうか。読みたい作家の名前もお書きくわえいただけませんか。

どの本にも一字でも誤植がないようにつとめておりますが、もしお気づきの点がありましたら、お教えください。ご職業、ご年齢などもお書きそえくだされば幸せに存じます。

東京都文京区音羽一―一六―六
（〒112―8011）
光文社　ノベルス編集部

推理傑作集
猫探偵《ねこたんてい》・正太郎《しょうたろう》の冒険《ぼうけん》Ⅰ　猫は密室でジャンプする

2001年12月20日　初版1刷発行

著　者	柴《しば》田《た》よしき
発行者	濱井武
印刷所	公和図書
製本所	関川製本

発行所　東京都文京区音羽1　振替00160-3-115347　株式会社　光文社
電話　編集部03(5395)8169
販売部03(5395)8112
業務部03(5395)8125

落丁本・乱丁本は業務部へご連絡くだされば、お取替えいたします。

ISBN4-334-07450-2
Printed in Japan

KAPPA NOVELS

KOBUNSHA

「カッパ・ノベルス」誕生のことば

カッパ・ブックス Kappa Books の姉妹シリーズが生まれた。カッパ・ブックスは書下ろしのノン・フィクション（非小説）を主体としたが、カッパ・ノベルス Kappa Novels は、その名のごとく長編小説を主体として出版される。

もともとノベルとは、ニューとか、ニューズと語源を同じくしている。新しいもの、新奇なもの、はやりもの、つまりは、新しい事実の物語というところから出ている。今日われわれが生活している時代の「詩と真実」を描き出す――そういう長編小説を編集していきたい。これがカッパ・ノベルスの念願である。

したがって、小説のジャンルは、一方に片寄らず、日本的風土の上に生まれた、いろいろの傾向、さまざまな種類を包蔵したものでありたい。かくて、カッパ・ノベルスは、文学を一部の愛好家だけのものから開放して、より広く、より多くの同時代人に愛され、親しまれるものとなるように努力したい。読み終えて、人それぞれに「ああ、おもしろかった」と感じられれば、私どもの喜び、これにすぎるものはない。

昭和三十四年十二月二十五日

光文社

KAPPA NOVELS

- 長編推理小説 京都 銀閣寺《ぎんかくじ》の死線 18番ホームの夜行列車　津村秀介
- 長編推理小説 暴走　釣巻礼公《つるまきれいこう》
- 長編推理小説 破断界《はだんかい》　釣巻礼公
- 長編推理小説 奇術師のパズル　釣巻礼公
- 長編伝奇小説 雄呂血《おろち》　富樫倫太郎《とがしりんたろう》
- 長編奇想歴史小説 政宗《まさむね》の天下（I〜III）　中津文彦
- 長編奇想歴史小説 龍馬《りょうま》の明治（I〜III）　中津文彦
- 長編奇想歴史小説 秀衡《ひでひら》の征旗 I 鎌倉進攻編　中津文彦
- 長編奇想歴史小説 秀衡の征旗 II 源平死闘編　中津文彦
- 長編奇想歴史小説 秀衡の征旗 III 奥州独立編　中津文彦
- 長編歴史推理小説 謙信暗殺　中津文彦
- 長編冒険アクション小説 撃つ　鳴海《なるみ》 章《しょう》
- 長編小説 狼《おおかみ》の血　鳴海 章
- 長編推理小説 ストレート・チェイサー　西澤保彦
- 長編推理小説 寝台特急《ブルートレイン》殺人事件　西村京太郎
- 長編推理小説 夜間飛行《ムーンライト》殺人事件　西村京太郎
- 長編推理小説 終着駅《ターミナル》殺人事件　西村京太郎
- 長編推理小説 夜行列車《ミッドナイト・トレイン》殺人事件　西村京太郎
- 長編推理小説 北帰行《ほっきこう》殺人事件　西村京太郎
- トラベル・ミステリー傑作集 蜜月列車《ハネムーン・トレイン》殺人事件　西村京太郎
- 長編推理小説 東北新幹線《スーパー・エクスプレス》殺人事件　西村京太郎
- 長編推理小説 下り特急「富士」《ラブ・トレイン》殺人事件　西村京太郎
- トラベル・ミステリー傑作集 雷鳥九号《サスペンス・トレイン》殺人事件　西村京太郎
- 長編推理小説 超特急「つばめ号」《イベント・トレイン》殺人事件　西村京太郎
- トラベル・ミステリー傑作集 高原鉄道《ハイランド・トレイン》殺人事件　西村京太郎
- 長編推理小説 北能登《きたのと》殺人事件　西村京太郎
- 長編推理小説 東京駅殺人事件　西村京太郎

KAPPA NOVELS